我輩は猫魔導師である
～キジトラ・ルークの快適チート猫生活～

4

猫神信仰研究会

nekogami sinkou kenkyuukai

ill ハム

CONTENTS

余録1　ウィルヘルムの心労

ウィルヘルム・ラ・コルトーナは、魔族コルトーナ家の長男である。

ただし、長男とはいえ家を継ぐ立場ではない。

純血の魔族は、男女を問わず長子《ちょうし》が親から「亜神の核」を引き継ぐため、この長子が跡取りとなる。

現状、その役目は姉の「アーデリア・ラ・コルトーナ」にあり――正直に言って、不安しかない。

今は両親やウィルヘルムをはじめ、まともな家臣達も健在だから問題ないが、将来にわたって過不足なくやっていけるとはとても思えない。

姉は家族には優しいが、基本的に無計画でいい加減なところが目立ち、忘れっぽい上に後先のことを考えられない。

性格的に向かない者が、永劫《えいごう》を生きる「純血の魔族」となってしまった場合には、どうするか。

手っ取り早い対策としては、結婚させて子供を作れば良い。

両親のどちらかが純血の魔族であれば、儀式を経て母胎に「亜神の核」を移せる。そうして子供が生まれれば、その子供が次の「純血の魔族」となり――両親は、「亜神の核」の残滓《ざんし》と儀式の影響で、人よりは長い寿命を得つつもいずれは死に至る。

このあたりの仕組みに関しては、魔族にとっても謎が多い。

そもそも「亜神の核」の正体がよくわからない。

死んだ亜神から取り出された、「亜神の力の根源」だと伝承にはあるが、物質的なものではなく、誰も「それ」そのものを見たことがない。

そもそも亜神は死なないはずで、「生きた亜神から取り出した」のではないかと考察する向きもある。それは十ほどにも分割され、欠片《かけら》を得た者達が、各魔族の家の始祖となった――ということになっている。

魔族の長、「魔王」だけは、多少なりとも真実を知っているかもしれないが、これとてウィルヘルムの勝手な推測であり、直接、問《と》い質《ただ》したわけでもない。

ただ、正体がわからずとも「そういうものがある」という現実だけは受け入れざるを得ない。

そして、姉のアーデリアに「亜神の核」を持たせておくことについては、「あまりよろしくない」という方向性で家族の認識が一致しており、「急ぐ話ではないが、機会があったら婿養子を……」とも願っている。

もちろんアーデリアの性格上、彼女が自ら望んだ相手でなければならず――これが非常に難しい。

アーデリアは色恋沙汰に興味がない。異性というものをよく知らないし、知ろうという気も特にない。いわゆる男女のロマンスだとか物語というものにも興味がなく、その手の知識がまったくない。

さほど箱入りに育てたわけではないのだが、かつて冒険者だった母親もまぁまぁそういうモノに縁がない性分だったようで、これは血筋であろう。

かくいうウィルにも恋人がいるわけではなく、あまり上から目線の発言はできない。

半ば諦めつつ、「何かきっかけでもあれば……」とは、常々思っていたのだが――

驚くべきことに。

この、辺境のネルク王国において。

姉のアーデリアに、友人といって良い異性の存在が初めてできた。

これは画期的な、前代未聞の、古今未曾有《ここんみぞう》にして驚天動地の出来事である。

姉も顔は良い。体型も整ってはいる。性格にも愛すべきところは多々あるし、決して魅力がないわけではないのだが――いかんせん、アホである。男女の機微《きび》とか、そういうものを一切解さない。

そんな姉に気に入られて、友好関係を結んだ物好きは、一体どんな人物か――

ウィルヘルムはここしばらく、「その人物」を注視していた。

相手のリオレットは、一見するとただの穏やかな好青年だった。

王族にしては癖がなく、お人好しで、覇気や野心といったものもなく、享楽的ですらない。

目つきには若干の虚無感を漂わせるほどだったが、それでいて人当たりは良い。

第一印象は地味。しばらく話した後の印象は、柔らかい毛布のような存在感――そして今では「おそろしく神経が図太い」と、判断を変えるに至った。

彼は「魔族」を恐れていない。

東側の国家では魔族の影響力が薄く、王侯貴族でも無知な例は多いのだが、リオレットの場合は「知識」だけはしっかりと持っていた。

王族というフィルターを取れば、彼は勤勉な魔導師であり、魔族に対して畏怖《いふ》よりも尊崇《そんすう》の念さえ持っていた。

西方諸国の要人達とは、価値観がまるで違う。

西方の王侯貴族ならば、「魔族」と聞いただけで震え上がるか、敬して遠ざけるか、あるいはどうにかして利用する方向へと思考を向ける。しかしリオレットは、あくまで自然体のままだった。

ウィルヘルムは、リオレットのこの「ゆるさ」の原因を探ろうとした。

惚れた弱み、というのはあるだろう。何がどう刺さったのかは謎だが、アーデリアの自由すぎる振る舞いが、リオレットにとっては好ましいものだったらしい。

王族ならではの、世間を知らぬ純粋さゆえ……とは、考えにくい。リオレットは賢く良心的だが、人を安易に信じない程度の分別《ふんべつ》は持ち合わせていた。

特に身内では「女性不信」で有名だったそうで、この年齢の王族にしては珍しいことに婚約者すらいない。

これには「正妃ラライナと対立していた、第二妃の息子である」という政治的な事情が強く影響しており、王宮ではなかなか難しい立場にいたらしい。

様々な要素を分析した結果――ウィルヘルムは、リオレットの本質をこう結論づけた。

「師であるルーシャンからの教導によって、王侯貴族らしからぬ知性と良識を得た、神経の図太い好青年」

……「王族である」という点以外は、これといって問題のない――むしろ魔族にとっては友好的に立ち回りやすい相手だった。

そうして人物を見極め、一安心していたところ。

王都ネルティーグに、少し前に世話になった恩獣である猫、「ルーク」が現れ、なにやら風向きが変わってきた。

国王の死と皇太子の危篤《きとく》を経て、王位継承者としての第二王子リオレットの存在が重要性を増してきた。

そんな中、彼の『暗殺』を警戒し、亜神ルークがその庇護者となったのだ。

ウィルヘルムは混乱した。

ルークとの再会は嬉しい。思いがけぬことではあったが、彼はリーデルハイン子爵家を住処《すみか》としており、この国の平穏を願っているのは間違いない。

だが、「純血の魔族」たる姉のアーデリアと、「亜神」たるルークがこの王都に揃い――その上で、双方から庇護の対象とされた第二王子リオレットが、暗殺者によって命を狙われているという、この状況は……あまりに不穏である。

姉の怒りも恐ろしいが、亜神の怒りとなると、おそらくもっと恐ろしい。ルークは普段の性格こそ非常に温厚だが、その身に宿した魔力には絶大なものがある。

よもやこの両者が激突するような事態は起きないだろうが、「強大な力」というものは、普通は近くに存在しているだけで恐ろしい。姉を平然と受け入れているリオレットの図太さは、まさにここに出ている。

そして、ウィルヘルムの心労は続く。

正妃ラライナがリオレットの暗殺を依頼した先は、純血の魔族、バルジオ家とつながりのある「正弦教団」――

何の因果か、バルジオ家の当主である「オズワルド・シ・バルジオ」が直々にこの仕事へと乗り出し、姉とリオレットが滞在する屋敷を狙撃するという暴挙に出た。

流星のようなその狙撃を防いだのは、たまたまその場に居合わせた亜神ルークの魔法である。

見上げるばかりの、城よりも巨大な三毛猫が、その前脚を振り抜いて、魔力の弾丸を弾き返すという――率直《そっちょく》に言って、夢か幻覚と疑いたくなるような光景だったが、ひとまず襲撃は未然に防がれた。

その後、様子を見に来たオズワルドを罠にかけて難なく捕縛したあたりで、ウィルヘルムは深く考えるのをやめた。

亜神ルークは、まぎれもなく「亜神」である。その能力に疑うべき要素はない。

どういう目的で下界に降りてきたのかも不明だが、差し当たって「敵対」という選択肢は有り得ず、今後も友好関係を維持していく必要がある。

捕縛されたオズワルドも、力量の差を悟って素直に――驚くほど素直に降伏した。

これはウィルヘルムにとっても意外な流れだったが、同時に『純血の魔族』として年齢を重ねてきたオズワルドのしたたかさを見た思いだった。

オズワルドはおそらく、彼我《ひが》の力量差、あるいは『猫の精霊』に扮《ふん》したルークの能力を、ウィルヘルム以上の分析力をもってただの一戦で見抜いた。

その変わり身の早さは冷静さと老獪《ろうかい》さの証明であり、決して侮れない。

バルジオ家の現当主にそんな決断をさせた驚異の猫は、今、庭の茂みに隠れ、呑気に毛づくろいをしている。

あるいは現実逃避の一環かもしれないが、ルークの毛づくろいには精神を安定させ、思考の整理を助ける効果があるらしい。そのあたりはやはり猫の振る舞いである。

ルーシャン邸の庭先に立ち尽くしたウィルヘルムは、正面に座り込んだオズワルドを見据え、背後には茂みに隠れたルークを背負い――

さて、どうしたものかと、他人事のように途方に暮れていた。

57 猫と狙撃手の裏取引

純血の魔族、オズワルド・シ・バルジオ氏は、リオレット殿下の暗殺をすんなり諦めてくれた。

代わりにその興味が「猫の精霊」たるルークさんへ向いてしまったが――今後の対応については、後でウィル君にも相談するとしよう。魔族側の内部事情とかよくわからぬ。

ついでにこの場の後処理もウィル君に放り投げ、こっそり立ち去ろうかと思った矢先。

「……ところで、猫の精霊殿。暗殺の件で、少し伝えておきたいことがある」

と、オズワルド氏に話しかけられてしまった。その姿は割とズタボロであるが、ギリギリ威厳は取り戻せている。

俺は植え込みに隠れたまま、メッセンジャーキャットさんに伝言を預ける。

『なんですか？　まさか、気が変わったとか……』

「そうではない。私は約束通り、あの第二王子の暗殺を諦めるし、正弦教団の者達にも手を引かせる。だが、それだけで片付く問題でもない」

え？　そうなの……？

『というと……どのような問題が？』

「まず第一に、私は正弦教団の『外部の協力者』であって、『主』ではない。私の影響力が及ばぬ幹部もいるし、私が果たせなかった依頼を成し遂げて名を上げよう、などという愚か者が出てこないとも限らない。第二に、今回の依頼は複数の組織からの入札を経て、正弦教団が獲得したものだ。我々が手を引いた後は、次の組織が繰り上がって依頼を請け負う。そちらの行動については、部外者の私がどうこうできる話ではなくなる」

暗殺依頼の入札……？　え。公共事業じゃあるまいし、なんでそんなことに……？　もしや談合とかカルテルとかもあるの？

念のため、『じんぶつずかん』の記述と照らし合わせる。

——俺との交渉とか言い訳ではなく、どうやらガチらしい。

てゆーか暗殺稼業を請け負う組織がそんなにたくさんあるってどういうこと？

もちろん暗殺がメインの業務ではなく、密輸とか諜報とか人材派遣とかいろいろ手広くやっているのだろうが、なかなか物騒な世の中である。

『うーーーん……まぁ、依頼主が諦めない限りは、次の刺客も来ますよね』

「ああ。つまり今後、新たな刺客が来たからといって、私が約束を反故《ほご》にしたと勘違いされては困る。

そこで提案だ。もっとも簡単な解決法は、依頼者を始末することだが……」

『それはダメです。正妃が死ぬと、リオレット殿下の関与を疑われて、結局は国が乱れます』

「……精霊の割には、意外に政治がわかっているな」

あっ。不審そう。

そっか……精霊さんって、基本的に人間社会のことには疎《うと》いんだった。テキトーに流してごまかそう。

『私が守護するルーシャン卿の立場が宮廷魔導師ですからね。守護する以上、この国の内情にも多少は気を使っているつもりです』

「ふむ。四大元素の上位精霊達よりは話がわかりそうでなによりだ。まあ、暗殺という手段を嫌うだろうとは予測していた。もう一つの解決法は、魔族が護衛していることをほのめかして、他の組織の暗殺者達にも『割に合わない』と諦めさせること。ただし、この案にもデメリットがある。アーデリアの正体が正妃に漏れるのは……精霊殿にとっても都合が悪いのではないか？」

…………この人、思ったより勘が鋭いというか、分析力が高いっぽい。

確かに、「リオレット様は純血の魔族に守られてるよ！」とバラしてしまえば、ほとんどの暗殺者は手を引くだろう。

だが、同時に「そんな人材を王にして良いのか」と、貴族達の動揺を招く羽目になる。正妃はもちろん、この事実を政治的に利用するはずだ。

「これらを解決する腹案が、一つある。ただしそれには、私と精霊殿の間で協力が必要だ。話を聞いていただけるかな？」

むぅ……悔しいが、たぶんこの人、ルークさんより謀略向きっぽい……悪い顔が堂に入《い》ってる……

『……ではとりあえず、話だけはうかがいます』

「策としてはごく単純だ。私はこのまま、『刺客』としてリオレット殿下を付け狙うふりをする。ついでに正妃と接触し、私が魔族であることを告げる。魔族以上の暗殺者などそうそういないから、他の組織に依頼が回ることもない。そうして時間稼ぎをしつつ……タイミングを見て、『魔族オズワルドと正妃』の関係を有力貴族に匂わせる。すると、どうなる？」

……………………………わぁ。リオレット殿下の「魔族との関係」という弱みが、そのまま正妃様側の弱みに!?

「理解していただけたかな。暗殺依頼を破棄せず、このまま続行させた上でわざと失敗する――これで、第二王子が即位するまでの時間稼ぎができて、次の刺客も来なくなり、さらに正妃の弱みも作り出せる。そして正妃の失脚をもって、私は受けた依頼を破棄、撤退する。三文芝居もいいところだが、悪い案ではなかろう？」

悪い案ではない。確かに、悪い案ではないのだが……

俺はもちろん、ウィル君も納得していない。

「オズワルド様。それでは、貴方が暗殺失敗の汚名を着ることになります」

「汚名も何も、それは既に事実だ。私は先程、猫の精霊殿に完敗した」

「いえ、今夜のことは、我々以外に知る者はいません。しかし今の案ですと、オズワルド様の名が、正妃や一部の貴族に露見することになります。魔族の誇りを口にする貴方が、演技とはいえそのような屈辱《くつじょく》を受け入れるなど――」

「……確かに、思うところはある。偽名を使っても良いが、へたに素性《すじょう》を隠して私が舐《な》められた場合、予備の暗殺者へ依頼が回る可能性もあるしな。だから、もしも首尾よくすべてが終わった暁《あかつき》には――一つ、猫の精霊殿に、叶えて欲しい願いがある。どうか貴殿と『魔法』について語り合う機会を設けて欲しい。半日……いや、二、三時間程度でも構わん。先程見せてもらった檻の空間魔法、ああいったものをただ漠然と見せてもらえるだけでもいい。私の働きがそれに見合うものだと判断してくれた後で構わない。どうかお願いする」

ルークさん、少し思案。

……確かに、正妃様をどうにかする上で、今の提案はなかなかに魅力的なものだった。

なんといっても血が流れない。正妃様にも、他の貴族からわかりやすい罪状がつくし、その後の政治的な動きも封じやすくなる。

俺の魔法を見せるのも――まぁ、猫魔法は猫専用スキルとゆー話だったたし、たいした影響はなさそうな気もする。

もちろんデメリットもある。

ルークさんの情報が広がるのは、怠惰な生活という目標のためにはあまり良いことではなかろう。

なので、条件はつける。

『私のことを、余人に話さないように――秘密を守っていただけるのであれば、検討します。が、正式な返答については少し待ってください。私はオズワルド様のお人柄を何も知りませんので、ことの是非についてはウィルヘルム様にも相談させていただいて、今日明日中にはお返事いたします』

ウィル君が一瞬の動揺を見せたが、逆にオズワルド氏のほうはすがるよーな眼差し。

「……ウィルヘルム殿、どうか、よしなに頼む。我ら両家の関係はこれまであまり良いものではなかったが、これを機に、多少なりとも縁を結び直せればありがたい」

「は、はぁ……最終判断は精霊様次第ですが、微力を尽くします……」

ウィル君、オズワルド氏の豹変《ひょうへん》ぶりに若干ヒキ気味……手首にボールベアリングでも仕込まれていそうな、実に滑らかな掌返し大回転である。

俺は『じんぶつずかん』でその心の動きを把握できているが、ウィル君にしてみたら「急にどうした?」という印象であろう。

オズワルド氏から滞在先のホテルを聞いておき、彼が姿を消して飛び去った後——俺はぽてぽてとウィル君のお膝の上へ戻った。

「びっくりしましたね」

「……はい。いろいろと。はい」

困惑顔のウィル君、かわい……いや、見惚れている場合ではない。

「ええとですね。ウィルヘルム様は戸惑われたと思いますが、オズワルド氏の反応は、私にはわからないでもないのです。なんというか、私が前にいた世界での(創作物の)話になりますが……長命な種族というのは人生に飽きてしまいがちで、刺激とか新しい知識に餓えていることが多いので。私の使った魔法が、彼の研究者としての琴線《きんせん》に触れてしまったのだと思います」

ウィル君が納得顔に転じた。

「ああ、それはわかります。魔族の間でも、オズワルド様は空間魔法の探求者として知られているのです。空間魔法は使用も習得も難しい割に、効果が地味で威力の弱いものが多く、一段下の魔法として見られがちなのですが……しかし逆の見方をすれば、多くの発展の余地を残した系統であると、以前にオズワルド様が仰っていました。うちの父などはその姿勢を『火力に劣る者の負け惜しみ』と馬鹿にしていたもので、どうも両家は折り合いが悪いのですが……」

そんな理由かい。

……いや、大事なことである。「それが当人にとってどれほど大切なのか」は、他人からはわからんことが多いのだ。ルークさんも仮にトマト様を馬鹿にされたら牙を剥いて激おこ確定である。フシャー。

「で、オズワルド様からのご提案について、ウィルヘルム様はどう思いましたか？」

「……私からはなんとも。悪い案ではないと感じましたが、こればかりはルーク様のご判断次第です。私もまだ年若く、オズワルド様とのご縁は深くありません。姉上とは反《そ》りが合わなかったようですが、姉上はあの通り、あまり物事を深く考えず、勢いで行動するので……思慮深いオズワルド様とは、相性が悪かったのでしょう」

「そうなんですか？　でも、リオレット殿下も思慮深いタイプだと思いますけど？」

「…………そうですね。間違えました。姉上の子供っぽい性格を肯定的に見るか否定的に見るか、その違いが大きいかと思います」

我が主たるクラリス様も、アーデリア様に対しては「悪い人には見えなかった」と仰った。ルークさんも同意見である。なんせウィル君のお姉さまだし！

「では、この件は今からルーシャン様にも相談してみます。リオレット殿下の暗殺に関わる狂言とゆー話になりますし、打ち合わせは必須かと……オズワルド様への返事は、その相談の後に決めましょう」

というわけで、ちゃっちゃと移動！

ウィル君にルーシャン様への伝言を頼み、先にお屋敷へと戻ってもらい、俺は書斎前の窓辺にちょこんと待機した。

さほど間をおかずに鍵が開く。

「……ルーク様！　わざわざご足労いただけるとは、なんと恐れ多い……！」

……ウィル君にもソレ言われましたけど、ルークさんそんな大層なモノではないので……恐縮です。

庭先に来た近所の野良猫くらいに思っていただければ……

「先程の巨大な三毛猫――あれはやはり、ルーク様のご加護だったのですね！　なんと見目麗《みめうるわ》しく、気高いお姿だったことか……！」

威力や効果や「何のための魔法だったのか」を気にせず、まず最初にビジュアル面に食いつくあたり、さすがの貫禄《かんろく》である。猫力94は伊達ではない。

「びっくりさせてしまってすみません。あれは暗殺者の攻撃を弾き飛ばすためのものでした。少々、込み入った話になるのですが――」

そして俺は、先程の一部始終をルーシャン様にお伝えした。

猫の精霊を詐称《さしょう》したことも話したが、「……精霊よりも亜神のほうが格上ですので、それは詐称というか偽装というか……いえ、間違ってはいませんが……」と、何やらびみょーな反応をされてしまった。

ついでに「猫の精霊ってホントにいるんですか？」と聞いたら、「猫の姿を模した動物系の精霊ならいるが、基本的に精霊とは、森や泉、井戸や塔など、『依代《よりしろ》に宿る』ものであるため、『猫』に宿る猫の精霊などは聞いたことがない」とのこと。

だから泉の精霊とか大樹の精霊とか城の精霊とかはいるのだが、犬の精霊とか猫の精霊とか竜の精霊とかは基本的にいない。「依代が生き物か否か」は問題ではなく、「依代が動き回るものか否か」が分かれ目のようで、つまり根を張って育つ「トマト様の精霊」なら今後生まれる可能性はある。

要するにアレか。俺が名乗った「猫の精霊」というのは「ちゃーす、人に宿った人の精霊でーす」みたいな違和感のある自己紹介だったのだろう。

オズワルド氏の困惑も納得だが、むしろよく信じたな……！

なお、「人に取り憑く類《たぐい》の霊的存在」の場合、「精霊」ではなく「幽霊」のカテゴリになるらしい。

一応、「精霊が憑依《ひょうい》して大暴れ！」みたいな例もあるようだが、それは「住処《すみか》を穢《けが》された○○の精霊が、怒って一時的に取り憑く」みたいな流れであり、ちゃんと正体とゆーか、本来の依代を持っている。つまり土地神様の祟りみたいなモノ？

俺も「猫の精霊」じゃなくて「化け猫」とか言っておけば、もう少し説得力が――いや、それはそれで何か違うな。

諸々の報告終了後。

ルーシャン様は膝上で丸まった俺を撫でながら、呆《ほう》けたように長く息を吐いた。

「それにしても、なんともはや……ルーク様とウィルヘルム殿がお知り合いだったとは、驚きました。奇縁《きえん》というのはあるものですな」

「アイシャさんが『夢見の千里眼』で見た光景が、たぶんウィル君の妹さんを探した時のものだと思います。『サーチキャット』とゆー、ちょっと派手めの魔法を初めて使ったので……アイシャさん、そばにいたはずのウィル君には気づいてませんでしたか？」

「あの力は、それこそ実際の夢のように、いくつかの光景を抜粋して覗き見るだけのものです。地脈に残された大地の記憶を辿《たど》るため、方角や位置については正確に把握できるようなのですが、すべてをつぶさに見届けるというわけにはいかぬようで」

そんな感じでオズワルド氏のことよりウィル君との関係に驚かれてしまったが、狂言のお誘いに関しては概ね好意的であった。

「お話は承りました。リオレット様のためにご協力いただけること、感謝いたします。我々は……何も知らぬふりをして、このままリオレット様をお守りしていれば良いのですね？」

「はい。オズワルド様と正妃様との密約を、上位貴族へ匂わせるタイミングになったら、改めて歩調をあわせていただければと……どっちにしても、不自然にならないよう、今まで通りに警備を続けてください。オズワルド様の動きを察して深追いしたり、知らずに周囲を巻き込むような魔法を使ってしまったり、そういった事故を防ぐためにお話ししました。たぶん、わざと外した怪しい狙撃とかはあるかと思いますが――余計な人死にを出さないよう、オズワルド様にはきちんとお願いしておきます」

これでルーシャン様への根回しはOK。

ライゼー様にも後でご報告しなければならないが、その前にオズワルド氏と再接触して、作戦実行の算段をつけねばならぬ。

幸い、氏の宿泊先のホテルは割と近場なのだが……もはや一介のペットとは思えぬ暗躍ぶりのルークさん。

しかしこれもトマト様の覇道のため。さらにはリーデルハイン家の安泰のためでもある。

うまく内乱とか防いだところで所詮は日陰《ひかげ》の身。

たいした報酬なども期待できないが、ルーシャン様のお口添えを前提に、せめてトマト様交易時の通行税優遇くらいは交渉してみるとしよう。(狡猾《こうかつ》)

そして、オズワルド氏の宿泊先ですべての打ち合わせが終わったのは、それから約二時間後――

こちらにはウィル君も同席してもらい、俺は姿を隠したまま、メッセンジャーキャットを駆使してどうにか乗り切った。

さしものルークさんもぐったりである……なんかもう三日分くらいは働いたよーな気がする。トマト様のお世話のほうがたのしい……

が、その甲斐あって王位継承権騒動の落とし所については、概《おお》ね目処《む》がついた。

次の王は第二王子リオレット様。

正妃様には「魔族を暗殺者として雇った」という証拠を盾にして、第三王子ロレンス様ともども、軍閥の盟主たるアルドノール侯爵の領地にておとなしく蟄居《ちっきょ》していただき、ロレンス様が成人したら臣籍にくだってもらってどこぞの領主か官僚に――というルートである。

細かな調整はお貴族様達の役目であり、それこそ猫の出る幕はない。

眠気をこらえてようやく八番通りホテルへ帰り着くと、窓辺ではリルフィ様がまだ起きていらした。

夜空を見上げる物憂《ものう》げな眼差しがお美しい……！

その横をすり抜けて部屋に入った後、俺はウィンドキャットさんのステルス機能を解く。

「リルフィ様、ただいま戻りました！」

「あっ……ルークさん……おかえりなさい」

椅子から立ち上がったリルフィ様が、いそいそと俺を抱きかかえる。

クラリス様とサーシャさんは既に就寝済みのようだ。ピタちゃん？　もちろん寝てないわけがない。

ライゼー様達はまだお仕事中かもしれないが、俺の眠気が限界なので、詳しいお話はもう明日でいいか……

「ルーシャン様との打ち合わせは滞りなく済みました。少々、想定外の出来事もあったのですが、長くなりますので、詳しくは明日、ライゼー様達もまじえてご説明しますね」

俺は眠い目をこすりながら大あくび。

リルフィ様はくすりと微笑み、俺を抱えたままベッドへ――

「あのー……狭いので、私はキャットシェルターに移りましょうか？」

お疲れのはずのリルフィ様を気遣うルークさん。

宿のベッドはお屋敷のものより当たり前に小さいのだ。

そもそも本来はお貴族様が定宿にするよーな高級ホテルではないため、これは仕方がない。

既にキャットシェルターもお披露目《ひろめ》済み。

飼い主とペット、居住環境の最適化を目指し、今後は積極的にあの空間を活用していく所存である！

リルフィ様は、わずかに首を傾げ、こくりと頷いた。

「……わかりました……では、クラリス様が起きた時に心配されないよう、書き置きを残しておきましょうか……？」

「え？　あ、いえ。それは普通に、こちらでリルフィ様が起きた時にお伝えいただけ……れ、ば……」

……おや？

……なんということでしょう。リルフィ様のおめめが……まるで星のない夜空のよう！（暗黒）

「……ル、ルークさんは……わ、私と一緒に寝るのが、嫌になってしまわれたのですか……？」

がたがたぶるぶるがたがたぶるぶる……細い体を震わせ、今にも泣き出しそうなリルフィ様……！

「めめめめ滅相もございません！　宿のベッドはお屋敷のものより小さいので、私のよーなケダモノが傍にいると眠りにくいのではないかと気になりまして！　あの、あの、リルフィ様もシェルターのほうにいらっしゃるなら、やっぱり書き置きをしておきましょうか！」

いかん！　リルフィ様の絶望顔は心臓に悪い！（えろいけど）

間一髪のタイミングで地雷を回避し、俺はリルフィ様と一緒にシェルターへと移動した。

ついでにコタツをどかして大きめのベッドもご用意。

この空間にある家具類はすべて魔力で構成された擬似《ぎじ》的な家具であるため、置き換えが一瞬で済む。

ただしすべて猫柄とゆーか猫要素が混ざっているのだが、これは趣味ではなくて仕様なのでどーしよーもない。猫魔法は猫要素を混ぜぬと使えぬのだ……

そしてリルフィ様は、当然のよーに俺を抱きかかえたまま大きな寝台へ横たわる。

「……今日は……ルークさんと一緒にいられた時間が短かったので……寂しかったんです……」

やめて消え入りそうなウィスパーボイスでそんなオス心を溶かしに来るのやめて抗えない抗えない罪悪感すごいコレ。

「そ、そうですね。正妃様とのお茶会は不参加でしたし、晩ごはんの後はルーシャン様のところへ行っちゃいましたし、いつもよりは……？」

……いやいやいや。リルフィ様の猫依存症は、一日どころか半日もたぬというお話……？

ペットたるもの、飼い主の支えや癒《い》やしになるのは当然の責務であろうが、これはちょっと不安になってしまう……ま、まぁ、きっと今だけだな！　初めての旅の最中でもあり、いろいろセンシティブな感じなのだろう。

猫をぎゅっと抱えて眠るリルフィ様の寝顔は、とても幸せそう。

眼を閉じているのでハイライトさんの勤務態度は不明だが、まさに天使のごとき寝顔である。きっと良い夢をご覧になっているものと思われる。

……一方、その夜のルークさんの夢は、「猟師が仕掛けたスイーツの罠にかかったルークさん、通りすがりのクロード様に助けを求めるも『自業自得』の一言で流される」の巻であった。

クロード様、意外と薄情……っ！

58 猫と朝飯前の夢診断

「……いえ、実際にルークさんが罠にかかってたらもちろん助けますよ？　亜神様に僕なんかの助けが必要かどうか、って問題は別として」

翌朝、クロード様を朝食にご招待した俺は、昨夜見た夢のお話を振ってみた。

前世トークを聞かれぬよう、キャットシェルター内には今、俺とクロード様の二人っきり。

クラリス様やリルフィ様達は宿の食堂で朝食中であり、ピタちゃんには部屋で見張り（※二度寝）をお願いしてある。クロード様も本当は朝食に行かれるはずだったのだが、「出会ったばかりなので、きちんと親交を深めたい」と申し出て認められた。

そして「よく眠れましたか？」「実はこんな夢を」という雑談の流れで、返ってきたお答えがコレである。

「ですよね！　クロード様はかよわい猫を見捨てられない方だと思ってました！」

「…………ただまぁ、その猟師が実はリル姉様だったりしたら、甘やかしすぎているルークさんにも原因があるかなぁ、とは思いますけど」

聞き捨てならない。

「……ちょっと意味がよくわからないのですが、何故そこでリルフィ様が……？　猟師的な要素ないですよね？」

「猟師の部分は無視して、『罠に捕まって自業自得』の部分です。現状、ルークさんを『捕まえている』となると、リル姉様が最有力っぽいので……あの人は、なんていうか、その――やや内向的で、寂しがりで、でも人間が苦手という困った矛盾《むじゅん》を抱えているので……そんなリル姉様を徹底的に甘やかしてくれる喋る猫とかが現れたら、そりゃ依存もしますよね、という話です」

なんやて。

クロード様が、動揺する俺に苦笑いを向けた。

「でも、悪いことじゃないとも思います。リル姉様は、生い立ちが少し特殊で……両親を含む家族をほとんど疫病で亡くして、貴族で魔導師だからあまり外へ出る機会もなくて、寂しさを抱えたまま育って……他人に甘えた記憶が、あんまりないんじゃないかとさえ思います。僕やクラリスに対しても遠慮がちですし、自分の立ち位置を決めきれないというか――リーデルハイン家ではみんな気を使っていたと思いますけど、だから余計に、漠然とした居心地の悪さみたいなものを抱えていたんじゃないかな、って」

リルフィさま……おいたわしや……

確かに、立場としては、ご家族を失いライゼー様という叔父に引き取られたよーなものである。住む家は変わらなかったはずだが、それはそれで幼心《おさなごころ》にはつらいものがあったのだろう――

「そんなところに、異世界から来たルークさんが現れて……たぶんルークさんって、リル姉様にとっては初めての友人なんだと思います。クラリスから聞きましたけど、初対面の時とか、あのリル姉様が珍しく眼を輝かせていたって」

「確かに、歓迎はしてもらいましたけど……いやでも、リルフィ様って超モテるでしょ？　あんな神話クラスの超絶美少女、こっちの世界にだってほとんどいないでしょーし、いくら身内とはいえライゼー様やクロード様が割とふつーに対応されているのが不思議で仕方ないんですが……」

……クロード様はなんともびみょーな、奥歯にさきイカでも挟まっているかのようなお顔に転じた。

「……美少女……まぁ、そうですね……確かに美人です。ところでルークさん、この世界の人達の顔面偏差値について、何か思うところはないですか？」

「え？　そうですね……まぁ、美男美女が割と多いな、とは思います」

「……つまり、そういうことです」

……どういうこと？

俺が無言で首を傾げていると、クロード様はふるふると首を横に振った。

「……つまりですね。大多数の人間が美男美女だと、ただ『美形』というだけでは、異性にもてる絶対的な基準になりにくいんだと思います。これには歴史的、文化的な背景もあるかと思いますが……ネルク王国において、おそらく一番もてるのは『陽キャ』です」

「ようきゃ」

「パリピです」

「ぱりぴ」

「たとえば、今回の騒動の元凶ではありますが、亡くなった前の国王陛下とかですね……」

「フカー」

思わず真顔で唸るルークさん。

頭おかしいんじゃねぇかこの国の連中。

いや、「パリピがモテる」という話のほうではなく、「だからリルフィ様の魅力がわからない」という有り得ない事態についてである。

陽キャがモテるのは割と万国共通なので不思議はない。たまに例外はあるかもしれんが、その手の例外は宗教的な理由とか伝統とか個人の嗜好《しこう》とかそーゆー話になりがち。

牙を剥いたルークさんに恐れをなし、クロード様があたふたと姿勢を正した。

「ご、誤解しないでください。リル姉様は実際、美人ですし、人目を引くのは間違いありません。ただ、ある程度、立場がある方々は、顔の云々よりも『明るい性格』とか『当意即妙《とういそくみょう》の話術』とか『戦闘力の高さ』とか、そういった外見以外の才覚を、結婚相手や交際相手により強く求めるという話です。ただの美男美女は、その……そこら中に、普通にいますから」

「いやいやいや。いませんって。リルフィ様ほどお美しい方とか他にいませんって」

「……それはたぶん、ルークさんの好みの問題としか……あの、美しさの基準も、それなりに多様ですし……それにこちらの世界の感覚だと、リル姉様は少し童顔気味に見られると思います。子供っぽいというか……」

「えっ……だ、だって、あの、その、子供っぽいだなんて……！　お顔立ちはそうかもしれませんが、あのお胸でそんな……!?」

クロード様、深々と溜息。何？　何なのその反応？

「……ルークさん。胸の大小は、ネルク王国ではあまりアピールポイントになりません。そこそこ大きい人ばっかりでしょ……？　それに前世でも、海外では『胸より尻』みたいな風潮の国もあったように記憶しています。人々の嗜好《しこう》なんて、国や時代によってどんどん変遷していくものです。あえて身体的な特徴に限れば、ネルク王国では『胸が大きい』より、『腹筋が割れてる』とか『手足が引き締まってる』とか、そういう部分に惹かれる人のほうがおそらく多数派でしょう」

「えっ」

た、確かに、前世でもそういう嗜好の人はそこそこいたが……『多数派』とまで言われてしまうと、ちょっとびっくりする。

「要するに、人々の好みが、男女とも全体的に体育会系寄りなんですよ。たとえば、闘技場で闘う筋肉質な女性拳闘士とか、前世のアイドル並に人気があります。引退後に伯爵家や侯爵家の正妻として迎えられた、なんて話も数年に一度は聞きますし、これはもう文化の違いとしか言えません。ヨルダ先生なんて、おそらく若い頃はえげつないくらいモテたはずですよ。ついでに個人的な話をすれば、僕はサーシャが誰より一番かわいいと思っています」

「……それはまぁ、一途で良い心がけです」

クロード様はそれで良いが、世間一般とルークさんとの間には、やはり認識に多少の齟齬《そご》があるのだろうか……

「あのー……たとえばですが、世間一般の眼から見て、ルーシャン様の弟子の『アイシャさん』とリルフィ様だったら、どっちがモテます？」

「お会いしたことはありませんが、噂で聞く限りではアイシャ様ですね。明るく気さくで、才覚に溢れていて……おそらく社交界でも相当な人気で、高嶺《たかね》の花扱いだと思います」

あ。そういえばクロード様は、まだルーシャン様にも会ってなかったか。

「……では、魔族のアーデリア様とかも？」

「先日、城の庭ですれ違っただけですが、あの天真爛漫な言動は多くの人から好感を持たれやすいはずです。リオレット殿下もその一人でしょう」

「その基準でいくと、やや暗い印象のある正妃ラライナ様とかは、美人でも非モテ扱いになるんでしょーか……？」

「いえ。天性の明るさを持つ方々に比べると少し負けますが、才覚がある方や話術に長けた方も、もちろん人気があります。ただ、体育会系の人気とはまた少し方向性が違うので、人によって意見が分かれるところです。リル姉様も、せめてもう少し言動を明瞭《めいりょう》にして、態度に自信を出せれば……いえ、それはそれで、無理をしているようにしか見えないかもしれませんが……」

なんたることか。

クロード様は淡々と、なおかつ丁寧に話し続ける。

「ルークさんも、先入観を捨ててよく考えてみてください。『顔がいいだけでモテる』って、そっちのほうが不思議じゃないですか？　それが『すごく珍しくて貴重』ならともかく、周囲のほとんどが美男美女だったら……それ以外の部分での差別化が進むのは、むしろ当然でしょう。猫だって、似たような容姿の猫がたくさんいたら、その中でも性格が明るくて人懐っこい猫がよりかわいがられやすいと思います。『性格が明るい』というのは人を惹きつける大きな強みです」

……猫さんの場合はもう少し奥が深く、「泰然自若《たいぜんじじゃく》とした存在感に惹《ひ》かれる」とか「人に迎合《げいごう》しないところがいい」とか、そういった好みの違いもあるので、一概には言えないが――しかし、一般論として言わんとするところはわかる。

お顔のいい人、お胸の大きい人が多数派を占める世界において、それらの要素は魅力としての優先順位が下がってしまい、世間一般では他の要素がより重視されるようになった――という流れか。

それでもリルフィ様のお美しさは神話級に別格だと思うのだが、ライゼー様達の反応を見る限り、「確かに美人だけど、崇め奉るほどでは……」という感覚っぽい。

「……でも、リルフィ様はお美しいだけではなく、とてもお優しいです！」

「それはわかりますが、なにせ自己主張が苦手な上に極度の人見知りなので……その優しさを親族以外に伝える機会が、あまりないはずです」

もはや納得せざるを得ない……

そーかぁ……いや、リルフィ様の自己肯定感の低さは、以前から気になってはいたのだ。あれだけの美貌を持っていて自分に自信がないとか有り得んと思うのだが、こちらの世界の価値観に影響されての話なら、仕方ないのかもしれない。

「でも、ルークさんの影響でずいぶん印象が変わったと思いますよ。以前は本当に伏し目がちで、人とまともに視線が合うこともなかったですから。あのリル姉様がわざわざ王都まで旅をしてきたなんて、今でも信じられません」

「……そーですよね。ちょっとご無理をさせてしまったなー、とは感じています」

俺の目から見ても、やっぱりリルフィ様はお疲れのご様子なのだ。もちろん歩いたり走ったりはしていないので、あくまで「旅の緊張による精神的な疲れ」である。が、これは蓄積するとガチで体の不調につながるのでバカにできない。

昨夜もそれゆえに「体を伸ばして悠々と眠っていただきたい」と思ったのだが、あんなことになってしまった。

何か気分転換とゆーか、リラックスできる環境を整えて差し上げたいのだが――ちょっと妙案が思いつかぬ。まぁ、後で考えるとしよう。

「それではクロード様、本題に入ります」

「う、うん……」

そう。何もリルフィ様の尊さ談義のためにわざわざ二人っきりになったわけではない。

「これからご用意する朝食につきまして……何かリクエストはありませんか？　クラリス様達にはお出ししにくい、アレとかソレとかもご提供できますが――」

アレの例↓くさや

ソレの例↓激辛マーボー

匂いや辛みの強いものは、クラリス様達にはご提供しにくい。たぶん納豆とかもちょっと厳しいだろう。

が、そこは元日本人のクロード様。「ごはんと納豆、卵焼き」の朝食とか、懐かしくないわけがない。かくいう俺も、たまにこっそり寿司や銀シャリを頬張っている。ご飯はともかく、生魚食ってるところとか見られたらやベー勢いで心配されるに決まっているので、あくまでこっそり。

クロード様は、ごくりと唾を飲み――

「あ、あの……もしかして……もしかしてだけど……『ハンバーガーとコーラ』って、出せますか……？」

……そっちかー。そっちだったかー。

そーいや「前世では成人前に死んだのかも」とは言っていた。その年代なら、まぁこのリクエストも納得である。

そして匂いの強くないものなら、ピタちゃんも一緒で大丈夫だろう。ピタちゃん、基本的に人間の食べ物はほとんどイケるのだが、匂いが強すぎるものと辛いものは苦手である。

「もちろん出せますよ！　何にしましょう？　スタンダードなヤツ、ダブルなヤツ、チーズいり、でっかいの、白身魚とかテリヤキもいけます。オススメはトマト様が入ってるアレですけど、だいたいなんでも出せるはずなのでご指定を――」

「お、大きいやつで！　大きいやつでお願いします！」

朝からか……俺はさすがに白身魚にしておこう。なにせもう若くない……（0歳）

改めてピタちゃんもシェルター内に呼び込み、三人……二人と一匹……一人と二匹？　で、朝ごはん。

まずは『コピーキャット』で、適当な素材から大きなハンバーガーとコーラを錬成！

器は出せないので、ストレージキャットさんから取り出した普通のお皿とコップを使う。ストローもないけど仕方ない。

卓上に現れた前世のファストフードを前に、クロード様は歓喜の笑顔。

「す、すごい……！　ルークさん、すごいです！　コーラなんて……コーラなんて、こっちじゃもう一生飲めないと思ってました……！」

「恐縮です。でも、ハンバーガーはこちらの世界にもあるのでは？」

「……あるんですけど……あれはあれでおいしいんですけど……なんか違うんです。そもそもケチャップも砂糖もない世界だし、パンは固いし……」

「あー。わかる気がします」

こちらのハンバーガーは、おそらく前世でいうところの素材感重視な高級バーガーのカテゴリである。

前世のファストフード系は、高カロリーなのに栄養価がイマイチなので、クラリス様達には決してオススメしたくはないのだが、しかし転生者ならば懐かしく感じてしまう背徳の味……サービスでフライドポテトとナゲットもつけちゃう。

あと栄養バランスを考えて温野菜のスープ。こちらはリーデルハイン家の料理人、ヘイゼルさんの味である。士官学校に在学中のクロード様にとっては、これもまた懐かしの味であろう。半年とか一年ぶりくらい？

「逃げないので、ゆっくり味わって食べてくださいねー」

「はいっ……！　はいっ！」

クロード様はもう半泣きであった。

コーラをこんなにもじっくりゆっくり味わって飲む人はそうそういないのではないかと感心するレベル。

そしてハンバーガーにかぶりつき、ポテトを貪り、ナゲットを放り込む。まるで男子高校生のよーな食いっぷりの良さ！　まぁ、実際そのくらいのお年なのだが。

「ルークさま、このとりにく？　ホネもスジもない！　すごいたべやすい！」

ピタちゃんはナゲットがお気に召した様子。

意外に肉食なピタちゃん……森でもちょくちょくケモノの肉は食っていたようなのだが、「あしがはっぽんあるやつ」とか「そらからたまにおちてくるやつ」とか「せなかからなんかでてくるやつ」とか、ビミョーに要領を得ず、ニンジン以外に何を食っていたのかいまいち定かではない――ピタちゃんのかわいいイメージを堅守するためには、あえて確かめないほーがいいよーな気もする。

聞けばトラムケルナ大森林、どうやら「エルフの自治領だから人間は入れない」という理由以上に、「野生動物にやべーのがそこそこいるから危なくて入れない」という面もあるらしく、割と怖いところっぽい。トマト様の安全迅速な輸送路確保における、今後の課題の一つではある。

ハンバーガーを食べ終えて、みんなで駄弁《だべ》りながらポテトをつまむ時間帯に突入したあたりで、クロード様がふと遠い眼をされた。

「……前世では僕、体質に何か問題があったんだと思います。こういうの、ほとんど食べさせてもらえなかったんですよ」

「ほう？」

クロード様の前世の記憶は曖昧なようだが、要所要所で断片的な情報や知識が出てくる。陽キャとかパリピとか。

「食べられても、ほんとに少しだけ、一口とか二口、味見できる程度で……同世代のみんなみたいに、こういうのをおなかいっぱい食べてみたい、って、思ってはいても実行はできなくて……」

照れくさそうに笑うクロード様。

「だから……前世での夢が、今になってやっと叶った気がします。ルークさん、ありがとうございました」

……ファストフードでこんなふうに胸熱なお礼を言われてしまうとは思ってなかった。

「……いえいえ。今後も、何か食べたいものを思い出したら遠慮なくおっしゃってください！　私の知っているものに限られますが、同郷のよしみでがんばって再現させていただきます！」

前世ルークさんの食いしん坊ぶりが、こんな形で役立つ日がこようとは……

そして、クロード様のさらなるリクエストにお応えして、デザートのソフトクリームを食べていた時――事件は起きた。

「……………………ルークさま。ルークさま、これなに……？　すごいおいしい……すごい、すごい……すごぃおいしぃ……すごぃ……」

ピタちゃんが壊れた。

俺の真似をしてソフトクリームをぺろりと一舐めした後、しばし呆然としてぽつぽつと呟き、その後はもう一心不乱であった。

ウサミミがぴこぴこぴこぴこと激しく揺れ、頬が紅潮し、まばたきすら忘れてソフトクリームにひたすら集中……

さくさくのコーンまで食べられると気づいた後は、さくさくさくさく……

クロード様がしんみりと呟く。

「……ルークさん。こっちの世界にもシャーベットやアイスクリームはあるんですが、砂糖がないので甘みは物足りないですし、ソフトクリームに至っては存在すらしていないんです。クラリスやリル姉様にも、これはまだ提供してないんですよね？」

「はぁ。クロード様からリクエストをいただいて、やっと思い出したくらいなので」

アイスクリームやシャーベットなどはぼちぼちご提供していたのだが、ソフトクリームはうっかり失念していた。そーいえばクリームソーダなどのフロート系もまだであった。

「たぶん、コレはみんなハマると思うので……お腹を冷やさない程度の量でお願いします」

「……そんなに？」

「禁断症状が出ないか心配なレベルです」

――ソフトクリームは、老若男女、人種を問わず、世界中でだいたい人気があるのでは？　みたいな推論を、かつて先輩から聞いたことがある。

新鮮な牛乳が必須なため、酪農《らくのう》に強い国でないと生産しにくいし、また牛乳が苦手な人にはもちろん向かないのだが――しかしご当地フレーバーというアレンジをしやすい上に、生産設備がそこそこお手軽なため、観光施設にも設置しやすい。一部のコンビニや喫茶店、中小飲食店なんかにも割とある。

前世では普及しすぎていてあんまり特別感がなかったが、こちらの世界では神獣ピタちゃんを屈服《くっぷく》させるほどの戦略物資であるらしい。

若干、戸惑って眺めていた俺とクロード様の前で、ソフトクリームを食べ終えたピタちゃんは、ほうっと一息。

「……ルークさま。ぴたごらす、ルークさまについてきて、ほんとうによかった…………」

はんのうにこまる。

一〇〇%純粋な食い気だけでそんなこと思われましても一。まあ、ご満足いただけたならなによりです……

その後、朝食を終えたクラリス様達がお出かけの身支度をしている間に、俺はライゼー様の執務室へお邪魔した。

昨夜決まった「オズワルド氏との狂言密約」「ルーシャン様との連携」について、ライゼー様にご報告するためである！

魔族との狂言の密約など、おそらくネルク王国においては前代未聞。

このめまぐるしい状況の変化には、さしものライゼー様も困惑顔であったが——長々とした俺の説明を辛抱強く聞いていただいた後、こんなことを仰った。

「ルーク……私を信頼して話してくれたのはありがたいんだが、これ、情報入手の経緯も含めて、トリウ伯爵への報告は避けるべきだよな……？」

「そうですね。ライゼー様のお心にのみ、とどめていただければと！」

ヨルダ様も隣で苦笑交じりに頷いた。

「ライゼー、こいつはもう子爵家風情が絡む話じゃないんだ。開き直って気楽にいこうぜ。一応、全体の流れが見えたおかげで、家の舵取りには迷わなくなっただろ？　それで十分、ありがたい話だ」

「それはまぁ、その通りなんだが……ここまで事態が思わぬ方向へ転がると、むしろ正妃が気の毒になるな」

あちらはあちらで四面楚歌《しめんそか》とゆーやつである……

特に、肝心のロレンス様と正弦教団（オズワルド様）の水面下での離反は想定外であろう。

それでも正妃の閥に与《くみ》する貴族はまだまだ多いから、本人が詰んでることに気づくのはもう少し先か。リバーシでいうと、「これから四隅とられるのが確定しているのに、盤面はまだ拮抗《きっこう》しているよーに見える」的な状態？

「さて、実際、トリウ伯爵にはどこまでご報告したものかな」

「とりあえず、ライゼー様が正規のルートで掴んだ情報以外では、『正妃が暗殺者を雇った可能性が高い』、『ロレンス様は自らの王位よりも、国の安寧を第一に考えそうなお人柄なので、リオレット様に配慮して独自の動きをされるかも』くらいで良いのではないでしょうか。噂話からの分析っぽく、適度にボカしてお伝えすれば、さほど疑念も持たれないかと思います。どうせロレンス様とリオレット様の密約については、立会人のアルドノール侯爵からトリウ伯爵へ伝わるはずですし」

「そうだな。魔族の存在に触れられん以上、そのあたりが落とし所か」

ここから先はライゼー様達のお仕事。猫の俺にできることはもうない。仮にあったとしてもちょっと怠けさせてもらおう。リルフィ様の精神面のケアのほうが大事である！

話がまとまったところで、階下から宿の人が駆けてきた。

「失礼いたします、ライゼー様！　たった今、ラドラ家からの使者がおいでになりました。トリウ・ラドラ伯爵が王都に到着されたようです」

「おお！　すぐに向かう」

ライゼー様が颯爽《さっそう》と席を立つ。

トリウ伯爵の到着は早くても午後、あるいは明日になるかも……という予測のもとに動いていたのだが、こんな朝の到着ということは、徹夜で馬車を急がせたのだろう。

「ルーク、私とヨルダはトリウ伯爵に報告をしてくる。クロードを案内につけるから、君達は予定通り、王都の見物でもして時間を潰してくれ。その上で、一つ頼みたいことがある」

「なんでしょう？」

ライゼー様が、手荷物から一通の封書を取り出した。

「……クラリスと一緒に、この手紙を、ある人物に渡してきて欲しい。王都にある拳闘場、『戦乙女《いくさおとめ》の園』で、広報官をしている女性なんだが……妻の友人でね。クラリスと会わせたいと、ウェルテルから頼まれた。本当は私が行くべきなんだが……」

俺はにこやかに頷く。その程度のお使いならば猫にも容易である。

「ライゼー様はお忙しいですからね。仕方ないですよ」

「…………いや、違うんだ……『世間知らずのウェルテルを口説いて辺境に連れ去ったロクでもないクソ野郎』として、そこそこ恨まれていてな……」

…………えええ……？

いや、玉の輿では……あっ！　違うわ、ご結婚当時のライゼー様は、まだ駆け出しの商人だったのか。

「さすがにもう本気では怒っていないと思うが、お互いに少々、体裁が悪い……先にクラリスと会わせて、様子を見てきてくれ。拳闘関係は軍閥の貴族も多く関わっているから、なるべく問題を起こしたくない。万が一、私が行って殴られでもしたら、お互い厄介なことになる……」

どういうことなの……？

ライゼー様、もしかして昔はチャラ男だったとか……？　いや、そんなライゼー様は見たくないし有り得ない！

「……後学のためにうかがいたいのですが、ライゼー様ってもしかして、今と昔で性格がかなり違ったり……？」

「なんだ、その含みのある質問は――いや、それはないぞ？　昔から面白みのない堅物だった。私が恨まれたのは、なんというか……その友人にとって、ウェルテルが庇護《ひご》の対象というか、かわいい妹分だったせいだろう。だから、誰が手を出しても結局は恨まれていたのだろうが、当時の私は、なんというか……今でもそうだが、小賢《こざか》しかった。そこが余計に、癇に障ったのだと思う」

あー。もしや、反論できない系のド正論でやりこめちゃったとか……？

いずれにしても、おそらく二十年くらい前の話であろう。

「この手紙を渡すのも、正確には私からの依頼ではなく、ウェルテルからの願いだ。すまんがクラリスに預けた上で、ルークにも見守ってもらえると助かる。クラリスも、会ったことはないが先方の名は知っている。ウェルテルからよく聞いていたはずだ」

「はい！　警護役、しかと承りました！」

元気に肉球を振る俺に見送られて、ライゼー様とヨルダ様は数人の騎士と共にホテルを出ていった。

こういうお使いを、リルフィ様やクロード様でなく、このルークさんに任せてくれるあたり――俺もすっかり、リーデルハイン家のペットとして認めていただけたように思う。

今後も忠義の心を忘れずにお仕えしたい！

なお、ライゼー様達がお出かけになった後、クラリス様にそう伝えたら、なんか生温かい感じのおめめで喉を撫でられた。ごろごろごろ。

喉を鳴らす俺を見ながら、クロード様とメイドのサーシャさんがひそひそ話をしている。

「……父上って、猫は苦手じゃなかったっけ……？」

「……ルーク様は、性質が犬っぽいというか……性根の部分が非常に真面目《まじめ》で働き者なので、むしろライゼー様との相性は良いように思います」

猫やぞ？

ちゃんとゴロゴロニャーニャー言うとるやろがい。

「母上の手紙の届け先は、『戦乙女の園』の広報官、ジェシカ・プロトコルさんか……名前は母上から聞いたことがあるけど、僕もまだ会ったことはないなぁ」

「変わったファミリーネームですねぇ。プロトコルさん……？」

前世だったらシステムエンジニアとかＩＴ系が天職かもしれぬ。「仕様」とか「議定書」とか「約束事」みたいな意味だっけ？

クロード様が俺の頭を撫でた。

「プロトコル家は、王都では名の知れた学者の家系ですよ。昔は『巻物の最初の紙』みたいな意味だったらしいですけど、巻物が廃《すた》れて書籍が主流になってからは、『表紙』っていう意味になっています」

ふーむ？　前世とはちょっと意味合いにズレが生じていそうである。時間の経過は言葉の変化を生むという例だろうが、名残《なごり》は感じられる。前世由来の単語を、誰かが家名に採用したのかもしれぬ。

「学者の家系なのに、拳闘場の広報官なんですか？」

「分家かもしれませんし、みんながみんな、家業を継ぐわけでもないですからね。父上だって本当なら商人になる予定でした」

それはそう。向き不向きもあるし、本人のやりたいことが家業と一致するとは限らぬ。ルークさんも亜神を家業としているが、どちらかとゆーとペットのほうが本業である。

ともあれ王都観光のついでに、クラリス様の母君・ウェルテル様から預かったお手紙を、ご友人に渡すというお使いクエストが発生した。

目的は手紙そのものより「クラリス様と会わせる」ことなのだろう。手紙だけなら配達人に任せてしまえば良い。

そして我々一行は、王都で名高い拳闘場、『戦乙女の園』へと足を向けたのだった。

余録2　戦乙女の園

拳闘士、ユナ・クロスローズには、なんだかんだで頭の上がらない相手が十人ほどいる。

そこそこ多いとは自負しているが、そのうちの一人が、目の前でにこにこと愛想をぶちまける拳闘場の広報官、ジェシカ・プロトコルだった。

年は三十七歳。職員としてはそろそろ古株だが、幹部としてはまだ若手である。

十八歳のユナとは母娘ほどに年齢差があるため、年の功で負けているのは仕方ない。

とはいえジェシカは拳闘士出身ではなく、他業種からの転職組であり、所詮は素人——仮にボクシングなら1ラウンドで圧勝できるし、ランニングならぶっちぎり、腕立て伏せや腹筋ならこなせる数の差は倍どころか十倍以上になるだろう。

私のほうが強い、と胸を張って言えるが、人間社会の力関係は、残念ながら基準が戦闘力に限定されていない。不条理である。

「まずは王国拳闘杯準優勝、おめでとうございます。ユナさんは試合登録がずば抜けて多いのに、勝率も高くて、練習もまじめにこなしていて、どんどん人気も出てきて、グッズもよく売れて……うちとしても、これから強く推していきたい有力選手になってくれましたぁ」

広報官という立場だけあって、ジェシカはおそろしく外面《そとづら》がいい。

容姿も若々しいが、子供っぽいわけではなく、あくまで年相応である。

そして——その笑顔には、言い知れぬ威圧感がある。

テーブルを挟んで対面に座したユナは、視線をあわせずにぺこりと頭を下げた。

「……はぁ……どうも……」

「……その上で、自分の課題——わかってますよね？」

にっこり。

ユナの背筋に寒気が走る。

「…………………無理。吐くまで走るのも倒れるまで筋トレするのも気絶するまで殴られるのも平気ですけど……『夜会で貴族に愛想よく対応する』とか、絶対ムリです……」

その弱音を受けて、ジェシカがさらににこにこと笑う。

「……どう考えても、キッさの判断基準がブッ壊れてますねぇ……最後のが一番楽なんですよ、本当は。気絶するまで殴られるって、それは一般的に『拷問』って言うんです。別にきちんと接待《せったい》しろって言ってるわけじゃないんですよ？　普通に挨拶して、にこにこしていればいいだけなんですから。拳闘士ってそもそも脳筋が多いですけど、ユナさんはぶっちぎりですよね。外見はちゃんと美人なんですから、社交術とまでは言わずとも、せめて人当たりを改善してください。そんなんでよく実家の店番できてますよね？」

淡々と正論で殴られ続けるのもなかなかキツい。

「えっと……うちに来るお客さんは紙製品を求めているだけですし、いまさら愛想とか、めんどくさいこと言わない常連さん達なので……」

ジェシカがにこやかに首を傾げる。営業スマイルというモノらしい。すごく怖い。

「いいお客さん達ですねぇ。大事にしてください。それはそれとして、この王都でボクシングがこれだけ流行《はや》っているのは、観客はもちろん、スポンサーになってくれている貴族の方々の力添えがあってこそです。これから育つ後輩達のためにも、この環境を保つことがどれだけ重要かはわかってくれますよね？　で、ユナさんは今や、女王ノエル・シルバースターを猛追する新進気鋭の有望株で、先日の王国拳闘杯では遂に準優勝を果たした人気選手です。折しも社交の季節、夜会への出席依頼もたくさん届いているんですが、さて、今日のご予定は？」

「…………この後、試合です」

沈黙。

卓上の麦茶を、互いに少しずつ飲む。

「……申請したの、いつです？」

「四日前……ぐらいですね」

「十日ぐらい前に、私、言いましたよねぇ？『社交の季節は、夜会に加えてダンスレッスンやマナー講習も入れるので、王国拳闘杯の後は試合登録をせず、ちゃんと予定を空けておいてくださいね』って」

試合の申請は選手の裁量に委《ゆだ》ねられている。もちろん対戦相手は選べないし、試合数にも上限があるため、希望日に戦えるとは限らないが、人気選手は興行の都合もあって優先されやすい。

「……王国拳闘杯ではノエル先輩に遊ばれて完敗だったので——早めに、次の試合を組みたかったんですよね。勘が鈍《にぶ》っちゃいそうでしたし」

「なるほどぉ……『試合申請しちゃえばこっちのもの』とか思ってませんでした？」

「そこまでは……いえ、すみません。とにかく試合したくて、何も考えてませんでした……」

おもしろい冗談でも聞いたかのように、ジェシカがわざとらしくくすくすと笑った。怖い。

「もう禁断症状じゃないですかぁ。週一ペースで試合組まないでくださいよ。いくら回復魔法で即日治癒できるって言っても、普通、試合の緊張とか集中とかで、精神的な疲労がそう簡単には抜けないいんですよ？　リングの上はそんなに楽しいですかぁ？」

「それはもう。可能なら毎日試合したいくらい楽しいです。トレーニングがおろそかになっちゃうんで無理ですけど」

　ユナが漏らした本音に、初めてジェシカの頬が少し引きつった。

「……一流の拳闘士って、だいたい頭おかしいんですけど……ユナさんは外見が優等生っぽくまともに見える分、狂気とのギャップが酷いですよね……ノエルさんといい勝負です」

「いいえ、さすがにノエル先輩ほど突き抜けてはいないです」

「どんぐりの背比《せいくら》べって言うんですよぉ、それ」

　表情はにこにこと笑顔なのだが、本当に眼が全然笑っていない。おっかない。

　溜息と共に、ジェシカが空気を切り替えるように肩をすくめた。

「……試合にはさすがに穴を空けられないので、仕方ありません。ダンスレッスンは後日に――いえ、諦めます。ダンスは断ることもできますし、失礼があるのが一番怖いので、マナー講習を最優先にしましょう。夜会のほうも……お招きは多いんですが、運営の立場からどうしても出て欲しいのは一つだけ。春の祝祭が終わった後の、軍閥《ぐんばつ》の筆頭、アルドノール・クラッツ侯爵邸での夜会です」

　アルドノール侯爵は、政治に疎いユナでも名前を知っている大貴族だった。

　軍閥の貴族はそもそも拳闘の興行と関係が深いが、彼は単なる支援者ではなく、他の貴族からの望まぬ介入を抑止《よくし》する後ろ盾と言っていい。高潔《こうけつ》な人格者としても知られており、おそらくは現国王よりも人望がある。

「夜会のランクが高すぎていきなりぶつけるのは不安だったので、その前にどこかの伯爵邸の夜会で予行演習をしてもらうつもりだったんですが――試合やトレーニングを優先したいなら、今年はそれで譲歩します。ノエルさんも出席されるので、多少は心強いでしょう」

「はぁ……なんだか、すみません……当日はがんばります」

「そうしてください。あと、さすがにもう、祝祭の期間内には試合を入れないでくださいね。せめて十日は空けてください」

「……………………………はい」

「……その間が不安なんですよぉ。なんですか？　リングに上がってないと呼吸できない回遊魚なんですか？」

どうにか話が終わったところで、ユナ達がいた広報官室に、受付からの伝言を携えた職員がやってきた。

「失礼します、ジェシカ広報官。リーデルハイン子爵家のご子息とご令嬢が、広報官宛の書状を届けに来られました。特に約束はないようですので、手紙だけを預かっても良いかと思いますが……軍閥の子爵家に連なる方々ですので、まずはご確認をと。お会いになりますか？」

「りぃでるはいん家ぇ……？」

ジェシカが珍しく動揺していた。

「……ご子息？　ご令嬢……？　子爵夫人とかじゃなく？　子爵本人でもなく？」

「ご子息とご令嬢です。あと、付き添いの親族らしき女性が二人と、メイドと猫も一緒にいます」

「猫」

「おとなしい猫でした」

余計な情報までくれたが、ジェシカは「んー」としばらく俯《うつむ》いた後、大きく頷いた。

「……会います。ユナさんとのお話は終わったので、このままこちらへ通してください」

「承《うけたまわ》りました」

職員と一緒に退室しながら、ユナは室内を一瞬だけ振り返る。

ジェシカの喜怒哀楽が、よくわからない。

決して無表情ではなく、目には怒気があるような気もするし、口は笑っていて、頬は引きつっている。それでいて全体には、どこか楽しげな気配も確かに漂っていた。

職責と私情の狭間《はざま》で蠢《うごめ》く不可思議な物体と化したジェシカの見慣れない姿は、ユナにとって、とても珍しいものだった。


ジェシカ・プロトコルさんは、ブラウンヘアーをセミロングにまとめた、落ち着いた雰囲気の女上司系美人さんであった。

服装がワイシャツにタイトスカートなせいで余計に上司感あるが、これは拳闘団体の女性職員の伝統的、かつ機能的な制服ということで、珍しいものではない。ボクシング自体が俺より前に来た転生者が広めたものっぽいので、その頃に定着したのだろう。

お年はウェルテル様より一つ上の三十七歳。こちらの世界の方々は、中年になっても全然老けなくてお美しい……のだが、この人は特に若い。「広報官」という立場上、貴族や商人との会合が多く、身だしなみにより気を使っているのだろうと推測できる。

あとはまぁ、女子の拳闘場という若い子が多い環境で働いている影響もあるかもしれぬ。

ペットのルークさんはこの場では喋るわけにもいかず、リルフィ様に抱っこされておとなしく埋もれている。

しかし——目の前の光景には、一言二言、言いたいことがないわけではない。

「うあ……うあああ……そっくり……ウェルテルの……子供の頃に……そっくりぃぃ……！」

ジェシカさんはほぼ涙ぐんで、床に膝をつき、クラリス様を抱きしめていた。

クラリス様は困惑しつつも、その背中を撫でて差し上げている。おとなにやさしい。

「ジェシカ様のことは、母から何度も聞いていました。一番の親友で、いつも助けてもらっていたと——」

「やだ、声までそっくり……むり……すき……」

限界オタクかな？　入室した時は澄ました営業スマイルでちゃんとしていたのだが、クラリス様が丁寧にご挨拶したあたりから、感極まって雲行きが怪しくなってきた。

ルークさんはいまやお気楽なペットの身であるが、前世の経験からわかる。この方、だいぶお疲れである……疲れている大人に優しい幼女を与えるとだいたいこうなる。（※個人差があります）

性別が違うと犯罪なので要注意であるが、同性でもちょっと……体裁《ていさい》が……困っているのはクロード様とサーシャさん。「えぇ……」みたいな感じで、口も挟めずどうしたらいいのかわからない様子。

クラリス様が嫌がっていたらさすがに対処するであろうが、とうのクラリス様は聖母もかくやの慈愛に満ちた顔つきであり、これもう一周まわってクラリス様の魔性がなせる業《わざ》では……？　我が飼い主、たまに腹黒では？

なお、リルフィ様は微笑ましげに見守っており、「クラリス様はやっぱり優しいなぁ」とか考えてそう。リルフィ様も大概籠絡《たいがいろうらく》されてるからな……

こうなると、ペットの俺とピタちゃん（人間形態）は「我関セズ」という顔をするしかない。ピタちゃんはたぶん本当に何も考えていない。この子もよく（ウサギ形態で）クラリス様に抱っこされてるから、それが当たり前になってしまっているのだろう。でも人間同士でコレは当たり前ではない。

俺が喋っていい状態だったら口八丁でなんとかするのだが、今は単なるペットの猫。会話の進行を見守ることしかできぬ、無力な猫さんである。

「それで、ウェルテルは元気なの……？」

「手紙に書いてある通り、少し体調を崩していますが――はい」

クラリス様のお声が若干、曇る……

どうやら『肺火症』については触れていないようだ。死に至る病という認識だろうし、ジェシカさんの様子を見る限り、取り乱してえらいことになりそうなので、まぁ仕方ないか……

しかし、こっそりご提供している抗生物質がたいへん良く効いているので、ルークさんは実はもうあんまり心配していなかったりする。

もちろん、結核は治りかけの油断が一番危険で、半年間は抗生物質を継続投与しないといけない。が、『じんぶつずかん』によれば、その薬効はまさに劇的であった。むしろ「前世の人間相手より良く効いてるのでは?」と疑うレベル。

ここまで良く効くと、最後のほうは「完治後の健康体に抗生物質をぶちこみ続ける」という状況になりそうなので、『じんぶつずかん』に完治の表示が出たり、あるいは「不要な抗生物質を延々と飲まされている」みたいな表記が出てきたら、さすがに投薬を切り上げる予定だ。『じんぶつずかん』さんは、前世の医療技術の限界を完全に凌駕《りょうが》しておられる……

で、クラリス様がジェシカさんをなだめている間、俺はその『じんぶつずかん』を慎重に読んでいた。

ジェシカさんはウェルテル様の幼馴染で、大親友だったらしい。というか、『初恋』って書いてあるな……? ウェルテル様も魔性だった……?

まぁそういう感じなので、そんなウェルテル様を横からかっさらっていったライゼー様には、若い頃は「フシャー!」という感じだったらしい。

さすがに今では落ち着いており、若き日の暴言をちょっぴり反省していたりもするようだが、それはそれとして「あの野郎!」という感情の処理はいかんともし難く、クラリス様のお姿を直に見て、いろいろ感情が溢れてしまった様子。

ようやく落ち着いて手紙を読み進めるうちに、またぽろぽろと泣き出してしまったが――しばらくして彼女は、自らの両頬をぱしんと叩いた。

「……失礼しましたぁ。お見苦しいところを……ウェルテルとは、手紙のやりとりはしていたんですが……ずっと会えていなくて、今回、初めてクロード様とクラリス様にお目にかかれて……ちょっと感極まってしまいました。私も歳ですねぇ……」

歳のせいではない。断じて歳のせいにしてはいけない。ジェシカさんのウェルテル様への感情がクソデカいだけである。

そうは言っても、彼女の目の前にいるのはウェルテル様ではなく、その息子と娘。感情をぶつける先としてはいささか不適当であり、また彼女も普段は理性ある社会人だった。大人はいろいろな感情と折り合いをつけながら、つらい日々を生きているのです……

ジェシカさんはしばらく思案した末、リルフィ様とピタちゃん、それからクロード様にも視線を向けた。一応はこの場の年長者達である。実質的な年長者はクラリス様ですがそれが何か？

「ええと……それで皆さん、今日のご予定は？」

答えられるのはクロード様しかいない。

「はい。滞在中はなるべく、王都の観光をする予定でして、今日はこのまま、拳闘場の試合を観戦するつもりです。母からの手紙でも『クラリス達に、ジェシカさんの仕事の成果を見せてやって欲しい』と、案内を頼まれておりますので」

ほう。これは初耳であったが、たぶんライゼー様かサーシャさんが、俺の見ていないところでクロード様に渡したのだろう。

ジェシカさんがまたじわりと涙ぐむ。

「うぅ……ウェルテル……こんないい子達に恵まれて……これで、父親があの野郎じゃなかったら……」

くぐもった最後の一言は聞き流すのが猫の情けというものである。

こほん、と咳払い。

「……では、もしよろしければ、今日は私に皆様を案内させていただけませんか？　春の祝祭の最中ですので、周辺の街からの観光客も来ており、拳闘場はおそらく非常に混雑しています。もちろん関係者用の席もご用意できますし、拳闘場のシステムなどについても……失礼ながら、あまりお詳しくはないのでは？」

「ええ、私も観戦するのは初めてです」

と、これはクロード様。この地での拳闘は「賭け事」であり、学生の身にはちょっと……しかし、法律で規制されているわけではない。クラリス様でも普通に賭けられるし、なんならペットの俺でも――いえ、さすがに窓口で喋ると騒ぎになるので、代わりに買ってもらいますけど。

この申し出に、クラリス様とクロード様は迷われているようだった。

理由は一つ。「俺」の存在である。なので、ここはペットから気を利かせる。

（ぜひお願いしてください！　ジェシカさんがいる間、私は喋れませんが、『メッセンジャーキャット』を通じてお話は可能ですので）

俺の声が届くと、クロード様は一回、はっきりと頷いた。

「ありがとうございます。では、お言葉に甘えて――お忙しいところ恐縮ですが、お願いできますか？」

「はい！　すぐに支度《したく》しますので、階下の受付で待っていてください」

先に移動しながら、リルフィ様が俺の耳元で囁《ささや》いた。

「……ルークさん、よろしかったのですか……？」

返答はメッセンジャーキャットさんに頼る。

（はい！　拳闘場が混んでいるのなら、クラリス様が迷子にならないよう、安全策をとりたいですし……専門家が案内してくれるのは心強いです！）

と、これは表向きの理由。

もう一つの理由は、単純にジェシカさんへの心遣いである……いや、もう、ガチで疲れてそうだったから……「多忙による疲れ」というより、あれは潤いの欠如による「精神的な疲れ」だ。

前世で社会人経験を持つルークさんとしては、ジェシカさんの限界感を他人事とはスルーできぬ。

クラリス様との交流が束の間の癒やしになれば、という思いである。いえ、弊社《へいしゃ》はお給料以外はまあまあホワイトでしたけど。

そして我々の本日の王都観光は、ジェシカさんという頼れる案内人を得ることとなった。

余録３　猫と拳闘場グルメ

王都に五つある拳闘場のうち、『戦乙女の園』は女子の試合専門で、なおかつ一番儲かっているらしい。

大試合専門の王立闘技場は別として、他三つでは男子選手が分散しているため、選手層が少し薄くなってしまう。また、昨今は女子の拳闘士がアイドルやタレント的な扱いを受けていることも要因だとか。

我々にそんな説明をしてくれたのは、もちろん広報官のジェシカさん。

「この王都では印刷技術が盛んですから、ブロマイドやポスターのようなコレクターズアイテムがかなりの収入源になっています。また商家のほうでも、新商品の広告などにうちの拳闘士を起用してくれる例が多くて、これにもまとまったお金が動きますねぇ」

ブロマイドと言っても写真ではない。写真かと見紛うほど精巧な絵であるが、これは庶民にも手が出やすい価格設定で、なおかつクオリティがけっこう高い。

また、こちらの世界には魔法で魔光鏡に焼き付けるガチの「写真」もあるのだが、これは貴族向けの高級品であり、庶民には手が出にくいシロモノ。前世の感覚で言うと、一枚で五十万～百万くらいか……シリアルナンバーをつけて限定十枚とか、そういう売り方をしているので、扱いとしては美術品系の資産だ。

これは非常に劣化しにくいとかで、昔の写真なんかも普通に色鮮やかに残っている。コストが文字通り桁違いではあるが、この「色褪《いろあ》せ」「紫外線による経年劣化」という点に関しては、前世の写真よりもむしろ優秀である。印画紙ではなくて特殊な石版に焼き付けるよーなものなので、ついでに重量も桁違いである。

初めて訪れた「闘技場」は、俺が想像していたよりも遥かに立派なものだった。

外観は石造りの屋外型円形闘技場で、いわゆるローマのコロッセオとかに近い雰囲気。

内部はすり鉢状に掘り下げられ、斜面に沿って段々畑のように観客席が並び、底の部分には近代的なボクシングのリングが設置されている。

通路は石材で舗装され、中段には石壁で囲った貴賓《きひん》席も並んでいる。

リングへ向かう選手や関係者が通るための専用通路は平坦で、それぞれ東西に伸びている。つまり、その先には控室等の「地下空間」も存在するわけで、建築技術の高さがうかがえた。

雨の時は水が溜まってしまいそうだが、たぶんこれ排水の設備もあるな……？　ルークさんは割とそういう建築技術に興味がある。この世界の建築物は、ファンタジー感がありつつ、前世からの流入文化や魔法の影響も反映されていて、独自の進化が見えておもしろいのだ。石材一つとっても、「これどうやって加工した？」と首をひねってしまうことがよくある。

ジェシカさんが我々に用意してくれた席は、ボックスの貴賓席であった。

前後二列に四つずつ椅子が配され、合計八つ。そこを六人＋一匹で使わせていただく。

一般の観客席は固定された木製のベンチだが、ここには普通に革張りの高級チェアが置かれている。

クロード様は驚いた様子だった。

「あの、ジェシカさん。ここって、王侯貴族用の高級席では……？」

「前のほうの予約席は完売しているんですが、今日は大きな試合でもありませんし、貴賓席がそこそこ空いているんです。というか……まだ噂の段階ですが、国王陛下の容態が急変したなんて話が流れているみたいで……貴族の方々が、予約をキャンセルしてしまったんですよね」

……急変どころか崩御《ほうぎょ》であるが、そういえば公式発表はまだだった。今の時点で正確な情報を得ているのは貴族だけであろうが、噂としてはもう街に流れつつある。確かにお貴族様は拳闘観戦どころではあるまい。

席についてすぐ、ジェシカさんは本日の試合表を人数分、回してくれた。俺の分はないが、リルフィ様が見せてくださるので問題ない。あとピタちゃん、ソレは食べ物ではない。

「せっかくなので、一口賭けてみませんか？　何口も賭けるのはおすすめしませんが、一試合ごとに一喜一憂できる感覚は、拳闘ならではの醍醐味《だいごみ》ですよ」

初心者の我々に、ジェシカさんは嬉々として説明をしてくれた。

賭けの対象となるのは、その日の全試合。

各試合に対して、「赤コーナー側の選手のKO勝ち」「青コーナー側の選手のKO勝ち」「判定決着」のいずれかにチェックを入れて、すべて的中すると一攫千金！　……というシステムなのだが、本日は十二試合。一試合ごとの的中確率は三分の一だが、これをすべて的中させるとなると宝くじのようなものである。

自分で予想できるからサッカーくじよりは遥かに当てやすいが、当てやすいということは配当金も下がるわけで、ド本命で固めるか穴を狙うか、悩みどころであろう。

また「判定決着」というのは、要するに規定のラウンドを消化した場合の話で、一応は審判が勝敗の判定を下すが、どちらが勝とうと、賭けとしては「判定決着」の括《くく》りに入る。

試合表を見ると、「3ラウンド」「5ラウンド」「8ラウンド」と、試合ごとに規定のラウンド数が違う。

今日一日で十二試合もあるわけだが、内訳は3ラウンドマッチが5試合、5ラウンドマッチが4試合、8ラウンドマッチが3試合――

仮に全試合で規定のラウンドを戦い抜いた場合、選手の入退場も含めれば四時間以上はかかりそうである。

しかし実際には「選手の入退場を含めても三時間以内に終わることがほとんど」とのことで、つまり早期のKO決着が多いらしい。タイトルマッチとかになるとセレモニーなどの時間もかかるのだろうが、今日はあくまで通常の興行だ。

また、後半のメインイベントが長いラウンドになるわけでもなく、「実力差がありすぎて勝敗は見えているので、短いラウンドにして判定決着の芽を残す」みたいな、ギャンブル性を考慮した編成が為されている模様。この点からも、「競技」より「興行」としての側面が強いと推測できる。

選手達のことをまるで知らぬ我々では予想の立てようもないが……ジェシカさんいわく、「今回は互角と目されている組み合わせが多いので、詳しくてもどうせ当たらないです」と、間違った太鼓判を押していただけたので、試しに買ってみることにした。

クラリス様とクロード様はそれぞれ予想を立て、俺はリルフィ様から「私はよくわからないのでお言葉に甘えて、マークシートを爪で示して……」とこっそり耳打ちされた。

……ルークさんが選んでください……」とこっそり耳打ちされた。


……マークシート⁉


俺は思わず眼を見開き、あわあわと前列席のクロード様を見る。

喋るわけにはいかぬ。いかぬが、これは看過できぬ。

（クロード様！　マークシートですよね、これ⁉　こんなシステムがもう普及しているんですか⁉）

クロード様が「あー」と頷き、何気ない様子で話題を振ってくれた。

「ジェシカさん、このマークシートの仕組みって、こちらのボクシング興行から始まったんですよね？」

「よくご存知ですね。詳しい年代は私も知りませんが、王都における印刷、製紙業の発展に伴い、マークシートを判別整理する魔道具も開発され、今のボクシング興行の発券システムにつながったと聞いています。こちらのマークシートを窓口に持っていって掛け金を支払うと、整理番号をスタンプしたチケットが発券されます。そしてチケットの偽造を防ぐために、マークシートにも同じ整理番号を印字した上で、こちらは運営側が保管します。的中したら後日、窓口で確認の上、配当金を受け取れる仕組みです。払い戻しはだいたい三日後くらいからですね」

クラリス様が首を傾げた。

「三日後……当日の受け取りはできないんですね？」

「ええ、配当金の計算がけっこう大変なんです。販売額と的中数に応じて毎回、金額が大きく変わりますし、拳闘場以外の販売窓口もありますので──『運営の仕事は試合後が本番』なんて、よく言われます。ただ、払い戻し以外の特典は試合後すぐに受け取れますよ」

「払い戻し以外……？　そんなものがあるんですか？」

クロード様、せっかく王都に滞在中なのに、本当に娯楽系の知識が欠けていそうである。やはり士官学校は忙しいのだろう。

「いわゆる残念賞みたいなものですね。一試合だけ外しちゃった場合、次回開催の前列指定席券か、ブロマイドのセット、どちらかを貰えます。それから全試合で外した場合、好きな選手のポスターを貰えます。どっちも非売品の景品用デザインなので、専門店ではそこそこのお値段で取引されているみたいです」

射幸心を煽《あお》るのが上手い……商売人たるもの、かくありたいものである。トマト様の販売施策を思案する上でも、こうした先行事例はきちんと把握しておくべきであろう。販売する物品は違えど、成功者に学ぶのは大切なことだ。

やがてリルフィ様に代わって俺がほぼ無作為に予想したマークシートは、ジェシカさんに預けられた。クラリス様達の分も一緒に窓口で買ってきてくれるというので、お言葉に甘えることにする。

──で、その間に喋っておこう。

「……やー、思った以上に効率的というかシステマチックで、びっくりしました……」

マークシートで賭博とか、前世を思い出す仕様であった。

クロード様も苦笑いをされている。

「初めてだと驚きますよね。王都でのボクシング興行は数学や金融業なんかとも関係が深いし、歴史的にも不正の防止技術やセキュリティ対策、業務の効率化が重視されてきましたから……ある意味、ネルク王国の『技術振興の屋台骨』になっています。ここから生まれた学問や仕組みが、他にも大量にありますよ」

「印刷技術の発展に寄与したとは聞いていましたが、本当に多岐《たき》にわたる影響があったんですねぇ……こうなると試合より、あのマークシートを読み込んで整理する魔道具とか、そっちのほうにも興味が向きます。けっこうな技術水準なのでは？」

「そのあたりは企業秘密でしょう。ボクシング興行の、というより、ここに魔道具を卸《おろ》している工房の秘密って意味です。ジェシカさんも詳しくは知らないんじゃないかと」

そういうものか。工房にとっては確かに虎の子の技術であろう。

しかし、スマホ一歩手前の「魔光鏡」なんて魔道具もあるくらいだし、こちらの技術はやはり侮れぬ。今までの転生者がいろいろやらかした結果だろう。

クラリス様が、前の席から俺を振り返る。

「さっきのマークシート、ルークは亜神の能力で予想したの？」

「いえ、そんな未来予知みたいな力はさすがに持ち合わせてないです。名前を見て『つよそう』って思ったほうに賭けつつ、迷ったら判定決着にしてみました！」

前世における女子のボクシングは、体格やパンチ力の問題もあり、基本的には判定決着が当たり前だったと記憶している。安全性の観点からラウンド数も少なめだったし、そもそも危険な格闘技であり、競技人口も決して多くなかった。

しかし、こちらの世界では事情が大きく異なる。

パンチに体内魔力を乗せ、防御にも同じく体内魔力を活用することで、いわゆる「身体強化」の状態を実現しているため、女子でもKO決着が非常に多いとか。

また、負傷しても試合後すぐに回復魔法を使われる環境が整っているため、怪我が翌日以降に響かず、これが試合数の増加にもつながった。

試合の増加はそのまま経験の蓄積を意味し、選手達の技術レベルは向上、拳闘士達の好試合はファンを熱狂させ、現在の隆盛につながっている。

しかも引退した名のある拳闘士は名士として扱われ、時には男爵位を得られる。

社会全体が拳闘士を国民的ヒーローとして捉えているため、熱量が非常に高く、その熱が試合にも反映されている――とは、ここまでの道中でジェシカさんからうかがったお話である。

話を聞いていたのはもちろんクラリス様だが、俺にとっても興味深いお話であった。

やがてジェシカさんが貴賓席に戻ってきた。

その手から美味しそうな匂い！　なぁに？　なに持ってきてくれたの？（キラキラ）

「お昼ごはんの時間にかぶってしまうもので、こんなもので恐縮ですが――拳闘場名物、『オコノミー』です。貴族の方々にもファンが多いんですよ」

……お好み焼きッ!?　お好み焼きさんじゃないですかッ!!

こんな異国の地で、貴方様にお会いできるとは……！

ルークさんは思わず歓声をあげそうになってしまったが、リルフィ様のお手々が口を塞いでくれた。たすかる。

タレは醤油ベースらしく、ちょっと香りは違ったが、しかし見紛うことのないお好み焼きである。おそらくマヨネーズも使われている。

タコス、もしくはクレープのようにくるりと丸めて紙で覆い、手づかみで食べられる形状だ。青海苔《あおのり》の香りまでほのかに漂ってきて、ルークさんのおなかがきゅるきゅると鳴ってしまった。

おいしそう。たべたい。

「飲み物も買ってきますので、先に召し上がっていてください。一人じゃ持ちきれなくて」

ジェシカさんが再び退出するのにあわせて、控えていたサーシャさんがメイドっぽく立ち上がる。

「ジェシカ様、お手伝いいたします」

「あら、そう？　助かりますぅー」

サーシャさんは気が利く！　あとジェシカさん、その子、リーデルハイン家次期当主の奥方様になる予定なので、仲良くしておくとたぶん得です。ルークさんは既にそのつもりで媚を売っています。

二人が貴賓席から出た後に、クラリス様が振り返った。

「じゃ、今のうちに――リル姉様」

「はい……ルークさん、召し上がりますよね？」

「はい！　いただきます！」

我が飼い主は、ペットの心をよく把握しておられる！　さすがである。

リルフィ様にお好み焼きを支えてもらい、俺は元気よく大口をあけてかぶりついた。

これは！　おいしい！

生地はもちろん小麦粉であるが、つなぎは山芋ではなさそう。おそらくこちらの世界独自の作物が使われており、歯応えがもっちりしている。

全体に薄く塗られたソースも実に良い案配《あんばい》で、醤油、塩、マヨネーズ、野菜系の出汁……あとはなんだ？　ハーブなども使われていそうだが、味は濃いのにちょっとした清涼感がある。

砂糖とトマト様の不在はやはり影響が大きいものの、こちらにある素材でここまで健闘したという事実に、同じ転生者の立場から敬意を表したい。

麦芽糖を使えばもっと甘くできただろうが、これはおそらくコストの都合か。あるいは、最初は使っていたけど、だんだん使われなくなったのかもしれない。

一口食べればもうコピーキャットで再現可能なのだが、それでもリルフィ様に手ずから食べさせていただけるのが楽しくて、そのままあーんし続けてしまった。許されざる。

「……ふー……ごちそうさまでした！」

「……はやい」

「ふふっ……ルークさん、すごい勢いでしたね……？　そんなに美味しかったですか……？」

「はい！　素晴らしく美味でした！」

クラリス様には呆《あき》れられ、リルフィ様には笑われてしまったが、ジェシカさんが戻ってくる前に堪《たん》能《のう》しておきたかった。

ついでに――

「あ、リルフィ様の分、改めてご用意しますね」

コピーキャットで同じものを錬成！　つまみ食いの証拠隠滅、完了である。

なかなか再現クオリティの高いお好み焼きであった。風味などはちょっと違ったが、「これはこれで！」と胸を張って言える美味しさ。

ピタちゃん（人間形態）も、飲み物を待ちきれずもっくもっくと貪っている。二枚目いる？

闘技場グルメに満足したルークさんは、そのままリルフィ様のお膝で丸くなった。ここからでもリングはよく見える。

暖かくておなかいっぱいで、うっかりしているとうつらうつらと寝てしまいそうであるが……猫だし、まぁいいか。ちょっとだけお昼寝をさせていただこう。

……ZZZ……


――ゴングの音と歓声で目覚めた。

「ルークさん……ちょうど、第1試合が始まったところですよ……」

リルフィ様が耳元で囁く。

お胸を枕に、前脚でぐしぐしと眼をこすり、俺はリングを見た。

……やべぇことになっていた。

そこで拳をかわすのは、うら若き女子二人。

両手にボクシンググローブ、上はハーフトップで下はトランクスと、前世でも有り得そうな姿である。広告が入っていないので柄はだいぶシンプルだが、リングシューズもちゃんとしている。

だが、動きが俺の知るボクシングのソレではない。

まず速い。

フットワークとかそういう次元の足さばきではない。

リングが揺れるほどのダッシュを双方が繰り返し、すれ違いざまに居合抜きのようなパンチを浴びせる。合間にジャブも乱れ飛ぶが、威力というか、打撃音がもはやジャブではない。「ジャブって当たれば致命打ですよね！」と、声高に主張しているジャブさんである。ジャブ……ジャブってなんだっけ……？

実際のところ、ジャブというのは「他のパンチほどには足腰を使わず、力を抜いて放つ牽制打」のことである。

相手との距離を測ったり、ガードさせて様子を見たり――顔に当たればまぶたが腫れたりはするので、攻撃力ももちろんあるのだが、「威力」に主眼をおいたパンチではない。

だが、眼の前のボクサー達が放つジャブは――

とにかく速い。見るからに重い。そして、当たった瞬間になんか光ってる……！

なんで！　グローブが！　光るの!?　格ゲーか？　ヒットマークか？　もしやグローブに何か仕掛

けがある？　演出？

　俺の疑問を、クロード様にメッセンジャーキャットさんで飛ばすと、クロード様はちょっと思案した後に口を開いた。

「……話には聞いていましたが、実際の試合はやはり、すさまじい迫力ですね。打撃のたびに光るのは、互いの体内魔力が干渉しあっているためだと聞きますが……足元にも、たまに似た光が生まれていますね？」

「あのリングも魔道具なので、選手の魔力と反応しているんです。リングは材質を強化しつつ、衝撃の吸収性を上げています。選手がダウンした時などに、頭を強く打たないようにという工夫です。安全装置の一つですね」

　どうやら常識レベルの疑問だったらしい……マジかー。ボクシングというか、これもうボクシングのルールを踏襲《とうしゅう》した別の格闘技だな……？

　ジェシカさんは追加のように、クラリス様へ向けて話しかける。

「あの大きめのグローブも、魔力を減衰させて、威力を弱めるためのものなんですよ。もしも拳闘士が、綿を詰めたグローブではなく、打撃の威力を高める篭手などを装備した場合――その打撃は岩をも砕きます。歴史的にも、ネルク王国の拳闘士部隊は他国から恐れられてきました」

　拳闘士が、槍や剣に勝てるわけがない……などと、ルークさんはちょっぴり思っていたのだが、たぶんこれ、認識を改める必要がある……

　剣や槍には体内魔力を乗せにくい。しかし、「拳」には容易に乗る。

リーチの短さという欠点は抱えているが、「身軽さ」と「一撃の威力」、さらには「継戦能力」において、拳闘士はおそらく武器を使う戦闘職を凌駕《りょうが》するのだ。

やがて1ラウンドの三分が過ぎると、インターバルが一分。

この光景は前世と変わらない。セコンドが椅子を出して、汗を拭いたり口をゆすがせたり——ただしセコンドもみんな、選手と年の近い女子である。

「セコンドについているのは、拳闘場に併設されている女学校の生徒達なんですよね？」

「ええ、学園公認のアルバイトとしても人気なんですよ。選手によっては、個人的に後輩や先輩、友人を雇っている例もあります。いま両選手についているセコンドは、学園の生徒でもありますが、どちらも普段は試合に出ている選手です。まだ新人ですが、間近で他の選手の試合を見ると、学べることが多いですから」

クロード様達のそんな会話を猫耳に聞きながら、俺も一息ついた。

初っ端からのあまりの熱戦に、つい肉球に汗を握ってしまった。前世で格闘技ファンだったとかではないのだが——この国の人達が熱狂するのもよくわかる。これはちょっと刺激が強烈すぎる。正直、想像していたのとは桁が違っていた。

第2ラウンド開始早々、両者の拳が交錯し、フックをかわしてからの強烈なアッパーがフィニッシュブローとなった。

テンカウントが過ぎると同時に、それぞれのコーナーに待機していた白いローブの女性が、担架《たんか》の担ぎ手を伴ってリングへあがる。回復魔法の使い手であろう。

勝者が両腕を掲げて観客にアピールをする間にも、敗者は担架に載せられて運ばれていく。

両選手に、観衆からの拍手と歓声が降り注ぎ――次の選手の入場とリングの清掃が、並行で進んでいく。非常にテンポが速い。

ちなみに勝敗予想であるが……

「あ。当たってる――」

「おめでとうございます、クラリス様！　幸先《さいさき》がいいですねぇ。クロード様とリルフィ様はいかがでしたか？」

「残念ですが、一戦目から外れです」

「……私も、判定決着にマークを入れていました……」

クロード様は苦笑い。リルフィ様は賭けていないのだが、外れたのはつまり俺の予想である。一戦目は3ラウンドマッチだったので、判定にもつれ込むかと期待したが……文句なしのKO決着であった。やはりギャンブルはそうそううまくいかぬ。亜神などといっても未来を予知できるわけではないのだと、改めて実証された。

二戦目の開始で場内にまた歓声があがる中、周囲には聞こえない小声で、リルフィ様が俺の耳元に囁く。

「……ルークさん……残念でしたね……？」

お返事はメッセンジャーキャットで！

（いえいえ、こういうのはそうそう当たるものでもありませんし！　……とゆーか、いきなり外してしまって、むしろ申し訳ないです……）

「実は私も、判定になるかと思っていたので……一緒ですね……？」

くすりと微笑むリルフィ様、お美しい……

リングの上は修羅場であるが、ここだけ空気感が極楽浄土である。にゃーんにゃーん。いつもより余計に鳴いております。

その後、第4試合にてクラリス様の投票券も遂にハズレとなり、「確率」という壁の前に、我々はあっさり惨敗した。

ギャンブルはね……やっぱりそういうものだよね……

余録4　猫と拳闘の女王

一攫千金の夢は潰《つい》えたが、試合はどんどん進んでいき、あっという間に二時間ほどが過ぎた頃——

我々がいる貴賓席に、ノックの音がした。

「ジェシカさぁん、ちょっといーい？」

わざとらしく甘えるよーな、若い女性のお声。

媚《こ》び媚びであるが、媚びているのに何故か嫌味がない。むしろ怖い。普通に怖い。猛獣が笑顔で「あーそーぼ☆」と、牙と爪を剥き出しにしている感じである。

思わずルークさんの尻尾が「ぴっ」と立ってしまったが、ジェシカさんは露骨に眉をひそめた。

「……良くないでぇす。接客中でぇす」

「ありがとう！　入るね！」

頭から話を聞く気がなくて、いっそすがすがしい。完全に強者のムーブである。

開いた扉の向こうにいたのは、銀髪のショートヘアがかわいらしい、猫っぽい顔立ちの美人さんであった。ただし服装は上下ともジャージ姿。

……あれ？　見覚えがあるな？　知ってる人だな？　名前は知らぬが、誰だっけ……？

クロード様が目を見開いた。

「……ノ、ノエル・シルバースター……!?　本物……!?」

「わお。私、有名ー♪　知っててくれてありがとう！　でもってはじめまして！　現役最強王者のノエルです。よろしくねー！」

女子の王者!?　この人が!?

……俺もやっと思い出した。

この陽キャは先日、八番通りホテルの前で、お散歩に出ようとした俺を捕まえた女子大生……もとい、早朝ランニングをしていた部活女子っぽい生き物である。

あの時は一緒に黒髪セミロングの美少女もいたが、今は一人。

そして、なんというか……「あの時」と、気配がまるで違う……

ギラギラしているというか、敵意はないのに殺気が漏れているというか……一種の興奮状態？　先日、抱っこされた時は朝だったので、まだ眠かったのかもしれぬが、今日は普通に圧が強い。中の人が入れ替わった……？　さすがにそれはないか。

「ジェシカさーん、今日、闘技場の一般席が満員なの！　ここでユナの試合、一緒に見せて！」

「……他の貴賓席に回ってください。どっか空いてるでしょ」

「ついでに、ジェシカさんが嬉々として半休とってまで接待しているお貴族様にも興味があります！

『あんな楽しそうなジェシカさん初めて見た』って噂になってるよ！」

「回れ右して出ていきなさい」

ジェシカさんは舌打ちまでしたが、本気で怒っているようには見えない。「しょーがねーなこの問題児は」くらいの空気感。

クラリス様が控えめに声を出した。

「あの、ジェシカさん。私達は構いませんよ？　ノエル様のご高名はうかがっていますし、この機会にお話ができたら嬉しいです」

「ノエル、座って。そしてクラリス様の寛大なお慈悲に感謝しなさい」

てのひらくるっくるである。クラリス様……もう掌握したか……我が飼い主は大人の扱いが上手い……

そしてノエル嬢は「わーい、ありがとー」とお礼を言いつつ、空いていたリルフィ様のお隣へ。

「あっ！　猫さん！　猫さんがいる！」

……そこで、必死に気配を消していた俺に気づき、眼をキラキラさせた。誤解を恐れずに言えば、「獲物がいたぞ」的なキラキラである。

「……にゃ、にゃーん……」

ちょっと動揺で鳴き声がうわずってしまった。

ノエル嬢がリルフィ様に微笑みかける。

「すっごいかわいい猫さんですね！　あ、私はノエルと申します。お嬢様は？」

「えっと……リルフィ、です。リーデルハイン子爵家の魔導師、リルフィ・リーデルハインと申します……そちらのクラリス様、クロード様の従姉妹《いとこ》です……それから、こちらはメイドのサーシャと、親族のピスタ様……そしてこちらの猫は、ルークさんと――」

リルフィ様……！　人見知りなこの御方が、みんなの紹介までしてくださるとは……！　その成長ぶりに、ルークさんは感涙を禁じ得ない。

「よろしくお願いしまーす！　そちらのメイドさんもよろしくね！」

愛想よく挨拶をしながら、ノエル嬢はうずうずそわそわしていた。

……これはアレだ。「ねこモフりたい」「でもお貴族様のペットだし自重《じちょう》しとこう」「とはいえ隙あらばモフったるで」という宣戦布告である。負けない。勝敗の基準はよくわからぬ。

くりくりとしたお目々で俺を見ていたノエル嬢が、ふと首を傾げた。

「…………あれ？　この猫さん……あの、失礼ですが、リルフィ様達の滞在先って、もしかして八番通りホテルですか？」

「えっ……は、はい。そこに、滞在していますが……？」

「わー、やっぱり！　先日、後輩と朝のランニング中に、この猫さんにお会いしたんですよ！　すごく人懐《ひとなつ》っこくて、かわいくて！」

…………おや？　リルフィ様のたおやかな微笑に、ほんの少しだけ……目薬一滴分ほどの、ほのかな陰影が……？　気のせいかな？

「…………そうですか……それはそれは……そんなに、人懐っこかったですか……？」

「ええ、それはもう！　私達の胸に頭を埋めちゃって、すっかり脱力して、初対面とは思えない油断の仕方でした。甘え方も慣れているし、顔つきも穏やかだし毛並みもいいし、やっぱりいいところの子だったんですねぇ」

りるふぃさま……？　どうしてハイライトさんがご休憩に入られているのですか……？　お昼休み……？

ルークさんがほんのり震えていると、ノエル嬢がまた首を傾げた。

「……でも……んー……猫さん……この子、猫さんですよね？　神獣とかじゃないですよね……？なんか神々しいっていうか……普通の猫さんと違うような……？」

…………………なんでバレた？　おいやべーぞ、この女子王者。

皆様に「ピシッ」と一瞬の緊張が走ったが、こんな時こそ俺の猫アピールである！

「うにゃーん」

その場で大きく伸びをして、あくびを一つ。

そのまま「我関セズ」と素知らぬ顔で、リルフィ様のお膝で丸くなる。腹の下に隠した肉球は冷や汗ダラダラである。

前列席のクラリス様が、我々を振り返ってくすりと微笑んだ。助け舟！

「ルークはとても賢いですが、もちろん普通の猫ですよ。ノエル様も、猫がお好きなのですか？」

「大好き！　だけどいろいろ忙しいから、自宅ではまともに飼えないんですよね。だから最近は、王都にある猫の保護施設によく遊びに行ってるんです。あそこ、大口の寄付者になると、好きな時に行って好きなだけ猫と遊べるんですよ！　最近は慣れすぎて、基本、無視されますけど」

猫カフェみたいな扱い？　王都にある猫の保護施設は、ルーシャン様が運営していると聞いている。きっと猫様にとって快適な環境を実現しているのだろう……が、そんなことより今はこやつの『じんぶつずかん』情報チェックが先である。

誰にも気づかれぬよう、こっそり広げたページには、こんなステータスが……

■ノエル・シルバースター（21）人間・メス

体力A　武力A
知力C　魔力B
統率C　精神B
猫力88

■適性■
拳闘術A　闘舞A　社交術B　指導B　地属性C
■特殊能力■
・フラッシュカウンター　・星の眼
■称号■
・白銀の拳聖

武力A!?　ヨルダ様と同格の達人!?

しかも魔力B、地属性C。拳闘の王者でありながら、魔導師としての才能まであるらしい。

他にも気になる要素がいくつかあるのだが……やはり最大の懸念は、特殊能力の「星の眼」であろう。名称からでは効果がさっぱりわからないが、「眼」というからには認知とか鑑定系の能力かもしれない。もしそうだとすると、こちらの正体をあっさり見破ってしまう危険性もある……できれば本人に「どんな効果なの?」とでも聞きたいところだが、直接聞くのはさすがに不自然だ。

あとは称号の『白銀の拳聖』っていうのもなんかすごそうだし、ついでに猫力もけっこう高い。

ルーシャン様、リルフィ様に次ぐ現状第三位である。前の二者が強すぎる。

先日、宿の前でモフられた時はただの部活女子かと思っていたのだが、とんでもない逸材であったか……人は見かけによらぬものだ。

ルークさん的にはもうボクシングの観戦どころではない。農業や交易向きの人材ではないし、別にスカウトする気とかはないのだが、敵に回したい相手でもない。

俺が猫寝入りで思案している間にも、クロード様達とノエル嬢の会話が続く。

「先日の王国拳闘杯では、優勝おめでとうございます。記事を読みましたが、ユナ選手との激戦は王国の拳闘史に残ると大評判ですね」

「ありがとうございます！　でもあの子的には、反省が多かったみたいで……私は楽しかったんですけどねー。『勝負勘を早く取り戻したい』って言って、今日も試合登録しているんです」

ジェシカさんが眉間を押さえた。

「あの試合中毒者《なぐりあいジャンキー》……本当は今日、社交界に向けて私がダンスのレッスンをするはずだったんですよ。なのに、無視して試合予定いれちゃって……まあ、おかげで半休とれたので、結果的には良かったんですけど」

「ごめんねー、ジェシカさん。ユナも悪気はないの。ただ、定期的に殴り合いしてないと精神の平穏を保てないだけで」

……やべぇ子では？（名推理）

眼下のリングでは、ちょうどそのユナ選手が入場してくるところであった。魔道具のスピーカーを通してアナウンスが響く。

『さあ、いよいよ満を持しての登場です！　先日の王国拳闘杯にて遂に準優勝を果たしました、ユナ・クロスローズ選手！　今日も闘志は充分、いつものようにグローブを叩き合わせ、静かにリングへ向かって歩いていきます！』

『「折れない黒薔薇」の異名通り、あのノエル選手を相手にして、8ラウンドまで粘り抜きましたからね。観客から悲鳴があがるレベルの満身創痍でのKO決着でしたが、そこからさほど日をおかずに、もう試合登録とは……いやぁ、本当にタフな選手です。私が現役の頃なんて、あの勢いでKOされたら一ヶ月は怖くてリングに上がれなかったと思います』

『あなたは恐怖を与える側だったかと記憶していますが』

『何いってるんですか。めちゃくちゃ清楚で可憐な美少女拳闘士だったじゃないですか』

たぶん笑いどころだったのだろう、観客がドッと沸いた。

『あ？　いま笑った連中、後で拳闘場裏な？』

『握手会やるなら事前に申請だしてくださいね。さて、青コーナーはイリーナ・サンフレイル選手ですが――』

アナウンスは対戦相手の紹介に移る。

こちらはユナさんより年上で、二十代半ばのベテランっぽい。やや褐色っぽい肌、赤みがかったポニーテールに鋭い目つきと、ワイルド感のあるお姉さまである。

対するユナ・クロスローズ選手のほうは……

間違いない。こちらも先日、ノエル嬢と一緒に俺をモフった早朝ランニング女子である。

黒髪でセミロングの清楚系美少女であり、この国の美男美女《リアじゅう》どもと比しても、ずば抜けて顔が良い。ほんとにかおがいい……いや、これは造形だけの話ではない。先日見かけた時は平常モードだったのだろうが、今はとにかく「表情」が良い。

凛として、クールで、しかしその双眸には試合への熱と覚悟を秘め、敢然《かんぜん》と前を向いている。

他の選手達のように、ファンサービスでグローブを振ったり笑顔を振りまいたりステップを踏んだりといった派手な動きはないが、「あっ……すき……」と応援する側に思わせてしまう、にじみ出るような魅力がある。もう存在感が尊い。なんかいいところのお嬢様に見えてしまう。

両者ともアスリートらしく筋肉質に無駄なく鍛え上げられた肢体をしており、腹筋などはきれいに六分割。いわゆるゴツい感じではないが、整った容姿とあいまって、非常に見栄えが良い。絵になる。

「きゃーーーーっ！　ユナーーーーっ！　こっち向いてーーーーっ！」

ノエル嬢の黄色い歓声に、ジェシカさんがわざわざ振り向いてゲンコツを入れた。

「いった！　応援しただけなのに⁉」

「あんたが騒いだら殴っていいって、ユナから言われてるんですぅー」

「じゃあ仕方ない」

王者……王者？

なんとなく理解したが、この王者、たぶんユナさんのこと大好きである。姉妹のような距離感なのだろう。さっきの入室時に変な迫力があったのも、推しの試合を前にして昂ぶっていたものらしい。

ノエル嬢は後方腕組み王者面で物騒な笑みを見せた。

「さて、5ラウンドマッチか……イリーナ先輩も油断できない相手だけど、まぁ、3ラウンドあたりでユナのKO勝ちかな。判定まではいかないでしょ」

「ほんとですかぁ……？　イリーナも打たれ強いですよ。去年、この二人があたった時は、ユナの3ラウンド判定勝利でしたね」

広報官のジェシカさんも広報腕組み社畜面で対応。

ちっちっちっと、ノエル嬢が悪い顔に転じた。

「……ジェシカさん、知らないでしょ。イリーナ先輩には致命的な弱点があるの」

「へー。聞きますよ？」

「あの人、あんなワイルドぶっているくせに、実は猫が苦手なんですよ……！　昔噛まれたんだって言ってましたけど、猫に噛まれるとかもうご褒美じゃないですか。だってこんなにかわいいのにねー？」

流れるよーな動きで俺と握手。こやつめ。意外と策士か？

ジェシカさんがこめかみを軽く押さえた。

「……すみません、皆さん。この子、強いけどバカなんで……」

「バカじゃないですぅー。ほんのちょっぴりおちゃめなだけですぅー」

「あんまりウザ絡みすると叩き出しますよぉ？」

年齢差の割に仲いいなキミら。

なお、ジェシカさんはクラリス様の母君より一つ年上で三十七歳、ノエル嬢はまだ二十一歳である。

お二人のコントを生ぬるく聞きながら、俺はリングの上をじっと観察する。

これまでの試合を見てきて――こちらの世界での「ボクシング」が、前世のそれとはだいぶ違うことは理解した。

ルールはほぼ同じと言っていいのだが、そもそもの「人類の身体能力」が段違いなのだ。

魔力とか精霊といった前世にはなかったファクターが影響していそうだが、こちらの世界の人々ははっきり言って強い。

百メートル走みたいな競技はないのだが、計測すればおそらく世界記録を遥かに超えて五秒とか六秒といった記録を叩き出しそうだし、垂直跳びで2メートルとかジャンプしてしまう人もいる。

もちろん個人差も大きいし、持久力などは前世の人々とそんなに変わらない気がするのだが、筋力や瞬発力の平均値が非常に高い。

その結果、「リングでの立ち回り」のセオリーも、前世とは違うものになっている。

攻防はめまぐるしく、動きは派手で、パンチ一発で大きく体が吹っ飛ぶことも珍しくない。

それこそ格ゲーのような挙動であり、もはや筋組織とか骨の強度とかがまったくの別物なのだろうと納得せざるを得ない。

まぁ、こっちの世界の人達は、魔獣と戦ったりもするみたいだし……今日は、その上位層の驚異の身体能力をまざまざと見せつけられた。

――ところで『じんぶつずかん』を見ていると、王者のノエルさんは武力Aなものの、こちらの所属選手の方々の武力は、概ね「B～C」なんですが……うちのメイドのサーシャさんの「武力B」って、もしかしてかなりヤバいのでは……？　猫は訝《いぶか》しんだ。

　一方、ノエル嬢はリングに佇むかわいい後輩に、なまあたたかい視線を向けている。

「あの子、前の試合ではちょっといじめすぎたかなー、とか、ほんの少し思ってたんですけど……翌日にはケロッとしてて、二日後にはもうスパーやろうって誘ってきて、『あ、やべぇなコイツ』って改めて思いましたね……一流の拳闘士ってだいたいどっか頭おかしいし、やっぱりここ数年でまともなのは私だけなのかな、って」

「どんぐりがなんか言ってますねぇ……」

　どんぐり？　なんのことかわからぬが、スラングであろうか。

　そうこうしているうちに、第一ラウンドのゴングが鳴った。

　俺は思わず肉球で口元を覆ってしまう。

　リングで始まった試合は、それまでの試合よりもさらに一段階、ギアが上がっていた。

　ユナさんの戦いぶりは、「被弾覚悟で前進」「踏みとどまって乱打」「ひたすら接近戦」という、非常にリスキーかつ侠気《おとこぎ》溢れるもの。

　当たりそうで当たらぬ——のではなく、ガンガン当たっているが、それでも怯《ひる》まず、むしろ前に出ることで打点をずらし、逆に自らの拳を届かせるという……「あ、やべぇなコイツ」としか思えぬ戦法であった。イノシシか？

　対戦相手のイリーナ選手は適度に付き合いつつ、要所で上手く体を引いて空振りを誘い、そこにカウンターを入れていく——が、ユナさんはそのカウンターを食らいながら、さらなる反撃で自らの打撃を叩き込む。

凄絶な打ち合いに観客のボルテージは上がる一方であるし、これ、見ている分には確かに盛り上がるだろうが――ヤバくない……？　様子見とか一切しないのか……

ルークさんがあんぐりと口を開いていると、隣からノエル嬢の手が伸びてきて顎下を撫でた。

「あははは♪　猫さん、人間同士のバトルはあんまり見たことないのかな？　驚いて固まっちゃってる」

リルフィ様が慌ててフォローしてくださった。

「あ……そ、そうですね。リーデルハイン領はのんびりとした田舎なので、こういう競技を見る機会はなくて……」

「ふーん？　……でも、そちらのメイドさんは……割とガチめの経験者ですよね？」

ノエル嬢の視線が、無言で控えていたサーシャさんへと向いた。がっつり笑顔だが、目の奥が妙に光っている……怖っ。ハイライトさんはお仕事をしすぎても怖くなる。まめちしきである。

サーシャさんは折り目正しく一礼し、「警護のための、最低限のたしなみです」と涼しく応じた。

ラウンドが終わり、インターバルに入る。

両選手とも既に汗だくだが、クリティカルヒットはない。パンチそのものは入っていたものの、体内魔力で防御できていたということか。採点はドローだと思われる。

リルフィ様が思案げに呟く。

「これだけの勢いで殴り合っても、平然としているということは……やっぱり、集中が切れたところを狙わないと、KOは難しいのでしょうね……？」

「そうですねぇ。あるいは相手の防御力を上回る攻撃力ですり潰す、っていう手段もあります。こちらの王者さんが得意な戦法ですが、これは鍛錬でどうこうなる話ではなくて、そもそもの魔力の才能がないと無理なので……基本的にはご指摘の通り、『互いの集中力を削り合って、先に強烈な一撃を狙う』というのが勝ちパターンになります。一発いいのが入ると、それで集中が途切れてKOにつながる展開が多いです」

ジェシカさんの説明に、ノエル嬢がウィンクを重ねた。

「ただしそれも、普通の相手の場合ね。ユナがヤバいのは、ちょっとやそっとの強打を食らったくらいじゃ集中力が途切れない点なんです。たとえば、私が本気でボディに一発をぶち込めば、普通の選手なら腹筋に深々とグローブが埋まってそのまま悶絶、呼吸もできなくなってテンカウントですけど……ユナの場合、ダウンはしても意識がある限り立ち上がってきます。連打で沈めても吐きながら立ち上がってくるんで、割とドン引きなんですけど……体内魔力を防御に使うのが上手いんでしょうね。だからめちゃくちゃ打たれ強くて、粘れば粘るほど相手が疲れて、逆転勝ちも増えるっていう寸法です」

なるほど……つまりユナ選手は意外に防御型のボクサー……いや、防御型というより耐久型か？

インファイト中心でひたすら前進の戦い方から、てっきり超攻撃型なのかと思ったが、これはルークさんの勘違いであった。要するにやべぇ子である。

話している間にインターバルが過ぎ、第2ラウンド開始のゴングが鳴り響いた。

ノエル嬢は実に楽しげに試合を見守っている。

「ユナの試合が人気なのは、やっぱり見ていてわかりやすいのと、とにかく真っ向勝負だからですね。もちろん技術も磨いてますけど、その磨き方が『真っ向勝負で勝つためにはどうするべきか』っていう方向性からブレないんで、戦っていても楽しいです。小細工にはガンガン引っかかりますけど、引っかかった上で力押しできるだけの底力があるんで……まぁ、厄介ですよ。このラウンドあたりでその厄介さが見えてくると思います」

解説助かる。

「対戦相手のイリーナ選手も、強い方なのですよね？」

クラリス様は意外とこういうのもイケる口だったらしく、全試合を興味たっぷりに観戦していた。

「そうですね。今期のランキングは二十三位、ユナは五位なんで、ユナのほうが格上ですが……私よりも年上のベテランなんで、試合経験も多いですし、充分強いです。格上相手に勝つこともけっこうあります。少し打たれ弱いところはあって、長期戦になると厳しいんですが、5ラウンドマッチならギリギリもつ感じです」

ジェシカさんが続ける。

「8ラウンドだとさすがにユナのKO勝ちに投票が集中しそうだけど、5ラウンドならKOか判定か五分五分、3ラウンドだったらどっちが勝つにしても判定になるかな……っていうのが、運営側の見立てだと思います。私は広報なんで詳しくは知りませんが、そういう判断に迷う試合のほうが、ギャンブルとして成立しやすいんです。そのせいでノエルなんか、大試合以外では3ラウンドマッチばっかりです。まぁ……8ラウンドマッチでも1ラウンドでKOとかよくやらかすんで、あんまり意味ないですけど」

「私、強いから！」

ノエル嬢が悠然と胸を張る。えらそう。つよそう。

「ノエルはデビュー以来、ずっと無敗なんですよね……短いラウンドでの判定決着はそこそこあるんですけど、先日の王国拳闘杯ではユナが8ラウンドまで粘って、けっこう話題になりました。拳闘杯の決勝は12ラウンドまであるんで、別に惜しかったって話ではないんですけど、今のノエル相手にそこまで粘れそうな選手は少ないので」

「拳闘杯良かったよねぇ……あのユナがあんなに強くなって……いや、いっつもスパーの相手してもらってるから知ってはいたけど」

「トップ選手同士って、普通にスパーリングとかするものなんですか？」

クロード様の問いに、ノエルさんが微笑む。

「ユナと私は特別ですね！　デビュー前から仲良かったですし、私の相手ができる子って少ないので。てゆーか、他の子は……私とスパーすると、けっこうメンタルやられちゃうことが多いんで……」

なんか哀愁漂ったな、今。王者の孤独か？　てかげんとか苦手なタイプ？

「あ」

クラリス様が声をあげた。

ドボッ、と嫌な感じに重い衝撃音が響き、リングの上でユナさんがうずくまる。

膝をついて背を丸め、凛々しい顔を苦悶に歪めて、彼女は必死に呼吸を整えようとしていた。

ジェシカさんが唸る。

「うわぁ。フェイントの左アッパーをわざと空振りしてから、渾身の右ボディブロー……これはイリーナがうまかったですねぇ。ユナが手を出そうとしたところへ、抜群のタイミングで狙いすました一撃をぶち込みましたよ」

「あの人、無理な姿勢からでもちゃんとダメージが入るパンチを打ってくるんですよね……これだからベテランは……」

ノエル嬢は不機嫌である。推しのダウンが気に食わぬのであろう。

「でもまぁ……コレで完全にスイッチ入りましたね。3ラウンドじゃなくて、このラウンドで終わるかも。いずれにしてもユナの勝ちです」

え？

むしろ大ピンチのように思えるが……膝はガクガクしているし、構えはおぼつかないし、明らかにダメージが残っている。目つきだけはやけに力強いが、ここで畳み掛けられたら危ないのでは――

などと思っている間にも、たちまち対戦相手が襲いかかる。

ユナさんはガードを固めたままあっという間にコーナーへ追い詰められ、革のグローブが筋肉を叩く重苦しい音が、観客席にまで連続で響く。

温厚なリルフィ様は、口元を手で覆って心配げな眼差し。

「あっ、あっ……あっ……」

ノエル嬢がぽんぽんとその肩を叩く。陽キャめ。初対面でも距離感が近い。

「あー、だいじょーぶ、だいじょーぶですよ。ガード固めてるユナに、あの程度の打撃じゃお話にならないんで。イリーナの勝機は……ボディなんか狙わず、脳震盪《のうしんとう》狙いのかすめるような一撃で、『気力じゃ立てない』状態へ持っていくことでした。もしくは判定狙いの泥仕合ですけど、イリーナの体力だとユナ相手に5ラウンドは厳しいんで……早期決着を狙ったのは正解です。で、私が前の試合ではユナのボディを狙って、それがうまくいったから真似したんでしょうけど……そもそものパンチ力が違う上に、私とユナはお互いの手の内がわかってるから総力戦にならざるを得ないだけで――イリーナの一撃は逆効果でした。ユナの一番ヤバい部分を引き出しつつあります」

王者の解説はだいぶ贔屓《ひいき》が入っていそうだったが、眼下のリングでは確かに妙な気配が漂い始めていた。

コーナーであれだけの乱打を受けているというのに――ユナさんがダウンしない。ダウンできないほどのラッシュというわけではない。なんかだんだん「動かない岩」を殴っているように見えてきた……

そして、打ち疲れたイリーナ選手が息を入れた瞬間――

ユナさんの右フックが、イリーナ選手の脇腹を文字通り「吹き飛ばした」。

自動車にはねられたような勢いでその体が浮き、近くのロープに大きく沈んで――そのままずるずると、白目を剥いて崩れ落ちる。

一撃必殺の逆転劇を前にして、一瞬の静寂の後、大歓声があがった。

カウントなしでレフェリーが試合を止め、今までの試合と同じように、回復魔法係がリングへ駆け込む。

対戦相手は小刻みな痙攣《けいれん》を起こしていたが、魔法が発動し始めるとすぐに顔をあげ――悔しげに笑った。

勝ち名乗りを受けたユナさんと一言二言、言葉をかわしたようだが、その内容までは我々にも聞こえない。竹猫さんあたりを飛ばせば把握できただろうが、まぁそれは野暮というものであろう。

歓声が続く中、リルフィ様がほうっと肩にこもっていた力を抜く。

「……い、今までで一番……心臓に悪い試合でしたね……」

「あはは♪　そんな真剣に応援してもらえたら、ユナも嬉しいと思います。こういう試合ができるのも、ユナの人気の理由ですよね。打たれ強い上に、ピンチに陥ってもパンチが死なないから、逆転劇が多いんですよ。でも、去年頃のユナだったらあのままコーナーで沈んでいたと思います。イリーナ先輩には以前のイメージがあったんでしょうけど、ユナはここ一年くらいで急に強くなったので」

「結果は2ラウンドKOですか……またグッズが売れそうですねぇ。王国拳闘杯で増産したばっかりなんですけど……しかし、リングの上だとほんっっっっっとにいい顔しますね、あの子……」

ダンスレッスンをすっぽかされたジェシカさんが、呆れたように呟いた。

入場時とは打って変わって晴れやかな笑顔を観客に向けるユナさんは、ぶっちゃけちょー輝いていた。

本日の全試合が終わった後。

我々は改めて、ジェシカさんとノエル嬢にお礼を言った。

「今日はありがとうございました、ジェシカ様、ノエル様。たいへん素晴らしい試合を拝見できて、母への土産話ができました」

「にゃーん」

ご挨拶の代表者はクラリス様。年齢的におかしい？　いやおかしくない。一行の保護者である。クロード様でも良いのだが、ウェルテル様にそっくりというクラリス様のほうが、ジェシカさんにがっつり刺さるから仕方ない。

……もちろんクロード様もちゃんと対応してましたけど。ただ、さすがに女性ばっかりだから居心地悪そうだ。ライゼー様やヨルダ様はお仕事だから仕方がない。

ところで、さっきからリルフィ様が首を傾げておられる。

「……あの、ルークさん……この外れ券なのですが……」

眼前に差し出された虚しき夢の跡を、俺はじっと見る。

上から順番に……ひどい。えっ。うそっ……一試合も当たっていない……？

ユナさんの試合ですら「判定決着」にマークが入っていた。まともに予想をしなかった結果とはいえ、確率論的にヤバい。

……博才《ばくさい》？　それはどこで買えますか？

まだ喋るわけにはいかぬので、メッセージを飛ばす。

（……これはちょっとひどすぎますねぇ……自分でも引くレベルです……）

「あの、いえ……そうではなく……残念賞……」

あっ。

そういやそんなシステムがあったな!?　非売品のポスターがもらえるとかなんとか。

「えっ……まさか……的中!?」

と、このセリフは俺ではない。隣にいたクロード様だ。

ジェシカさんも眼を丸くする。

「ええっ!?　すごいですよ、リルフィ様！　当たり券は『三分の一』の確率を十試合以上に渡って当て続けるわけですが、全外しは『三分の二』の確率を同じ回数、当て続けるようなものです。狙ってもなかなかうまくいきませんし、わざわざそれを狙って賭け続ける人も多いんですよ」

ううむ……褒められているはずなのだが、全敗は全敗なので、なんというか……いや、確率的に難しい偉業なのは間違いない。だからこそ景品が貰える。

「……あ、あの……私にはよくわかりませんので、クロード様、引き換えてきていただけますか……？」

リルフィ様は券と一緒に、俺をクロード様に手渡した。

そしてクロード様にこっそり耳打ち。

「……これを当てたのは、ルークさんなので……よろしくお願いします」

クロード様は笑顔で頷き、俺を抱え込む。この心遣いよ……リルフィさま……すき……

一連のやり取りに、ノエル嬢が首を傾げる。

「え？　猫さん連れていくの？　けっこう混雑してますし、こっちで預かっておきましょうか？」

「い、いえ！　ついでに何か食べさせてあげたいので……」

オコノミーは美味しかったけどな？　俺がアレを丸々一人前食べたことはナイショである。

「あっ。試合観戦で食べてる暇なかったですもんね。それなら私も……」

「ノエル様、ちょっとお耳を――」

クラリス様が、こそこそと内緒話を始めた。

ノエル選手が眼を見開き、幻覚の猫耳と尻尾がピン！　と逆立つのが見えた。気がした。

「お気をつけて！　引き換え場所はわかりますよね？」

「え？　あ、はい……」

「サーシャ、兄様をお願いね。私達は、観客の退場が落ち着くまで、ここで待っているから」

サーシャさんが無言で一礼し、我々はまとめて送り出された。

貴賓席の通路を歩きながら、クロード様が囁く。

「……ルークさん……クラリスがなんて言ったか、聞こえました？」

「さぁ？」

ルークさんうそついた。ほんとは猫耳に聞こえていた。

我が主はこう宣《のたま》った。

「兄とサーシャは幼馴染で、そういう関係でして……少しでも二人きりの時間を作らせたいので、恐縮ですが……あ、ルークは緩衝材《かんしょうざい》というか、話が途切れた時の保険です」

………我が主はペットの利便性を正しく理解しておられる。

ノエル嬢を納得させるための方便ではあるが、今頃貴賓席では、クロード様とサーシャさんに関するコイバナが本人達不在のままで繰り広げられているに違いない……


さて、景品窓口でのポスター引き換えは、思ったよりもスムーズであった。

ポスターの絵柄はみんな良かったが、俺が選択したのはやはり試合が印象深かったユナ・クロスローズ選手！　人気の品らしく、見本も一番目立つところに貼られていた。

ポスターは写真ではなくイラストであったが、かなりクオリティが高い。

いろんな衣装、ポーズのものがあったが、ユナ選手のそれは試合の時と同じ、ボクシンググローブにハーフトップとトランクス。

片手を上げて片手を下ろし、胸を張っただけのシンプルな立ち姿であるが、そこから漂うストイックな精悍さがやたらとかっこいい。

写実的なタッチで、おそらく他の選手はちょっと美化してそうだが……ユナさんは元の顔が良すぎて調整の余地がなく、ほぼそのまんまである。アスリートらしい筋肉の描写は少し盛っているか……？　いや、こんなもんか。

ノエル嬢のポスターもあって、こちらも人気のようだったが……衣装が……バニーガールなのだが、いいのかコレ……？　絵面がノリノリながら、コスプレ感すごい。

これは推測であるが、王者はグッズ化の機会が多く、同じようなモノを連発するわけにもいかず、バリエーションが豊富になっていったものと思われる。ご本人は楽しんでそうだが自制して？

その後、我々はジェシカさんとの（一方的な）涙の別れを経て、本日の王都観光を終えた。

別れ際、何故かクラリス様やリルフィ様とがっつり意気投合していたノエル嬢から、「王都滞在中に、練習場のほうにも遊びに来てね！」などと誘われてしまったが、どうも社交辞令ではないらしく、地図までいただいてしまった。

何が刺さったかはあえて気づかぬふりをするが、クラリス様との交流は「ジェシカさんへの切札」になると気づいたのであろう。あとまぁ、打算抜きで子供と猫には甘いタイプの人のようである。

……………「猫力」が高い人同士の共鳴？

それが一番の理由かもしれぬ……ポスター引き換えでのルークさん不在時に、猫談義でだいぶ盛り上がった様子である。

「視線とか仕草が人間みたいな猫さんですねー！」

とか言われていたらしい……き、きをつける……

王都観光の拳闘場見学は、こうしてつつがなく終わり――

我々は期せずして、王都の有名人、「王者ノエル」とのご縁を得たのであった。

余録5　国王崩御

国王、ハルフール・ネルク・オービスの死が公表された。

享年《きょうねん》五十歳。

流行《はや》り病や事故以外の理由では、早すぎる死と言っていい。

死因は心臓の異常――ということになっているが、快方に向かっていた矢先にいくつかの不運が重なった末、急激に悪化したものと結論づけられた。

主治医に隠れてこっそり酒を飲んでいた、との噂もあるし、何者かに回復魔法をかけられ、病身がその負担に耐えきれず息絶えた――との暗殺説もある。

回復魔法は本人の治癒力を活性化させるものだが、健康体でない場合には病因まで活性化させてしまう上、体への負担がそこそこ大きい。本人の回復力に鞭をいれて無理やり走らせるようなもので、健康な若者であれば事故などまず起きないが、心臓を患っている老人などには負担が致命的なものとなりやすい。そのため、「病人に対する証拠の残らない暗殺術」として、わざわざ回復魔法を選択する暗殺者までいる。

「……レッドワンド将国の間者が、王宮内に入り込んでいたのではないかと――そう懸念する者もおります。証拠はありませんので、あくまで憶測……というより、根も葉もない噂話ではありますが」

正妃ラライナは、部下のそんな報告に眉をひそめた。

「噂を流しているのは……リオレットの派閥の誰かですか？　それとも、我々の派閥の？」

「いいえ。どちらかというと、どちらの派閥とも縁遠い人々の、無責任な噂話と思われます。皆が抱える漠然とした不安の発露であって、作為《さくい》的なものではないと判断しました」

「……そうですね。私も、そう思います」

これは正妃ラライナの本心ではない。

単なる噂話ではなく……「事実ではないのか」と疑っている。

証拠はないにせよ、可能性としてはいかにも有り得る話なのだ。隣国のレッドワンド将国は、ネルク王国に限らず、近隣国を謀略によって混乱させ、軍事行動を起こすのに都合のいい隙を作ろうとしている。

レッドワンドは決して大国ではないが、険阻《けんそ》な山々を拠点としているために周辺国からは侵攻しにくく、旨みも少ない。こちらから攻めたところで自軍の被害を広げるばかりになるため、あまり戦いたくはないが、彼らの側は肥沃《ひよく》な土地を求めて時折、国境を越えてくる。

この厄介な隣人への対処に、ネルク王国の歴代の王侯貴族はさんざん苦労させられてきた。

レッドワンドとネルク王国との間には、おそらく数年以内にまた小競り合いが起きる。それが大きな戦乱となるか否かは、ネルク王国側の防衛力にかかっている。

その時に国が弱っていれば蹂躙される一方となるだろうし、まともな戦力を投入できれば、国境沿いで敵の前線を押し留め、そのまま睨《にら》み合いに持ち込みやすい。

だからラライナは、第三王子ロレンスの治世のためにも、今のうちから『軍閥』を味方につけておきたい。

彼らが内乱を嫌がっていることは知っている。それはいたずらに国力を削ぎ、敵の侵攻を招くだけの愚策となる。

それがわかっているからこそ、軍閥の要たるトリウ・ラドラ伯爵への伝手《つて》を求めて、ライゼー・リーデルハイン子爵ともわざわざ接触した。

彼らより上の立場たるアルドノール侯爵とも交誼《こうぎ》はあるが、侯爵はあまりに公明正大な堅物すぎて、懐柔の余地がない。彼は「地位とは義務である」を信条とし、死んだ国王よりもよほど臣民からの信頼を集めている。その影響力を快く思わない者もいるが、敵味方問わず、軽んじる者は一人もいない。

「この後はアルドノール侯爵との面会でしたね」

「はい。侯爵は昨日、リオレット殿下と会われたようです。どのような話をされたのかはわかりませんが――」

とりあえず両方と会っておく、というのはいかにもアルドノール侯爵らしい。

「王都へ到着したトリウ伯爵も、ご一緒においでになられています」

「わかりました。お通しして」

しばらくして、扉が開く。

応接室にやってきたアルドノール・クラッツ侯爵は、ライナよりも年上の五十二歳。

髪には白髪が混じり始めたが、貴族としてはまだまだ若々しく、眼には活力が溢れている。体躯《たいく》も力強く、若き日から文武両道を貫いてきた逸材でもある。

そこらの兵には負けないだけの武芸に加え、将として政治や用兵に優秀な才を発揮してきた彼は、ネルク王国の国防の要と言えた。

……正直に言って、浪費癖の目立つ無能な国王よりも、この侯爵のほうが暗殺対象としての重要度は大きい。

共に訪れたトリウ・ラドラ伯爵は、さらに年上の六十四歳。小柄なせいで年齢よりもさらに老いて見えるが、貴族としては珍しく「魔導師」としての才を持ち、こちらも軍閥での影響力は大きい。見た目は温厚な好々爺《こうこうや》にしか見えないが、政治的な立ち回り、根回しは老獪《ろうかい》そのもので、油断できない相手である。

どちらも日頃は自領にいるため、ライナでも会える機会が少なく、官僚達のようには操れない。

「ライナ様、失礼いたします。このたびの、ハルフール陛下の急なご逝去《せいきょ》――臣下として、謹んで哀悼の意を表します」

「恐れ入ります――皆様にも、ご心配をおかけしました」

定型通りの挨拶を互いに済ませ、三人はテーブルを囲んだ。

弔問の場ということで、アルドノール侯爵は笑顔こそ見せないものの、表情そのものは柔らかい。そこには夫と息子を喪った未亡人への気遣いが見える。

あたりさわりのない雑談を少しこなした後、トリウ伯爵が切り込んだ。

「そういえば先日、私の派閥のライゼー子爵を茶会にお招きいただいたそうで――正妃様直々のご招待に、たいへん恐縮しておりました。あれは少々堅物ですが、信頼できる男でしょう」

「ええ。ギブルスネーク退治の一件で武名はうかがっていましたが、いざ会話をしてみると非常に落ち着いた物腰で、理路整然と話されるので驚きました。軍閥にはやはり、良い人材が揃っておいでですね」

この場は持ち上げておいて損はない。

ラライナの見たところ、ライゼー子爵は良くも悪くも野心が薄い。

分不相応なやらかしはしないタイプだろうが、利益で釣って味方に引き込むことも難しいため、ライナにとっては少々扱いにくいタイプである。温情でもかけて忠誠を得られれば裏切らないだろうが、軍閥に属する僻地の子爵とあって、その機会も作れそうにない。

それでも先日、接点を得られたのは収穫だった。

彼がトリウ伯爵にどういう報告をしたかは推測するしかないが、「正しい」報告をしていることは間違いなく、その時点でラライナの狙い通りである。

そして、会話の流れは『王位継承』の諸問題に向かう。

「軍閥の皆様にはぜひ、第三王子ロレンスを支持していただきたいのです。残念ながら、皇太子ロックスは意識を失ったままですが……それでも、王位継承権の第一位は、いまだ皇太子にあります。そしてロックスにもしも意識があれば、後事を託す相手はリオレットではなく、実弟のロレンスでしょう。それが正しい流れというものです」

——この理屈の瑕疵《かし》は、ラライナ自身も自覚している。

王位継承権とは本来、一位の次は二位と定まっている。二位を飛ばして一位が三位を指名する——

そんな仕組みはもちろん存在しないし、正妃が代理人としてそれを行うなどとは有り得ない話だった。

それでもリオレットに王位を継がせないためには、今はこの論法で事態を混乱させて「時間」を稼ぎ……その間に、リオレットの暗殺を成功させるしかない。

この無理筋がまかり間違って通ってくれるならそれで良しとするが、同時に「そうはならない」と見極めているからこそ、正妃は焦っている。

軍閥は当然……乗ってこない。

「ライナ様。我々はそもそも、皇太子殿下の即位を支持する立場でした。これは王位継承権の順位を正しく守るという前提ゆえです。そして、その皇太子殿下が亡くなっ……失礼、意識不明で回復の見込みもない以上、次は第二位のリオレット様に即位していただくのが自然な流れとなります。一時の権力争いの延長でこの前提を覆《くつがえ》せば、諸侯に混乱を生み、不要な騒乱を招きかねません。また第三位のロレンス様はまだ幼く、王位についたところで、一部の貴族の傀儡《かいらい》とされてしまう懸念《けねん》が拭えません。我々、軍閥は、リオレット様を支持すると決めました」

ラライナは歯噛みした。

今の時点で、軍閥がこうもはっきりと態度を明確にするとは思っていなかった。いや、想定はしていたが、一度くらいは会合を挟んで、諸侯の様子をうかがう可能性が高いと踏んでいた。

早期の対立表明にはリスクがある。趨勢《すうせい》が決まるまでは、態度を保留し、様子を見る——多くの貴族はそれを実践していたが、アルドノールはむしろ「自分の動向次第で趨勢が決まる」と開き直ったらしい。

有力貴族としては正しい判断だが、それだけにラライナとしては腹立たしい。

（こうなる前に――リオレットの暗殺を成功させたかったのですが……）

リオレットさえ死ねば、もはやまともな王位継承権を持つ者は第三王子ロレンスしかいなくなる。

臣籍にくだった者を含め、親類縁者を見渡せば第四位、第五位に相当する者もいないわけではないが――その中にこれといった有力者はいない。

ラライナは演技としての哀しげな表情を作り、しおらしく頭を垂れた。

「……私としては、リオレット殿下の即位は望ましくないものと考えております。ロレンスに期待してくれる諸侯も多いことですし、今後も支持を広げていくつもりです。軍閥の方々にも、ぜひ――ご再考を願いたく存じます」

アルドノール侯爵は嘆息と共に眉をひそめた。

「ラライナ様……少し、昔話をさせていただいても？」

「ええ。構いませんが……」

「亡くなられたハルフール陛下が、まだ即位する前――私が士官学校に通っていた頃の話です。私のほうが二つばかり年上でしたが、ハルフール様は年下ながら、非常にませた……失礼を承知で申し上げますが、女癖の悪いお方でした」

「よく存じています」

一応は言葉を選ぼうとして、すぐに諦めた――その身も蓋もない言い草に、ラライナはつい、くすりと笑ってしまった。

「しかし、陛下の非凡なところとして……そうして口説き落とした女性の中に、『騙された』などといって、陛下を悪く言う者はほとんどいなかったのです。つまり、女性相手に嘘をつくことがなかった――良くも悪くも、非常に正直なお方でした。そのご性格が、問題をよりややこしくした感は否めませんが……陛下には陛下の、我々とは少し価値観の違った美学があったものと推測しております。それこそ古の英雄、伝説の遊び人、ルー・クー・ルゥのような……とまではさすがに申しませんが、単なる女たらしとは一線を画するお方でした」

ラライナは小さく頷く。はらわたが煮えくり返るのを通り越して、心が冷たく凍っていくような感覚を覚えるが、顔はあくまで控えめな微笑を崩さない。

「私も、学生の頃は何度も苦言を申し上げましたが――その時に一度だけ、ハルフール様から逆に、お叱りの言葉をいただいたことがございます」

ラライナにとっては初耳だった。若き日のこととはいえ、あのちゃらんぽらんの王が、堅物のアルドノール相手に説教をしたなどとはにわかに信じがたい。大概のことは「お前が言うな」で済んでしまう。

アルドノールは苦笑いをしていた。

「私は当時の陛下……いえ、若き日のハルフール殿下に、こう申し上げました。『許嫁《いいなずけ》もおられる王族が、軽々に女遊びなどするものではありません。下賤《げせん》の者など相手になさいますな』と――すると、殿下は急に真顔になって、静かな声でこうおっしゃいました。『このネルク王国の臣民に、『下賤』の者など存在しない。すべての臣民は、我らの同胞だ』と――ハルフール陛下は、王族としての矜持《きょうじ》や義務感などは持ち合わせておられませんでしたが、『目下の者達を見下さない』という一点においては、頑迷なまでに筋を通しておられました。だから諫言《かんげん》を行う官僚を遠ざけることもありませんでしたし……その価値観が悪い方向へ作用して、召使いだったリーゼ様を第二妃に迎えるという結果につながったのでしょう。君主としては、いささか問題の多い方ではありましたが……人間的には、私も決して嫌いではありませんでした」

年上のアルドノールは、二歳下の君主に、手のかかる弟分のような感覚を持っていたのかもしれない。

「……しかし同時に、そのせいで陛下がラライナ様に多大なご心労をおかけしていたことについては、今でも苦々しく思っております。この点は諸侯も同じでしょう。ゆえにラライナ様のお味方は多く、今回の王位継承権の問題でも、見解が二分されております」

アルドノールはまた深く嘆息し、真っ向からラライナと視線をあわせた。

「……それでも我々、軍閥としては、国の法を無視するわけにはいきません。我々は、継承権第二位のリオレット殿下の即位を支持いたします。明後日《あさって》の、諸侯が集う第一回目の合議では、まだ議論はまとまらぬでしょうが……方針だけは、先に伝えさせていただきました。これはラライナ様への忠節の証とお考えください。どうか短慮に走らず、広い視野をもって、方針を再考していただけるよう願っております」

会合を終えて、アルドノール侯爵が立ち去った後――

ラライナはしばらく人払いをし、昏《くら》い眼差しで壁の一点を見つめていた。

見苦しく激昂《げっこう》することはない。予想はしていた事態である。ただ、アルドノールの決断と行動が少し早すぎた。

一緒にいたトリウ伯爵は聞き役に徹しており、ほとんど何も喋らなかったが、アルドノールの決断の背景には、あの老獪な伯爵の助言があったと見て間違いない。

(ライゼー子爵を城へ呼び出したのは……無駄でしたね)

ラライナの「本気」を伝え、対立か迎合かで軍閥の判断を迷わせるための布石だったが、どうやら裏目に出た。

それでもまだ、絶望はしていない。

アルドノールが「一回目の合議で議論はまとまらない」と見解を示した通り、諸侯は揺れ動いている。その動きの波に乗せてやれば、軍閥とて抗いきれない。彼らとて、内乱にまで発展させる気はないのだ。

なにより――時間を稼げば、いずれは「暗殺」が成功する。

「……オズワルド様。お聞きの通りです。方針に変更はありません」

誰もいない空間に向けて、ラライナは語りかける。

空間に不自然な歪曲《わいきょく》が生じ、そこに軍服姿の酷薄そうな美青年が現れた。

「心得た。が……リオレットの傍についている魔導師は、防御に関しては、そちらの宮廷魔導師以上の達人だ。睡眠中を狙って仕掛けても、強固な魔力障壁によって防がれた。あれは明らかに何らかの大きな加護を得ている。姿を隠して接近しても見破られたし、今の時点では私でも隙を見つけられない。魔力障壁に対抗するための魔道具の調達に、あと四日ほどかかる。その間にも仕掛けてはみるが……おそらく徒労に終わるだろう。明後日の合議までにはさすがに間に合わんから、当日はのらりくらりとかわして結論を先送りにし、どうにか時間を稼ぐことだ」

他国の正妃を前にしても堂々たる態度を崩さないこの青年は、『魔族』の一員らしい。

ラライナはリオレットの暗殺を、『正弦教団』なる非合法活動を請け負う組織に任せた。

その組織からの刺客が、リオレットの護衛を務める赤い髪の女魔導師によってあっさりと返り討ちにされてしまい――組織から助力を乞われて次に出てきたのが、このオズワルドである。

見た目よりも遥かに年を取っていると本人は言ったが、ラライナは「魔族」というものがどういう存在なのか、今一つぴんと来ていない。西方ではひどく恐れられているらしいが、その本質は要するに「先天的に優秀な魔導師」なのだろうと推測している。

――ラライナのこの認識の甘さは、何も彼女に限ったことではない。

西方と比べて、ネルク王国では魔族に対する正しい認識が根付いていない。その本質を詳しく知るのはごく一部の学者や魔導師くらいであり、王侯貴族でさえ、魔族に対する知識には個人差が大きかった。

そのせいで彼女は、このオズワルドを正しく恐れることができていない。

「なるべく早急に――私からの要求は、それだけです。オズワルド様、期待しております」

「善処しよう。では、失礼する」

薄笑いを残して姿を消したオズワルドは、応接室の窓から飛び立った。

ライナは不用意な独り言などは漏らさない。ただ心のうちでは、「暗殺者も意外と役に立たない」と失望していた。

——彼女は知らない。

進んでいく事態の裏で、一匹の「猫」が暗躍し、彼女の野心を水面下で完全に挫《くじ》いたことを。

頼みの綱である第三王子ロレンスが、既に彼女から離反し、リオレットと内意を通じていることを。

重要な事実を何も知らないままに、必死でこの先の「未来」の予測をしようとしている。

人の身の限界といえばそれまでだが、彼女の手筋は既に詰んでいる。

そして、リオレットの暗殺が成功しないままに二日が過ぎ——

王が不在の王宮では、いよいよ王位継承の方針を決める合議が開催される運びとなった。

59 会議で踊る ～Kijitora Dance Remix～

王都の観光にしばしうつつを抜かしていたルークさんであったが、本日は大事なお仕事がある。

王位継承を巡る、お貴族様達の会議！　それが今日、遂に開催されるのだ。

一応、「初回」ということで、もしも議論が割れたら何回かやる予定らしいのだが……今回に関しては、既にリオレット様とロレンス様の当事者間で話がついており、この一回のみで大筋がまとまるであろう。正妃の派閥を油断させるために、諸々の根回しは秘密裏に行われた。

王宮の一隅、日頃はあまり使われないらしい大会議室。

そこに集った伯爵以上の高位貴族は、およそ三十数名――

それぞれに一人から三人程度、秘書役の側近か傘下《さんか》の貴族がついているため、室内の総人数は百名近い。なかなか壮観である。

その光景を眼下に見守るルークさんは、今、大会議室の無駄に高い天井の隅で、じっと息を潜め――もとい、呑気《ケアフリー》に踊《ダンス》っていた。

ククク……ウィンドキャットさん・ステルスモードの隠密性能はさすがである。天井付近でこっそり猫がヒゲダンスとか踊っていても一向に気づかれない！　ちょっと楽しくなってきた。

会議室では儀礼的な開会の挨拶が終わり、まずは国王陛下が亡くなった経緯の詳細な説明が始まった。

なぜ俺がこんなところにいるのか。

理由は二つ。
・なんとライゼー様が、トリウ伯爵の補佐役として会議に同席されることになった。その警護のため！
・……ククク……この機会に国の重要人物達をまとめて『じんぶつずかん』に登録してくれる……ッ！
俺自身の眼で直に見た相手しか、じんぶつずかんには登録されない。有力なお貴族様が勢揃いするこの機会、ぜひとも効率的に活用させていただこう。なんだかバードウォッチングのよーな気分である。

ちなみにクラリス様、リルフィ様、サーシャさん、クロード様、ピタちゃんの五人には、キャットシェルター内でおくつろぎいただいている。もちろんこの会議の様子も視聴可能。ルークさんも『じんぶつずかん登録』という業務がなければ、そちらで丸まっているはずだった。

ヨルダ様だけは、「ライゼー様の警護」というお役目があり、現在は他のお貴族様の警護達と一緒に、控えの間にて待機中である。登城の際、ライゼー様がヨルダ様を伴っていないという状況は不自然なため、これはまぁしゃーない。

ともあれ、会議の列席者から顔見知りを拾っていこう。

まずは第二王子リオレット様、第三王子ロレンス様。今日はこのお二人が主役だ。

ロレンス様の『じんぶつずかん』は真っ先に確認させていただいた。

これがなかなか興味深い内容である。

■　ロレンス・ネルク・レナード（10）　人間・オス

体力E　武力D
知力B　魔力D
統率C　精神B
猫力73

■適性■
政治B　先見B　正道B　剣術C

竹猫さんの盗聴シーンでも有能オーラは漂っていたのだが……十歳にして知力と精神がB評価。適性四つ。体力はE評価だが、これは年齢のせいであって、別に体質が弱いわけではない。成長期が終わっていない子供はだいたいこんなものである。

見た目は誠実そうだけど、正妃の息子さんだし実は腹黒で策謀家系なのでは？　的な疑惑も一応はあったのだが――そんな疑いを真っ向からはね除ける適性の『正道B』も目を引く。

ぱらぱらと生い立ちを眺めてみたところ、どうもお城の書庫で司書をやっていた「カルディス」という男爵の影響らしい。既に故人のようだが、なかなかの賢者だったのだろう。ロレンス様の思い出のそこかしこに出てくる。たぶん母親の正妃や正式な教育係より、このカルディス氏と共に過ごした時間のほうがずっと長そう。

思えばこのロレンス様も不遇である。

王位継承権は皇太子、第二王子に続く三番目。つまりは「予備の予備」といったお立場で、こんな事態が起きるまでは、王宮内でもあまり存在感のない王子様だったと思われる。そして、あまり人のこない書庫と、そこの管理人たるカルディス氏が、幼いロレンス様の居場所になっていたのだろう。

――もう一つ、大事な事実に触れておかねばなるまい。

この聡明で理知的なロレンス様にとって、正妃ライナ様は「敬愛する母親」というより、「手のかかる問題児」という扱いだった。

正妃が何かやらかすたびに、水面下でロレンス様がそのフォローをする――そんな流れができていたようで、ルークさん的には「十歳前後の子供にどんだけ気を使わせているのか」と正妃様に説教したい今日この頃である。

そしてリオレット様のお傍には、宮廷魔導師ルーシャン様とその筆頭弟子のアイシャさん。

客分のアーデリア様とウィル君はさすがにいない。いくら護衛役とはいえ、この場に出てくるのはマズいだろう。

なお、魔族のオズワルド氏からの暗殺未遂（※狂言）は、今日の会議までにもう二度あったらしい。

オズワルド氏とルーシャン卿が綿密に打ち合わせた上で、「無人の馬車を狙撃」「リオレット様の寝室を狙撃」という流れ。

馬車は普通に全壊したもののお馬さんは無傷。寝室への狙撃はアーデリア様が防いだことになっているが、威力を弱め、アーデリア様が構えたところへ遅めの魔弾を撃つという、なんともいえない茶番であったそうな。

正妃がつけた監視役の目ぐらいはごまかせたのだろうが、俺は現場に行っていないので詳細は不明。アーデリア様も「オズワルド氏に借りができた」とは認識されているようで、これから「暗殺失敗」という汚名を着る予定のオズワルド氏、意外と得る物もあったのではないかと思われる。上位の魔族同士の貸し借りとか裏社会的な重みがありそう。

さて、肝心の会議の進行は、思ったよりも形式的でスムーズだった。

もっといろんなお貴族様が喧々囂々《けんけんごうごう》とやり合うのかと思っていたが、なんだかみんな様子見モード。

天井付近でリズミカルに踊るルークさんが映《は》えてしまう。誰にも気づかれてないけど。

やがて眼下では、王位継承権を持つ第二王子リオレット様、第三王子ロレンス様が、それぞれへの支持を促す決意表明のターンとなった。

まずはロレンス様から。

正妃一派の眼を警戒し、これまでロレンス様がひた隠しにしてきた爆弾が、ついにココで破裂する！

進行役にうながされて起立したロレンス様は、以前に見た時のシンプルな長衣とは違い、きちんとした礼装である。王子様感ある。

「まずは皆様、今日、この場に集っていただいたことを感謝いたします。皆様もご承知の通り、私は兄である皇太子の代役として、この場に臨んでいます。今回の王位継承権、その第一位はいまだ危篤の皇太子殿下にあり、まず皇太子が王位を継いだ後、正妃たる母君がその後見人となる――その後、王位を私に譲るという流れを作ることが、我が派閥の方針です」

これはまだ前置き。この場にいるような高位の貴族達にとっては、既に重々承知のことである。

ロレンス様は、深々とため息をついた。

「――これは、無理筋というものです。はっきり申し上げれば、道にも法にも外れております。私には到底、正しい選択とは思えません。皇太子が倒れたならば、次の王は第二王子のリオレット様。これが物の道理というものです」

議場がざわめいた。

そこそこ近くに座った正妃ラライナ様も眼を見開き、動揺を隠せていない。

「王族の役目とは何か。細かく列挙すればいろいろとあるでしょうが、特に重要なのは、国内の平穏を守り、他国の脅威に備え、有事の際には的確な指導力を発揮する――この三点であろうと考えます。我がネルク王国は、レッドワンド将国という脅威と、今も国境線での睨み合いを続けています。今、我が国で内乱でも起きようものなら、敵国に侵攻の機会を与えるだけです。人々の生活は乱れ、国力も衰退します。王位を巡る内乱などというくだらない事態だけは、なんとしても、絶対に、避けなければならない――それが私の考えです」

ロレンス様の声は、実に朗々と響く。

まだ声変わりしていないものの、それでも子供特有のきんきんとした慌ただしい声質ではなく、どこか楽器の音色を思わせる涼やかな語り口調であるため、とても聞きやすい。舞台慣れした子役でもなかなかこうはいかぬ。

「私への支持を検討してくださった方々に対しては、たいへん心苦しく思います。しかしどうか、ご理解いただきたい。我が国は今、国内で分裂している場合ではないのです。亡き父上が国庫にあけた穴を塞ぎ、予算の削減で弱体化してしまった国境沿いの軍を再整備し、隣国からの侵攻に備えねばなりません。課題は山積しています。以上の理由から、私は——第二王子リオレット様の即位を支持いたします。私自身は、王位を望みません」

戸惑い。戸惑い。戸惑い。ヒゲダンス。戸惑い……

仲立ちを務めたアルドノール侯爵や第二王子リオレット様以外の方々にとっては、まさに寝耳に水であろう。

正妃ラライナ様が青ざめたまま、震える声を絞り出した。

「……ロ、ロレンス……何を……何を、馬鹿な……リ、リオレットに脅されているのですか？　王位継承権を捨てねば、命はないとか……」

「母上。リオレット殿下は……兄君は、そんな方ではありません。内乱を避けたいという意味では我々とも利害が一致していますし、そもそも王権とは『特権』ではなく『義務』なのだと、きちんと理解されています。その意味では、父上よりも良い王になられるものと……いえ、これは不適切な言葉でした。ご容赦ください」

わざとだな！　物腰は丁寧だが、今うっすらと黒いとこが見えた。ご父君には思うところがあったのだろう……

あるいはロレンス様、チャラ系だったと思われるお父上や皇太子殿下より、理知的と評判のリオレット殿下のほうに最初から親近感を持っていた可能性もある。いくら「モテるのは陽キャ！」なお国柄だとしても、個々人の相性というものは当然ある。

正妃様は言葉を失い、口元を押さえ、ぶるぶると肩を震わせていた。

あかん……こわい……

ちょっと『じんぶつずかん』見ておこう。

…………………………………………

見なかったことにしよ。

ルークさん、「スルースキルは大事」って知ってる。ただの猫に王侯貴族様のメンタルケアとか期待されても困る。こちとらリルフィ様のことだけで頭いっぱいである。

次いでリオレット様が起立した。

「我が弟、ロレンスの誠実なる決断に、兄として敬意を表したい。そして、正妃ラライナ様……私の母と貴方が不仲だったことについては、私も遺憾に思っております。しかし、そうした人間関係のいざこざを国政に持ち込めば、割を食うのは国民です。私は王位についたからといって、貴方やロレンスをないがしろにするつもりはありません。ロレンスが成人するまではアルドノール侯爵の庇護下で政治や経済、軍事など諸々の勉学を重ねてもらい、臣籍にくだった後は、王弟にふさわしい役職で遇し、改めて国政に手を貸してもらいたいと願っています」

リオレット様の落ち着いた声によって、居並ぶ諸侯もようやく「王子二人の間では、既に合意済みの話」と把握した様子だった。

大半は安堵《あんど》だが、数人は諦めモードで数人は悔しげ――この人達が正妃の閥かな？　勢い込んで会議に出てきたらいきなりハシゴを外されたわけで、心中お察しします……

とはいえ、事前に漏れたらロレンス様は正妃に軟禁されて欠席に追い込まれていただろーし、これはしゃーない。

その後、アルドノール侯爵をはじめ、幾人かのお貴族様が意見、もしくは感想を述べたが、状況をひっくり返すような発言は特になかった。

元々、高位の貴族とそのお付きしか出席していないため、マナーに反する言動が飛び交うような場ではない。

粛々と、あくまで粛々と――

まるで「想定外の事態すらも予定通り」とでも言わんばかりに、淡々と議事が進んでいく。

こういう場では「とにかく慌てない」「動揺を見せない」「事情を知らなくても知っていたよーなふりをする」というのが、お貴族様の処世術なのだと思われる。

流れで『じんぶつずかん』も開くと、数人のお貴族様が「正妃が暗殺者として魔族を雇った」事実を既に把握していた。

どうやらオズワルド氏、うまい具合に、一部にだけ正体がバレるよう立ち回ってくれたらしい。あるいは配下の正弦教団を使って、情報をわざと漏らしたのかも。

とはいえ、法廷で提示できるような明確な証拠まではないだろうし、また「魔族に目をつけられたくない」という意識が先立ち、皆様、当面は黙秘すると決めた模様。

どうせ黙っていても王位はリオレット様に決まりそうだし、ことを荒立てぬように知らぬふりを通すというのは、保身のためには賢い判断だろう。

その上で、彼らはこれを理由に「正妃を支持しない」と決めた。

人心離反の計、大成功といってよい。オズワルド氏は実に良い仕事をしてくれた。

あとは誰かが正妃周辺にこの事実をちらつかせ、「証拠が出る前に、これ以上の火遊びはやめて、恭順《きょうじゅん》の意を示すべき」とでも言ってくれると期待したい。それこそアルドノール侯爵が動くか。

誰も動かなかったらルーシャン様が出向くのだろうが、これはかえって正妃様を刺激してしまう可能性もあるため、できれば他の人にお願いしたいものである。


そして眼下の会議は、滞りなく進み――

即位式の日程は、一週間後に設定された。

実質的にはもうリオレット様が国王同然のようだが、ネルク王国は諸侯の合議で政治が進む仕組みであるため、王権があんまり強くない。

最高権力者には違いないし、それに伴う責任もあるのだろうが、王になったからといって「なんでもかんでも思い通り！」というわけにはいかず、特に母親が平民だったリオレット様は弱いお立場である……今後も気苦労が続きそう。

会議の終了後、茫然自失《ぼうぜんじしつ》の正妃ラライナ様は、侍女達に支えられ退出していった。

混乱して、ヒステリックに騒ぎ出す展開も予想していたのだが……ロレンス様の離反は、言葉を失うほどあまりに予想外だったらしい。

他人事ながらちょっと不安……

俺は王位争いそのものには無関係だし、リーデルハイン家の安泰《あんたい》を願う一心で少しだけ関わったものの、基本的には完全なる部外者である。

だが、リオレット様やロレンス様の心根《こころね》を知ってしまった身としては……やっぱり今後がいろいろ気になってしまうのだ。

ウィンドキャットさんの背中にまたがったまま、俺は天井付近をするすると飛び、まずはロレンス様の後についていくことにした。

彼の眼は母親である正妃様の背を追っている。

城の廊下をしばらく歩き、やがて正妃は自室へと戻った。足取りがふらついている……

少し遅れてロレンス様が到着し、侍女に一瞬止められたものの、「大切な話です」と一言で振り払いそのまま入室した。

だ、大丈夫だろーか……？

扉が閉まる前に、特に意味のないフロントフリップ（前方宙返り）でこっそり鮮やかに隙間をすり抜け、正妃様の居室に潜り込む。

室内には、正妃様とロレンス様以外にも侍女さんが三人。

すかさず『じんぶつずかん』参照。

……………侍女の一人が、正弦教団の構成員だな……どうやら正妃様のための護衛&連絡役っぽい。ついでに今は監視役でもあるのだろう。オズワルド氏から、正妃側の情報を横流しするようにと命令されているよーだ。

お名前はパメラさん。お年は二十五歳で……お。適性に「舞踊」がある。ルークさんのダンスパートナーにちょうどよさそう。(※ヒゲダンスの)

冗談はさておき、この女性は「暗殺者」ではなく「諜報員」のようだ。今後のご縁などはもうないだろうが、王位継承争いなどという茶番に巻き込まれた者同士、いずれ機会があったらスイーツでもご馳走したいところである。つか、オズワルド氏、こんなところにまで手を回しているとは、やっぱり手際いいな……!

そしてロレンス様は、この侍女さん達に隣室へ移動するよう指示した。

正妃ライナ様もこれを止めない。アンティークチェアに座った彼女は、いまだ呆然としたまま、無言で俯《うつむ》いている。

しばらく、重苦しい沈黙が続いた後――

ロレンス様が、淡々と口を開いた。

「母上。目は覚めましたか？　……いえ、そのご様子だと、私の真意も伝わっていないものと思いますが」

正妃様の肩が震える。

「……真意……？　真意と言いましたか……？　ロレンス、貴方までもが、私を裏切……っ」

「母上はあと少しで、不要な戦乱を招き、国家と臣民を裏切るところでした。正妃たる身で、そのご自覚がまだありませんか」

ぴしゃり。

――ロレンス様の口調は、険しいのに哀しげだった。

ウィンドキャットさんの背に身を伏せたルークさんは、猫目でぢっとその光景を見守る。

ロレンス様がリオレット様に王位を譲った理由は、複数あるのだろう。

内乱による国の疲弊を防ぐため。

さらには、その先に起こり得る他国からの侵攻を防ぐため。

王族としての良識、諸侯や国民に対する責任、自らの思想、信条――

そして、おそらくもう一つ。

結局、ロレンス様は――

歪んだ妄念《もうねん》に蝕《むしば》まれて暴走する「母親」を、見捨てられなかったのだ。

60　会議は終わり　～Kijitora Escape Remix～

第三王子ロレンス様と、その母親である正妃ラライナ様の密談。

かたやお子様ながら、まっすぐすぎるほどまっすぐな賢いショタであり、かたや二児を育てた母親ながらもちょっぴり思い込みが激しく、精神的にほんの少ーーーし不安定な部分を持つ権力者——

……いや、ホントに一介のペットが関わるよーな話ではないのだが、だけどロレンス様、なんか良い子っぽいので……放っておけなくなってしまった。

これも『じんぶつずかん』の罠であろう。相手の人となりをある程度、正確に把握できてしまうため、健気《けなげ》な良い子を見るとついつい味方したくなってしまう……

「母上はあと少しで、不要な戦乱を招き、国家と臣民を裏切るところでした。正妃たる身で、そのご自覚がまだありませんか」

ロレンス様の厳しいお言葉に、正妃ラライナ様は呆然とされていた。

「……裏切る……？　私が……？　ロレンス、貴方は何を言って……」

「王侯貴族が、自らの保身や権力欲、あるいは感情の問題で乱を引き起こすなど、国家臣民に対する明確な『裏切り』です。我々が兵を動かすのは、国を守る時、他国を攻める時だけで充分でしょう。相手が山賊や謀反人《むほんにん》ならいざ知らず、正規軍同士で殺し合うなど間抜けもいいところです」

「……リオレットは、謀反人のようなものです。あんな卑《いや》しい身分で、次の王などと……！」

「私は血統などという既得権《きとくけん》に重きを置くつもりは毛頭ありませんが、兄上も父親は私と同じです。母親は貴族ではありませんが、貴族としての義務と責任感を忘れた今の母上と比べるなら、さほど差はないでしょう」

「ロレンス……！　口が過ぎます！」

「そう思うなら、まずは自らの行状《ぎょうじょう》を省みてください。正統なる王位継承権を持つ第二王子に、暗殺者をけしかける——これを『謀反』というのです」

ロレンス様、おこである……キレッキレである……

冷静に淡々と筋道を立ててキレているお子様というのは、なかなか見ない図であるが、言っていることはまさにド正論。

王族殺しとか、死罪どころか一族郎党検閲削除的なアレになっても文句の言えないところであろう。それが未遂で済んだのは、むしろ正妃様にとって幸運だったとさえ言える。

しかし、とうの正妃様はわなわなと震えていた。

「ロレンス！　誰の……誰のために、私が手を汚したと思っているのですか！　すべては、貴方のために！　貴方を玉座に座らせるために、私は……！」

……ロレンス様……深々と溜息。

わかる。これは脱力感すごいパターン……

「……母上、貴方は嘘をつくのがとてもお上手です。時に、ご自身を騙してしまうほどに——今の言葉は本心のおつもりでしょう。でも、貴方が私を王位につけようとしたのは、決して私のためではありません。リオレット様を嫌悪するがゆえ、そして自身の権力を保持するためだけです。その証拠に、皇太子殿下が事故に遭うまで、貴方は私のことなどほとんど気にもされていなかったではありませんか。私の立場はあくまで『いざという時の予備』であって、それ以上でもそれ以下でもなかったはずです。王族として生まれた以上、そのことにいまさらの不平を漏らす気はありませんが……母上の口から、『私のために罪を犯した』などと言われても、到底、その言を信じる気にはなれません。貴方は、貴方自身のために罪を犯したのです。せめてその認識は正しくお持ちください」

正妃様、図星を突かれて口を噤《つぐ》んだ。

ロレンス様のまるで切りつけるような言葉は、この親子の関係性を如実《にょじつ》に示している。

ルークさんとしては……実は、正妃様に同情してしまう部分も少しあるのだ。

ロレンス様がお生まれになったのは、リオレット様の後。

つまり、「前王が第二妃を迎え、その二人の間にリオレット様が生まれた後」である。

前王に裏切られた正妃が、それから十数年後に生んだ子供がロレンス様であり……誕生時には、喜び以外の複雑な感情が入り乱れていたことは想像に難くない。

前世で非モテだったルークさんに、女性の心の機微《きび》などはちょっと難しすぎるのだが、浮気した旦那が二股続行したままフォローも反省もなしにのうのうと――というのはさすがにマズいとわかる。

一夫多妻が王族の基本とはいえ、ネルク王国の場合、この「多妻」とは「名家のご令嬢が、貴族間の力関係や縁戚関係などのバランスを考慮した上で、政治的な事情で王家に嫁ぐ」ことを前提としており、「若くてかわいいメイドさんに手を出しちゃった♪ てへ♪」なんてのはもちろんイレギュラー。

正妃様も「政治的な事情なら仕方ない」と普通に割り切れたのだろうが、このケースだと陛下から「お前は平民のメイド以下」と言われたよーなものである。王族でなかったらぶん殴られていたであろう。フカー。

諸悪の根源は亡くなった前王であり、正妃様もある意味、浮気男の被害者だ。

……が、それはそれとして「暗殺未遂」の反省はしていただきたい。

リオレット様は国内の安定を優先して不問にする気のようだが、どうもロレンス様のほうが静かにブチ切れている感がある。

言葉を失った正妃に向けて、ロレンス様は哀しげに話し続けた。

「……今の母上は、父上の亡霊に翻弄《ほんろう》されているようにも見えます。リオレット様と亡くなった第二妃に、父上の悪い部分を投影して憎悪を向け、私には父上の良い部分を投影しつつ、その面影《おもかげ》に困惑しながら利用する――しかし、私も兄君も、父上とは別の存在です。血のつながりは否定できませんが、性格も、人格も、行動も能力も異なるまったくの別人です。ですから、父上の因果を私達に押しつけるのはやめていただきたい。その思い込みは余計な敵を作り、いずれ母上の身を滅ぼします。まずはリオレット様を、『父上と第二妃の息子』としてではなく、『リオレット様』個人として理解できるよう、母上も歩み寄りの努力をなさってください。少なくとも私は、あの理性と良識を備えた兄君に対して、敬意と親愛の情を持っています」

ロレンス様しゅごい……

論理的思考の言語化とゆーのは、けっこう難しいものだと思うのだが、これはもうルークさんなんぞより全然オトナである……俺の論理的思考なんて「すいーつおいしい」「リルフィさますてき」「ねむいからねる」あたりで止まってそうな気がする。

正妃様は黙ったままだ。

この無言は、「思考の整理」に手間取っているせいである。

我が子にここまで言われて怒るべきか、むしろ非を認めて納得すべきなのか、これまでのこと、これからのこと――いろいろな思いがごっちゃごちゃになってしまい、結果、言葉が出てこない。

正妃様の「人心操作」の適性、自分自身には効果がないらしい。あるいはこれまで「自己暗示」という形でそれが作用していたとしたら、解けるには少し時間がかかるかもしれない。

しばらくして、ラライナ様は震える声を絞り出した。

「……ロレンス。貴方とリオレットの間に、何があったのですか……？　貴方達の間に、そんな絆が生まれるような出来事はなかったはずです――」

「王立魔導研究所で書かれた、兄上の論文を読みました。内容は、農作物の長期保管を実現する魔道具の研究開発、その経過についてです。残念ながら試行錯誤《しこうさくご》が続いており、まだ成功はしていないようですが――そこには、私が見習うべき様々な思いが込められていました。将来起き得る飢饉《ききん》への備え、荒れ地で暮らす人々への気遣い、僻地《へきち》を治める貴族への提言――真に人々の生活を考えていなければ、とても書けない内容だと感じました」

……ほう。ほほう。ほほほーう。

ククク……ククククク……！

思わず邪悪な笑みを漏らしたルークさん。これは思いがけず良いことを聞いてしまった。

もー、ルーシャン様ったら、そんなおもしろそうな研究をされているなら、一言いってくだされぱいいのにぃー。「農作物の長期保管」とか、今ルークさんが一番欲しがっている技術の一つじゃないですかー。

……いやまぁ、コピーキャットが使える俺周辺では別に必要ないのだが、領内とか国単位での収穫量増大を目論むと、「保管技術」というのはたいへん重要な課題となる。成功すればトマト様の覇道にも役立つことであろう。

すっかりトマト様の下僕モードと化したルークさんをよそに、ロレンス様はちょっとイイ話を続ける。

「それに、もう一つ感銘を受けたことがあります。兄君も私も、所詮は皇太子殿下の予備の王子でした。しかし兄君は、王族としてではなく研究者として、自らの知識と才覚を、人々のために生かそうと——そのための努力を続けてこられたのだと、その論文から伝わってきたのです。無学無才の私には、それがとても尊いことに思えました」

……この賢さで「無学無才」は無理がないか？　とは思ったが、ロレンス様はガチで言っている。

う、うーん。立場上、比較対象になる同年代のお友達とかはいなそうだし、適性も「政治」とか「正道」とかだから、学問研究や知識の絶対量という面では、確かに本職には敵わぬだろうとは思うが——このお年で「本職と比べて云々」みたいな比較論が出てくるあたり、既に尋常ではない。将来どうなるのこの子……？

ひっそり恐れおののいていると、扉の向こうで人の気配が動いた。

ラライナ様とロレンス様のお話も一時中断。

侍従に案内されて入ってきたのは、なんとトリウ伯爵！　と、追加でもう一人？

ウィンドキャットさんと一緒にその眼前をこっそりムーンウォークで横切りつつ、俺はもう一人について『じんぶつずかん』で確認した。

こちらは正妃様の兄君、オプトス・レナード公爵。

さっきの会議にも出席していた、高位のお貴族様である！

お年は五十歳、正妃派の重鎮……というより、ほぼ筆頭のようで、威厳たっぷりなちょっと太めのおじさんだ。そういや会議でもなんか発言していたが、あたりさわりのない内容だったので印象には残っていない。

ステータス的にもあまり見るべきところはなく、CとDばかりでライゼー様より見劣りするし、適性は剣術Cのみ。ぼんくらというわけでもないようだが、「ちょっと外面のいい普通のお貴族様」といった系統か。

妹の正妃様にとっては「操作しやすい身内」であったのだろうが、先程の会議を経て、既にその野望は潰えていた。

「……先程は驚きましたぞ、ロレンス殿下……いえ、恨み言は申しませぬ。殿下もご指摘された通り、そもそも無理筋ではあったのでしょう……皇太子殿下が落馬事故を起こした時点で、我らの命運は尽きていたようです」

オプトス・レナード公爵はすっかり観念した口調であった。ここへ来る前に、諸侯とも何か話し合いがあったものと思われる。

そもそもは「内乱も辞さぬ！」という覚悟だったようだが、肝心の神輿《みこし》となるロレンス様が諸侯の前で堂々と離反した以上、もはや抵抗の余地はない。

　このあたりの潔《いさぎよ》さは公爵様なりのプライドゆえか。

　続いて、トリウ伯爵が前へ歩み出た。

　王都までの道中でお屋敷に滞在した時は、ルークさんを膝に抱えていかにも好々爺とした雰囲気だったのだが、今はなんだか眼光が鋭い。

　ライナ様のほうは、どこか哀しげな眼でそれを見返す。

「トリウ伯爵……私を捕らえに来たのですか」

「滅相《めっそう》もありません。アルドノール侯爵から、今後に関わる大事な話をお伝えするよう、仰せつかってまいりました。軍閥としては、今回の王位継承権の問題では、法に従い継承権の順位を優先させていただきましたが……しかし我々は、正妃様の敵に回ったつもりはありません。むしろ正妃様とロレンス様、オプトス卿をお守りするべく、苦心していたというのが本音です」

「……それなら、ロレンスを支持していただければ……！」

「ライナ様、それでは国を割ってしまいます。中央にいてはわからぬことかもしれませんが……辺境では、中央に対する不満が溜まっております。前陛下の治世を悪し様《あざま》に言いたくはありませんが、ハルフール陛下は、あまりに辺境を軽視しすぎました。中央に火種が起きれば、そこに油を注ごうとする輩も出てくるでしょう。現在のネルク王国は、内乱と外敵の挟撃に耐えられる状況ではないのです。そしてロレンス様は、その危機感を誰より正確に把握しておられました。そのご英断に、臣下一同、畏敬の念を抱いております。これは阿諛追従《あゆついしょう》などではありません」

トリウ伯爵、話し方は老成していて静かなのに、声音に真摯《しんし》な力があって説得力がしゅごい……ステータスには出てこないこの威厳は、ライゼー様より上であろう。やはり軍閥の領袖《りょうしゅう》は伊達ではない。

「……そして残念ながら、正妃様が正弦教団に依頼した暗殺未遂の件も、ごく一部の貴族に露見しております。リオレット様を襲ったのは魔族だったとの報告まで出ておりますが……これは、魔族に眼をつけられる危険性を思うと、扱いに困る事実ですな。とても公表はできませぬ」

正妃様の肩がこわばった。

さっきの会議の席で正妃様が騒がなかったのは、この「暗殺依頼発覚」の件も影響していたっぽい。下手に騒いでココを追及されるのは、やはり避けたかったのだろう。

人を呪わば穴二つ、オズワルド氏の目論見は正しかった。

そしてトリウ伯爵は詰《なじ》るでも責めるでもなく、ただ親身に話し続ける。

「本来ならば死罪が相当です。しかし――リオレット様は、我々とロレンス様によるラライナ様、オプトス卿への助命嘆願を受け入れ、今回の暗殺未遂の件は、被疑者不明のままで不問にするとお決めになられました。レナード公爵家もお咎めなしです。そして正妃様とロレンス様は、御身の安全のためにも、中立の立場であるアルドノール侯爵の領地にて生活していただければと――あの地には、先代陛下の離宮もございます。期間はおそらく、ロレンス様が成人されるまで、ということになるでしょう」

ネルク王国における「成人」年齢は十五歳である。一部の領地では慣例的に十四歳だったり十六歳だったりするようだが、「国として」の成人年齢は十五歳。ただし選挙制度や少年法などはないので、あくまで「個人の意志で結婚できる年齢」「納税の義務が発生する年齢」という印象。

正妃様が悔しげに鼻筋を歪めた。

「……幽閉……ということですね」

ロレンス様がまた溜息を吐く。

「母上、私は幽閉でも甘すぎる寛大な処置だと思っておりますが……おそらくアルドノール侯爵にも兄上にも、その意図すらありません。この城や伯父上のところにいたら、母上はまた、周囲を巻き込んで悪巧みをなさいます。そうなれば今度こそ処罰は避けられません。母上はしばらく政治や謀略から離れ、雑音のない環境で心身を整え、自らの間違いにきちんと向き合ってください。兄上の温情が本物であることは、時間が証明してくれるものと思います」

ロレンス様、ちょっとリオレット様を信頼しすぎな感もあるが、さほど間違ってはいない。

ただ勘違いがあるとすれば、リオレット様の温情が向いている先は、迷惑な正妃ではなく賢いロレンス様である。正妃に対しては「ロレンス様の母親だから、処刑まではしたくない」的な感覚か。

このご兄弟、どっちも理性的で賢いから、すげー相性いいと思う。

オプトス公爵が、王家に嫁いだ妹であるラライナ様の肩へ手を置いた。

「……ラライナ、もはやこうなっては流れに身を任せるのみだ」

正妃様も、やっと小さく頷いた。眼はうつろだけど、今はまだ仕方あるまい。

ここらで、やたら殊勝《しゅしょう》なオプトス公爵の内面を『じんぶつずかん』でちょっとだけ覗いてみよう。

（……リオレット殿下に……いや、陛下に子供が生まれぬまま、万が一のことが起きれば……その時こそ、誰はばかることなく次はロレンスに王位が転がり込む――監視されるであろう私が、これ以上の危険を冒すわけにはいかないが、ここはまず生き残ることが肝要か……）

……たくましいな！

高位のお貴族様たるもの、やはり表と裏の顔はこうでなくてはならぬ！　褒めてはいない。むしろ呆れてるけど、この抜け目なさはちょっとだけ見習いたい。

正妃様のほうはそこまで考えが及ばず、今は途方に暮れておられる。ロレンス様の苦言がだいぶ響いたご様子……

ともあれ、ここはもう大丈夫だろう。結局ルークさんは覗き見しながら踊っていただけで、何もすることがなかった。

そのままウィンドキャットさんに抜き足差し足をさせてこっそり立ち去ろうとした矢先、トリウ伯爵が口を開いた。

「ところで正妃様。先日、うちの傘下のライゼー・リーデルハイン子爵を、茶会に誘っていただいた件ですが――アルドノール侯爵との面会時には伏せておりましたが、今、改めてお耳に入れておきたいことがございます」

「……なんでしょう？」

ライナ様は、ライゼー様を「トリウ伯爵への仲介役」として利用するおつもりであった。

彼女にしてみれば、「所詮は使い走り」みたいな認識であって、たかが子爵風情にそこまで期待をかけていたわけではなかろう。実際、結果的には無駄足だったわけだが、俺がライナ様とお会いし、

「じんぶつずかん」でいろいろ分析するきっかけになってくれた。その意味では、実は重要なイベントだったのである。

何も感情を見せないラライナ様に対し、トリウ伯爵はやや声を潜めた。

「……今回の件では、軍閥の内部でもどう対応するか、少し意見が割れたのです。そんな中で、ライゼー子爵はラライナ様とロレンス様の助命を強く主張し続けました。特にロレンス様については、リオレット陛下の治世においても、いずれ重要な役割を担う官僚になられるはずと……他の貴族達を説得し、アルドノール侯爵が皆に決定を伝える前に、方針の下地を整えておいてくれたのです。ギブルスネーク退治の印象から、荒っぽい武人と見られることも多い男ですが——その実、あれは目端《めはし》が利く上に義理堅い、軍閥にとっても得難い人材です。本人はロレンス様の才覚に一方《ひとかた》ならぬ思い入れがあるようですが、正妃様の派閥への引き抜きは、どうかご容赦いただきたく——」

ライゼー様……！　我々が拳闘観戦やお祭り見物で遊んでいる間、しっかりお仕事を頑張っていらしたのですね……ペットとしては飼い主（のパパ）が褒められるとちょっと嬉しい。

そして正妃ラライナ様は、なんだか呆けたようなお顔。

「……あれは、社交辞令と思っておりました」

「私も話半分に聞いていたのですが、今日のロレンス様のお姿を見て、ライゼー子爵やアルドノール侯爵の見立ての正しさに納得いたしました。御身《おんみ》は必ずや、我ら軍閥でお守りいたします」

ロレンス様が首を傾げた。

「ご厚意はたいへん心強く思いますが……兄上に、我々をどうこうする意図はないものと考えています」

「もちろん、リオレット陛下はお味方です。我々がもっとも警戒しているのは――『レッドワンド将国』からの暗殺者ですから」

「ああ、なるほど――そちらは確かに危険です」

ロレンス様、すぐに察して認識を改めた。

そういえば、正妃様とオプトス卿が「数年前、別荘で暗殺者に襲われた」みたいな話が『じんぶつずかん』に載っていたが――アレの正体も結局、レッドワンドとやらの間諜だった。

正妃様達は「リオレット一派からの刺客」と勘違いしたままだが、きっと継続的に嫌がらせをされているのだろう。

王都に来てからちょくちょく「レッドワンド」という国名は聞くのだが、どういう国なのか、行ったことがないからいまいちよくわからない。一応、
・軍事に強い。ついでに「将爵」とか「教爵」みたいな聞き慣れない爵位もある。
・国土はさほど広くないが、国境が山岳地帯であり、こちらからはとても攻めにくい。
・ネルク王国へのちょっかいがそこそこ多い。
・人口は不明。鉱山があるため、資源的には割と強いはずだが、農業がイマイチ弱そう。
というのは一般常識として把握している。

ついでにリルフィ様からのご講義によれば、「赤い杖《レッドワンド》」という国名は、建国の王が火属性の魔導師だったかららしい。そのため今でも火属性の魔導師を尊《たっと》ぶ風潮があり、軍の将官クラスには魔導師が

多いとか。

トリウ伯爵が話を続ける。

「謀略によって我が国の内政を混乱させ、その隙に乗じて侵攻を開始する――毎度のことながら、これがレッドワンドの常套《じょうとう》手段です。リオレット様、ロレンス様、正妃様は、その標的となっている可能性を否定できません。あるいは、亡くなったハルフール陛下も……ご病気が死因とはいえ、レッドワンドの間者が、回復魔法などを使って病を悪化させたのではと疑う者すらいます。証拠はありませんが、一応は有り得る話です」

……そんな話になってたの？

人体の治癒力を活性化させる回復魔法は、病人に使うと病因まで活性化させたり、肉体や心臓にも負担をかけるから、若い怪我人ぐらいにしか使いにくい――という話を、以前にヨルダ様からうかがった。「だから病人相手の、証拠を残さない暗殺術としても使える」とゆーのは、理屈としてはわかるのだが……おっかない話である。

この噂は正妃様達も把握していたようで、小さく頷いたのみだった。

その後はトリウ伯爵の退室にあわせて、ルークさんもこの場から撤退。

正妃様達が良からぬことを考えだしたら、また『じんぶつずかん』で把握すれば良いが、しばらくそういう流れにはなるまい。正妃様、ぶっちゃけ今は思考停止状態である。悪巧みをする余裕すらない。

ウィンドキャットさんとの空中散歩（わずか一分）を経て宿に帰り着いた俺は、さっそく「ぴゃっ」と空中に爪で線を引き、我らが秘密基地、キャットシェルターへの扉を開けた。

そこには、コタツを囲んでトランプの大貧民をしながら、お茶菓子を摘むまったりモードのクラリス様達が。お茶請けにはクッキー、ビスケット系に加え、柿の種や薄焼きせんべい、スナック菓子などの食べやすいモノをチョイスしておいた。

食べすぎないように在庫管理はサーシャさんにお任せしたが、けっこう減ってるな……お夕飯、ちゃんと入るだろうか……？

「あ……ルークさん……おかえりなさい……！」

リルフィ様がそそくさと立ち上がり、たゆんたゆんと駆け寄って、ドアの前で俺を抱えあげた。

会議開催までのここ数日は、王都を見物できる程度には穏やかな日々であったため、リルフィ様もだいぶお元気になられた。

拳闘観戦に一日を費やし、その後は露店巡りに古書店巡り、雑貨屋さんや服飾店などにも行ったが……一番盛り上がったのは、このキャットシェルターでのボードゲーム大会である。ちょっと快適すぎるよね、この猫カフェ……

「ただいまです。会議の様子は、ちゃんとご覧になられましたか？」

部屋の掃き出し窓、その向こうには平時は仮想の庭とか絶景の映像が広がっているのだが、外部の光景を映すモニターとしても使用可能である。カメラ担当は竹猫さん！

さっきまでそこには、お城での会議の様子が映し出されていたはずであった。

俺の質問に、クロード様はビミョーなお顔。

ピタちゃんはいつも通りのにこにこ笑顔で、サーシャさんは横を向き口元を押さえ肩を震わせている。なに笑てんねん。

そしてクラリス様は、聖母のような慈愛に満ちた眼差し。

「……ルークのダンス、かわいかった」

……………リルフィ様に抱っこされた俺は、無言でかっくんと首を傾げた。

…………あれ？　ステルス機能は？　あっ。もしかしてカメラアイ担当の竹猫さんにステルスは通じない？　あの子、まさかずっと天井付近にいた俺のほう見てた……？

――猫さんは概ね、動くものに反応してしまう。

たまに何もない虚空《こくう》をじっと凝視《ぎょうし》していることもあるが、あれはきっと人には見えない何かを（略）

「えーと、あの……音声のほうは、ちゃんと聞こえてましたから……内容はちゃんと……その、少しダンスに気を取られましたけど、ある程度は把握できました……よ？」

クロード様の慰めるよーなフォローが胸に染みる――このタイミングでは追い打ちとも言う。

そして俺を抱えたリルフィ様も、猫耳付近に頰擦りをされながら、ウィスパーボイスでそっと囁いた。

「あれは、きっと……ルークさんの故郷の、神聖な踊りですよね……？　ふふっ……とってもかわいらしかったです……明日はいよいよ、祭りの最終日の『舞踊祭』ですし……その練習だったのでしょうか……？」

「………にゃーん」

何も言えずに鳴いてごまかすルークさん。

誰も見ていないと思っていたのにがっつり見られていたこの小っ恥ずかしさ、武士の情けとしてせめてご理解いただきたい！　あと竹猫さん、やっぱり高性能……！　スパイ能力に長けた竹猫さんなら、光学迷彩すらカンペキに見破れる。憶えておこう。

リルフィ様からいー感じにモフられながら、俺はゴロゴロと喉を鳴らし、そっと肉球で目元を覆ったのだった。

61　猫の新装備

ネルク王国、王都ネルティーグにおける春の祝祭は、春の終わりから初夏にかけて行われる。

期間は約一週間——ということになっているが、準備期間も含めると二〜三週間はお祭り気分が持続し、特に夜の「舞踊祭」を控えた最終日には、皆が路上で朝から晩までレッツダンシングする。

それが今日！

ホテルの前でも朝から音楽が鳴り響き、紙吹雪が舞い、老若男女がひらひらくるくるとパリピっぽく踊っていた。陽キャめ……（ゴゴゴ……）

舞踊祭そのものはあくまで夜だけのイベントらしいのだが、夜を待ち切れないパリピどもが朝から勝手に騒いでいる、という流れである。

ややや陰キャ寄りのルークさんにはちょっとまぶしい光景。

俺をお胸に抱えたリルフィ様も、やや困ったよーな苦笑いで、宿の窓から眼下の喧騒を眺めていた。

「……想像以上に、賑やかですね……私、こういう雰囲気は、ちょっと苦手で……」

「わかります。私も、下手に足元をうろちょろしたら尻尾とか踏まれそうで、ちょっと怖いです」

俺の感想に、リルフィ様が不思議そうなお顔をされた。

「でも、ルークさんは……ダンスがお好きなのでは……？　先日の会議の時にも、たいへんかわいらしく踊って……」

「アレはダンスではなく、体をほぐす体操なのです。そもそも私のサイズだと、一緒に踊れる相手もいませんし」

踊っている眼下の皆様は、家族親類カップル友人と関係性はけっこうバリエーション豊かっぽいが、基本的に「一人ずつ勝手に踊る」という感じではなく、二人～四人くらいで一組な感じ。

パートナーを次々変えて、みたいな踊り方もあるものの、いずれにせよ、誰かと手を取り合う感じのダンスである。すなわち、型は違うが「盆踊り」ではなく「社交ダンス」の系統。

猫が一匹でヒゲダンスとかブレイクダンスとかカポエイラとかを披露する空気ではない。そんな技術もあるわけない。

リルフィ様は少し考えて、俺を寝台の上におろし、ご自身は床に膝をついた。

そして、真正面からそっと俺の両手をとる。

「少しだけ……ここで、一緒に踊ってみませんか？」

……………これは「一緒に踊る」とゆーより「猫を踊らせる」という遊びであろうが、しかしリルフィ様の清楚で可憐な一撃必殺の微笑みを前に、煩悩《ぼんのう》の塊たるルークさんが拒絶などできるわけがない……！

「はい、ぜひ！」

元気よくお返事し、窓の外の軽快な音楽にあわせ、俺はリルフィ様とつないだ両手を適当に動かし始める。

あわせてベッドの上でよちよちとステップ。たまにくるりとターンして、猫特有のしなやかな動きでポーズを決める。どやー。

「あははっ♪　ルークさん、お上手です！」

リルフィ様の珍しくはしゃいだ声が嬉しくて、そのまま二曲ほど踊らせていただいた。あっという間に体力尽きた。

「ちょ、ちょっと休憩を……！」

「はい。お疲れさまでした！」

お祭りの空気に感化されたのか、今日のリルフィ様はちょーご機嫌である。ハイライトさんも快適な職場環境でイキイキと働いておられる。でも過労には気をつけて！

運動後、水分補給の麦茶を飲んでいると、ピタちゃん（ウサギ形態）にまたがったクラリス様が部屋に入ってきた。熊にまたがった金太郎を連想してしまうが、絵面はだいぶかわいい。ピタちゃんもすっかりリーデルハイン家のペットとして馴染んだ感がある。まだ旅先なのに。

「ルーク。お昼から、新しい王様のパレードが王都を回るの。お父様が、ルークが一緒なら見に行ってもいいって」

あー。

そういえば王都に着いたばかりの日、宮廷魔導師ルーシャン様のお弟子のアイシャさんが、なんかそんな感じのことを言ってたな……「最終日の夜には舞踊祭があって、例年ならその直前に国王陛下のパレードがある」とかなんとか。

ハルフール陛下は亡くなられたので、今年のパレードでは、そこに新しい王であるリオレット様が登場するのだろう。正式な即位式はまだ先なので、「王として」というより「王位継承者として」の登場であるが、情勢が決したという意味では似たようなものである。

数日前までは「王位継承の行方が不穏」とか思っていたが、なんだかんだでうまくまとまった今、安心して見物できそうだ。

「ライゼー様はお忙しいのですか？」

「パレードの警備。ヨルダおじさまと一緒に馬で随行するみたいだから、見えると思う」

む。それは軍閥のお貴族様的には、一種の晴れ舞台なのではなかろうか。ペットとして見逃すわけにはいかぬ！

リルフィ様がわずかに首を傾げた。

「えっと……クラリス様、最初から、そんな予定でしたか……？」

「ううん。昨日の夜、急に決まったんだって。リオレット陛下の馬車の前を、ロレンス様の馬車が先行するから、そっちの警備に加わって欲しいって」

なるほど。第二王子と第三王子——既に王と王弟だが、王弟ロレンス様側の警備に軍閥の貴族を加えることで、正妃閥との関係が悪化していない旨を内外に示したいのかな。となれば経緯上、ライゼー様は適任である。

しかしリルフィ様、人混みは大丈夫……？

ここ数日の王都滞在で、外出にはそこそこ慣れていただいたのだが、少々不安ではある。まかり間違って陽キャにナンパでもされたら、ルークさんも嫉妬で王都を滅ぼしてしまいかねないし（※そんな力はない）、スリとか痴漢の被害とゆーものも一応は有り得る。

もしも道があまりに混雑していた場合には、クラリス様達も含めて、キャットシェルター内からパレード見物をしていただこうかな。

そんなわけで、ライゼー様達は午前のうちに「ちょっと行ってくる」とお城へ向かってしまい、我々は午後から新しい王様のパレード見物ということにあいなった。

午後までの残り数時間をどうしよーかな、とか考えていたところ——

「ルーゥクゥさまっ♪　あっそびーましょ♪」

陽キャが来た。

ライゼー様達と入れ替わるよーにして現れたのは、ルーシャン様の弟子筆頭、魔導師のアイシャさん。彼女は『夢見の千里眼』なる不可思議な特殊能力を持っており、俺とルーシャン様を結びつけた張本人である。

リルフィ様の抱っこに若干、変な力が加わったよーな気がしないでもないが、もちろん完全に気のせいであろう。ルークさんってばたまに意味もなく神経質だからホラ。

そのフリーダムな挨拶ぶりに、初対面のクロード様はびっくりされていた。

「えっ……ルークさんのお知り合いですか……？」

「ルーシャン様のお弟子のアイシャさんです。アイシャさん、こちらはリーデルハイン家の跡継ぎ、クロード様です」

「ああ、そうでしたか。はじめまして、リーデルハイン家長男のクロード・リーデルハインと申します。アイシャ様のお名前はかねがね――」

品よく会釈するクロード様とは対照的に、アイシャさんのほうは指を胸の前で組みあわせ、あざといくらいの笑顔で眼をキラキラさせた。

「あっ！　知ってます！　士官学校で有名な『ドラウダの魔弓《まきゅう》』、クロード様ですよね!?」

「………………なんでご存知なんですか」

クロード様の頬がやや引きつった。

ドラウダ……聞き覚えが……？

あ。リーデルハイン家の裏側、転生直後の俺が迷い込んでいた山が、確か「ドラウダ山地」であった。

山地の大部分は国有であり、道らしい道もない。落星熊《メテオベアー》さんみたいなやベー獣がそこそこいるので、開拓が難しく、貴族の所領にもしにくいらしい。数十年前に「落星熊討伐！」みたいなことを言い出した欲深な有力貴族様が返り討ちに遭って以来、山地の奥はほぼ禁足地扱いなんだとか。

リーデルハイン領はその裾野の一隅に位置しており、そーいえばライゼー様も正妃様に自己紹介した時、「ドラウダ山地に領を賜っております」云々《うんぬん》と言っていた。

クロード様のあだ名？　は、その地方の出身者だから、という意味であろう。中二とか言ってはいけない。クロード様の顔色を見る限り、たぶんコレ本人が名乗ったモノではない。

で、なんでそんな呼び名をアイシャさんが知ってるの？

「ルーク様の存在を夢で知った後、リーデルハイン家のことを少し調べまして、その時に、士官学校にいる友達からクロード様の噂も聞いたんです。領主課程にとんでもない弓の名手がいて、それがリーデルハイン家の人だ、って！　なんでしたっけ？　遠くから連射した大量の矢で、地面に点描《てんびょう》で絵を描いたとか、一〇〇メートル先の台に固定した小さな木の実を粉々に砕いたとか、新任の教官から素で弟子入りを志願されたとか、あと実家のメイドさんのことが好きすぎてだいぶこじらせてるから誰かいい子紹介してやれとか――」

なんで最後にオチをつけた。

クロード様、真っ赤である。サーシャさんもぷいっと横を向いてしまったが、ルークさん知ってる。アレは完全にデレ隠し。既にデレている状態を必死に隠そうとして失敗してるヤツ。ふー、ごはんがすすみそう。これをおかずに銀シャリ二杯はイケる。

クラリス様が眼をぱちくりとさせた。

「魔弓……？　兄様って、そんなに弓が得意だっけ？」

「私も、弓をお使いになっているところはあまり見た記憶がありませんが……」

ルークさんは初対面の時点で、クロード様の適性が「弓術A」だと知っている。他にも気になる要素はあったが、サーシャさんまで知らぬとは……

ていうかぶっちゃけ、俺も「弓術Aの実力ってどのくらい？」というのを実感として理解していないため、「ほかのひとよりすごそう！」という程度のことしかわからぬ。

撃った矢で地面に点描の絵とか描けるものなの？　射程一〇〇メートルってアーチェリーだとどのくらいのレベル？　金メダルとれそう？　実家のメイドさんについてはなんとなく知ってるから別にいい。あえて突っ込まない。むしろどうしてご学友にバレているのか。

「弓は……的に当てるのは得意なんだけど、威力はなくて。でもそれを父上に知られると『猛特訓！』なんてことになりそうだから、士官学校に入るまでは秘密にしておこうって、ヨルダ先生に言われたんだ。体が成長する前に威力を求めると、怪我や骨格の歪みにつながるから、あんまり良くないんだってさ」

ふむ。ヨルダ様の教育方針、とゆーことか。

ヨルダ様自身が達人だし、達人の卵を見て、おそらくいろいろと思うところがあったのだろう。

「…………あと父上は弓が不得手《ふえて》だから、息子に張り合おうとされると、練習につきあわされるこっちが迷惑だ、みたいなことも言ってたけど」

ヨルダ様、言いそうーーー。

いまだ納得してなさそうなクラリス様、サーシャさんはさておき、アイシャさんはクロード様の腕前を疑っていないようだった。

「ネルク王国では、伝統的に槍兵と拳闘兵が主力なので、弓術ってあまり重視されませんけど……他国だと主力になることも多いですし、軍部では弓兵部隊の増強って割と死活問題らしくて、クロード様のことはうちでもちょっと話題になってたんですよ」

これには俺が首を傾げる。

「ライゼー様のご子息ですし、軍部で話題になるのはわかりますけど……アイシャさんとこって、王立魔導研究所ですよね？　どんな話題に？」

アイシャさんが、「あ」と口を押さえた。が、もう遅い。

「んー……まぁ、機密ってわけでもないので、ルーク様には言っちゃいますけど、言いふらさないでくださいね？　魔導研究所では、魔道具の『兵器』の研究もしています。で、軍部からいま依頼されているのが、『魔導師じゃない素人の兵にも使えて、威力が高くて命中精度にも優れていて、安価で量産できる魔道具の弓』なんです。なんでも遠くの国でそんな技術が実現したらしいんですが、詳しいことは不明で――今でも魔道具の弓自体は存在していますが、基本的に高価ですし、『達人が使うと威力を発揮するもの』とか『魔導師が扱う前提のもの』ばかりなので、一般兵が使えるレベルで実用性と量産性、更に廉価を兼ね備えるとなると、これがなかなか……で、これから研究の助言者として弓の達人を探す予定でして、クロード様のお名前も候補に挙がっています。武器開発はちょっと部署が違うので、私がそれを知ったのはルーク様の夢を見た後でしたけど……『けっこうかわいい』とは聞いていたので、実際にお会いできて納得しました！」

あっけらかんと笑い、クロード様の手をきゅっと握って華やいだ声を出すアイシャさん……これが、陽キャ……！

しかしクロード様は慌てて距離を取る。サーシャさんの前で醜態は見せられぬ……！

「そんな話になっていたとは知りませんでした。正式なご依頼があった場合には、軍閥に属する子爵家の一員として、微力を尽くす所存《しょぞん》です」

クロード様は割とマジ顔のご対応。

ふむ。どういうムーブだ、これ……？　少なくとも、アイシャさんに見惚れて緊張してる、という感じではない。また格好つけているという感じでもない。じんぶつずかんを見れば一目瞭然なのだが、危機管理以外の目的ではあんまり使いたくないからやめておこう。

その上で推測するに――あ。そーか、アイシャさんは言動こそ軽めだが、将来の宮廷魔導師候補であり、格は現時点で子爵級、人々への知名度なら伯爵級とまで言われている。

つまりクロード様のこの対応は、上官とゆーか、目上の人間に対する距離感を保ったムーブなのであろう。

貴族社会の一員として。軍閥の一員として。そしてリーデルハイン家の跡取りとして。

普段は柔和《にゅうわ》に見えても、クロード様にはちゃんとその御自覚が備わっている。そこはやはりライゼー様のご子息だ。

アイシャさんは、次いでリルフィ様に視線を向けた。

「それから、えっと……こちらはリルフィ様に！　お師匠様からのお届け物です。先日お話しした、聖教会の教義とは関係ない、神聖魔法の修行に関する効率的な教本ですね。一般には出回っていないので、他の人には内緒ですよ？　あとこちらは写本なので、返却の必要はないそうです。それから、水属性系のオススメ本も……これは私からです」

おお。以前の面会時に約束していたあの品か！　リルフィ様への贈り物ではあるが、神聖魔法には俺も興味津々なのでとてもありがたい。

「あ、ありがとう、ございます……！　大事に読ませていただきます……！」

リルフィ様、緊張しつつも嬉しそう。これだけでもわざわざ王都まで来た甲斐があった。

アイシャさんは、さらに続けて手荷物のカバンをごそごそと。

「ルーク様にもお土産《みやげ》があるんです。お師匠様が以前に作った魔道具を、私の同僚のマリーンとナスカがルーク様用のサイズに仕立て直したものなんですが……ちょっと便利なので、ぜひ献上したいと」

献上て。

そしてアイシャさんが取り出したのは――

「帽子とマントと……子供用の杖？　ですか？」

まずは紫色のとんがり帽子。これは魔女とか魔法使いの定番アイテムである。

同色のマントは天鵞絨《びろうど》系の高級感ある生地で、どちらもサイズは明らかに猫用。いや、ルークさんにはちょっと大きめか？

最後の杖は、杖というより指揮棒と言ったほうが近いかも。マジックワンド、というヤツであろう。持ち手側の柄尻に紫色の宝石がついている。棒側の先端には肉球っぽいモチーフの細工がついており、子供用のおもちゃ感は否めない。

が、これは、もしや……ルークさんの大幅パワーアップイベント到来なのでは……!?

この三品を机に並べ、アイシャさんは通販番組のようなドヤ顔を見せた。

「ご使用には慣れていただくのが一番なので、説明は手短にいきますね。どれも魔力が必要なので、一般人には使えない魔道具なのですが……まずこちらの帽子は、『睡魔《すいま》の帽子』といいます」

「ほう」

「頭にかぶると、眠りの質を高めて、安眠しやすくなる効果があります。悪夢とかも見ません」

「なんと」

「次にこちらのマントは『午睡《ごすい》の外套《がいとう》』。首に巻くタイプの留め具がついていますので、猫さんでもそのまま装着できます」

「ふむ」

「この外套は、外気温に応じて内部の温度が変化します。暑い夏には涼しく、寒い冬には暖かく――具体的には、気温30度だと外套の内側は25度前後に。気温10度だと外套の内側は22度前後になる感じです。さらに夏は体温を放出するのでよりひんやりと、冬は体温を逃さないのでより暖かく、カタログスペック以上の快適さをお約束できます」

「すげぇ」

「最後にこの、『祓《はら》いの肉球』！」

「はい」

「魔力を注ぐだけで、自動的に小規模な虫除けの結界を張ってくれます。持続時間は七時間程度です。蚊とかムカデとかゴキブリとかカメムシとかハチとか一切寄せ付けません」

「まじか」

ルークさん、思わず瞠目《どうもく》した。

見た目とは裏腹に、戦闘的な要素などを一切もたない、この「安穏《あんのん》たる惰眠《だみん》」の実現だけに振り切った高機能（猫用）寝具の数々……！

ルーシャン様はさすが、猫のニーズというものをよくご理解しておられる。すばらしい。ほんとすばらしい。

「ありがとうございます、アイシャさんっ！　大事に使わせていただきますっ！」

「そう言っていただけると、お師匠様も喜びます。ぜひルーク様に使っていただきたい自信作だそうです！」

ルーシャンさま……すき……！

……ルークさんは割と物に釣られる。金とか名誉とかにはあまり釣られないが、農作物と惰眠は鉄板である。

さっそく使ってみたいのは山々だが、まだ午前中だし、これからお昼ごはん、その後はパレード見物、夜は舞踊祭と立て込んでいる……試用は今夜のお楽しみにとっておくとして、とりあえずお昼までは何をしたものか。

「アイシャさんはお忙しくないんですか？　パレードの護衛とかは――」

「お師匠様は、リオレット陛下の護衛についています。私は皆様の護衛と案内を承りました。一応、パレードを見物しやすい、貴族用の個室の貴賓席がありまして――伯爵位以上の貴族と親族は、そちらから見物できるんです。で、お師匠様の分の部屋が空いているので、もしよかったら皆様でお使いいただければ、と！」

気遣いのできる人だ……！

せっかくだし、ここは乗っかってしまおう。

「そのお部屋って何時頃から使えるんですか？」

「今すぐ入れますよ。お城の正門に近いホテルの二階です。早めに行けば、往路と復路の二回とも見られます」

俺はクラリス様達の顔色を読む。

皆様、異論はなさそうだ。路上よりずっと見やすいだろうし、スリや痴漢の心配もない。俺も人目を気にせず喋れるし！

「では、お昼ごはんもそっちで食べましょうか。私がご用意させていただきますので」

「あのミートソース、また食べられるんですか!?　えへへ、実はちょっと期待してたんです♪」

アイシャさんの正直さは、たまにとても和《なご》む。この子のコミュ力は、トマト様の布教にもいずれ一役買ってくれることであろう。

が、今日のお昼は、既にクラリス様からのリクエストを受けてしまった。

アイシャさんのご希望にあわせてミニサイズのミートソースもお出しするとして、メインは別——

ククク……陽キャめ……ルークさんのコピーキャット飯における鉄板メニュー、その真の威力を思い知るが良い……！

62 お猫様ランチはじめました

パレード見物のための貴賓席《きひんせき》は、お城に一番近い高級ホテルの中に用意されていた。

ホテルはどこぞの公爵様が所有している物件だそうで、内装はいかにもな高級感！　赤い絨毯《じゅうたん》に大理石の階段、行き届いた清掃、魔道具の照明をふんだんに使用した明るいエントランス——

……猫の持ち込み、だいじょうぶ？　こういうとこって普通はペット禁止じゃない？

ピタちゃんは人型に変身しているが、俺は猫のままなので、あんまり高級感があるとこはちょっと入りにくい。

……が、特に止められることもなく、アイシャさんの顔パスでそのまま通過。

「このホテルのオーナーの公爵様は、お師匠様の猫仲間なんです。ペットと一緒に泊まれる高級ホテルとして人気なんですよ」

へー。

…………すれ違う従業員の皆様、リルフィ様に抱っこされた俺を見て、みんな笑顔なんだけど……

『じんぶつずかん』を見ると、軒並み猫力が高め。たぶんここ、人材採用の基準が「猫が好きかどうか」になってる……！　やベーホテルもあったものである。

通された二階の貴賓席は、宿泊用の部屋ではなく、ホテルに併設されたレストランの個室であった。広さは六畳から八畳程度。正面の広いガラス窓からは、目の前の広い大通りがよく見える。なるほど、これはまさにパレード見物の特等席であろう。

飲食物の持ち込みは問題ない――とゆーか、お貴族様のそういったワガママを受け入れるための高級お宿であり、そもそもの場所代がとんでもなさそう。

テーブルについてすぐ、俺は猫魔法で『ストレージキャット』さんを呼び出した。

執事猫さんに頼んで亜空間から取り出してもらったのは、人数分の食器類と錬成材料の藁束《わらたば》。

――さて、集中である。

麦の藁束→稲の藁束→ごはんもの、という錬成は、コピーキャットにおいてかなり有用性が高いのだが、この時、「幕の内弁当」などを連想することによって、「ごはん」以外のおかず類も再現できるというチートバグがある。いや、バグじゃなくて仕様だけど、すごすぎて使い心地がほとんどバグ……

これを応用することによって、ルークさんは「好みのおかず」だけを取り揃えて弁当化し、いわゆる「ルークさん弁当」を作り上げ、更にはそれを実際に食すことで、次からは簡単に一瞬で再現できるよーにもなった。

その結果、何が起きたか。

――もうお気づきであろう。

実際に食べた組み合わせであれば、ごはん＋おかず各種という「一食分のメニュー」を、藁束から一瞬で再現できるようになったのである！　もちろんパンでも可。

そして誕生したのが本日のクラリス様からのリクエスト。

ルークさん選抜メニュー、絶品「お子様ランチ」ならぬ「お猫様ランチ」だ！

まずは猫さんの顔の形に成形したプリン大のオムライスとピラフ。

肉汁たっぷりのチーズハンバーグ＆ベシャメルソース。

タルタルソースつきのエビフライ、クリームコロッケ。

タコさんウィンナー、ブロッコリー、フライドポテト、肉球型のにんじんグラッセ、プチトマト様、ポテトサラダ、デザートのメロンとさくらんぼ、ヨーグルトムース……

付け合せのスパゲティは、前回はナポリタンだったのだが、今回はアイシャさんのリクエストに対応してミートソースにしておこう。

汁物としてオニオンコンソメもつけて、なかなかのボリューム感！

食べ物ではない飾りの「旗」だけは再現できないのが無念だが、これにてルークさんプロデュース、「猫まっしぐら！　絶品お猫様ランチ」完成である！

……これを七人分。一仕事ではあった。

クラリス様とリルフィ様、サーシャさんには、既にバージョン違いの試作品を何度かご提供している。クロード様やピタちゃん、アイシャさんにはもちろん初めてだ。

「ルークさん……こんなに凝ったものまで、一瞬で再現できるんですか……」

クロード様にとっては懐かしさもあるはずだが、頬が引きつっておられる。

「がんばりました！　オススメはこのハンバーグです。お子様ランチの常識をくつがえす、専門店のめっちゃ美味しいヤツです。単品での追加にも対応できますので、足りなかったら仰ってください！」

クラリス様には適正量、リルフィ様も割と少食なのでちょうど良さそうなのだが、育ち盛りのクロード様には少し足りぬであろう。品数は多いが、あくまでお子様ランチである。

みんなで食べ始めるなり、ピタちゃんとアイシャさんのお目々がキラキラし始めた。

「ルークさま、これおいしい！　これもおいしい！」

「ほんとにおいしい……！　ど、どういうことですか、これ!?　あのミートソースが神様の主食じゃなかったんですか!?」

ピタちゃんはウサギなのにオニオンコンソメも平気で飲む……安全のために「どうぶつずかん」でも確認したのだが、ピタちゃんはウサギではあるものの、食い物に関しては人間以上に雑食性であるらしい。ただし味の好き嫌いはあって、生のタマネギなどはやはり食べない。

ちなみに、普通のウサギさんにはタマネギなんて与えたら死んでしまうので、ぜったいダメである。というかネギ系はだいたいの動物がダメで、アレを食える人間のほうが種として珍しい存在のよーな気がする。

あとアイシャさんにはミートソースの立ち位置を誤解されていたよーだが――この後に待っている

モノに、果たして彼女は耐えられるであろうか……？

ついでにピタちゃんは、特に「にんじんグラッセ」に衝撃を受けていた。

初対面で「世界中のにんじんをでかくしろ」などと要求してきただけあって、人参《にんじん》には一家言《いっかげん》ある様子だったが、「甘く煮つけた人参」というのは未知の概念であったらしい。

「ルークさま！　これもっと！」

「はーい。食べすぎないよーにねー」

……そうか。

俺がトマト様へ忠誠を誓っているように、きっとピタちゃんはニンジン様に忠誠を誓っているのだろう……この子にいだいた親近感、それは「獣！」という共通項だけでなく、種類は違えどお野菜様への信仰心に共感を覚えたからやもしれぬ……ぜったい違う。

それはそれとして、お子様ランチに期待通りの反応を返してくれる幼女というのはやはり和む。

ピタちゃんは実年齢は三百歳越え、容姿は十代半ばのウサミミ美少女であるが、精神年齢の都合上、どうしても幼女扱いせざるを得ない。

みんなで楽しくお昼ごはんを食べた後、デザートには「ソフトクリーム」をご用意させていただいた。

「変わった形の……アイスクリームですね……？」

「……生クリームのアイスクリーム？」

リルフィ様とクラリス様は戸惑い顔。アイス類は何度かご提供しているし、ケーキやワッフルなどで慣れた生クリームはもはや定番の味であるが、「ソフトクリーム」はこれが初めて。

アイスクリームとソフトクリームの違い。

それは「温度」である。ぶっちゃけ成分はほとんど同じ。

どちらも撹拌《かくはん》によって空気を含ませながら冷やし固めるスイーツだが、より低温で冷やし固めていくとアイスクリームになり、練り上げている最中の滑らかなモノがソフトクリームになる。できたてのアイスクリーム、とも言われる。

やや乱暴な説明であり、実際には各メーカーによる添加物の工夫などもあろうが、方向性としてはだいたいそんな感じ。

しかしこの「温度」というもの、馬鹿にはできぬ。

どちらも冷たいお菓子ではあるが、人間の舌というものは「適度に温かいものほど甘みを感じやすく、冷たいものほど甘みを感じにくい」という性質がある。溶けかけのアイスクリームがやけに甘く感じられるのもそのためだ。

それに加えて、ソフトクリームのなめらかな食感は舌により絡みやすく、乳脂肪分の風味までダイレクトに届きやすい。

いわゆるご当地ソフトクリームに多種多様なフレーバーが多いのもそのためで、つまりアイスクリームより「素材の風味が伝わりやすい」のだ。また持ち帰りや配送に不向きなため、「その観光地でしか食べられない」という限定感もある。

今回ご用意したのは、あくまでオーソドックスな牛乳メインのソフトクリーム。

ルークさん的には、一番好きなのはチョコとバニラを合わせた「ミックス」なのだが、初手はまずみんなで同じものを食べるのが良かろう。ピタちゃんは二回目だし、クロード様は前世組だけど。

まずはピタちゃんが我先にと舐め始める。

眼はしんけん。いっしんふらん。ソフトクリームを食べる顔ではない。野生の獣が数日ぶりの餌にありついた顔である。

ピタちゃん……三食＋おやつもしっかりあげてるのに、どうしてそんなに餓えてるの……？　なんか変なスイッチ入ってない……？

クラリス様とリルフィ様は、頬を赤くして眼を見開いている。

「すごい……ルーク、これどうなってるの……？　なんでこんなすごいもの、今まで隠してたの……？」

「いえ、隠していたわけではなくてですね。私のいた世界では、割といろんなところで食べられるごく普通のおやつだったので、あんまり意識してなかったんです」

「これが、普通……？　あの……ルークさんのいた神々の世界では、たとえばこれを食べるのに、どのくらいの代償が必要だったのでしょうか……？」

代償……いやまぁ、もちろん無料ではないが、そんな黒魔術的な産物でもない。

「物の価値や相場が違いますので、感覚的な話になってしまいますが……カフェでの飲み物の一杯分か二杯分か、そのくらいですかね？　さほど贅沢品というわけではないです」

ソフトクリームの価格……ファストフードなら150円前後、コンビニで200～300円前後、

喫茶店でもだいたいそのくらいで、観光地ではフレーバー次第だが、まあ200円から400円くらいだった気がする。ちょっとお高いヤツだと700円くらいするのもあった気がするが、その価格帯にはあまり手を出した記憶がない。

アイシャさんが真顔に転じた。

それまで「わー、きゃー、おいしー！　すごーい、こんなのはじめてですー！」とか女子高生のよーにきゃーきゃー言っていたのだが、お値段の話が出た途端に真顔。

……ソフトクリームって、異世界の陽キャを真顔にさせる成分とか入ってるの……？　ピタちゃんといいこの子といい、急にテンションを変えないで欲しい。

「飲み物一杯分か二杯分……？　ちょっと待ってくださいよ、ルーク様。こんなのどう考えても超が三つくらいつく高級品ってゆーか、どんなにお金だしてもぜったい買えないヤツじゃないですか……そんなに安くてたくさん買えるなら、月給全部ぶち込みますよ……」

まぁ待て落ち着け。さすがにそれは数日で飽きる……芋粥《いもがゆ》は適量に限る。芥川先生もそう書いている。

「アイシャさんからは、さっき良い魔道具もいただいてしまいましたし、ご希望とあらばある程度はスイーツのご提供もしますけれど……どんな食べ物も、過ぎれば健康に悪い影響が出ます。そのあたりはご理解ください」

「わかってますけど……わかりますけど……うぅ。ルーク様、社交の季節が終わったらリーデルハイン領に帰っちゃうんですよね？　私がこれ食べられるのって、どう付きまとってもあと数日なんですよ？　……わー、切ない……」

珍しい。陽キャが落ち込んでいる……ナチュラルに「付きまとう」とか言われた気もするが、食いしん坊仲間として気持ちはわかる……

「ルーシャン様を介したトマト様交易の件もありますし、なんだかんだでちょくちょくお会いする機会はあると思いますよ？　日持ちするお菓子なら、交易品に紛れ込ませることもできますし」

「約束ですよ？　……実はですね。昨日、お師匠様に、『王都を離れて、リーデルハイン家に仕官してもいいですか？』って聞いてみたんです」

アイシャさんはあれかな？　就職面接で志望動機を聞かれて「社食が美味しそうだったので！」とか答えちゃうタイプかな？　就職よりも主食が大事な感じ？

「そしたらなんて言ったと思います？『いずれ自分が宮廷魔導師を辞めてリーデルハイン領で隠居させてもらうつもりだから、若いお前は宮廷魔導師のほうを引き継げ』って……ふざけんじゃねーって話ですよ！　あのお師匠、弟子に面倒事押し付けて、おいしいとこかっさらう気なんですよ！　師匠の風上にもおけません！」

……キミも師匠に面倒事を押し付けて、おいしいとこ（味覚的な意味で）かっさらう気だったのでは？

というかルーシャン様、隠居とか検討してるの……？

師弟間の冗談なのか本気なのかは不明だが、「トマト様の交易が軌道に乗ったら、その縁を生かして移住！」みたいな未来は想定していてもおかしくない。老後の農作業、悠々自適な研究生活、トマト様に囲まれた平穏な日々――憧れるぅー。

まー、今の時点ではともかく、数年後を考えると決して有り得ない話ではないのだ。

というのも、ルーシャン様は「宮廷魔導師」として伯爵の位を賜《たまわ》ってはいるが、領地は持っていない。そもそも宮廷魔導師というのは、専門職として国からお給金が出ている立場であり、仕事も「魔導」絡みのみ。

領地経営なんぞに関わっている暇はなく、そんな余裕があったら研究と後進の育成をしろ！　と言われてしまうお立場である。

また、世襲が認められない「一代限り」の爵位であるため、仮に領地なんかあっても後継者に継がせられない。そんなぽんぽんと領主が変わったら、領民も迷惑であろう。

つまり、隠居する場合には「そのまま王都に住む」か「故郷に帰る」か「他人の領地に身を寄せる」かの三択となり、その行き先として「亜神のいるリーデルハイン領」が候補に挙がってくるのは、割と納得できる流れなのである。

「あの……それは、可能性としては有り得る話なのでしょうか……？　リーデルハイン領は、王都に比べるとあまりに辺境の田舎ですが……」

リルフィ様が恐る恐る、そんな問いを発した。

アイシャさんはにっこりと笑みを返す。

「お師匠様は研究さえできればどこでも、っていう人ですし、今までは王都のほうが便利でしたが……もしもルーク様のお傍でお仕えできるとなれば、それはもう喜び勇んで飛びつくと思います。ただ、お約束したトマト様の交易の件がありますから、何はともあれ、そっちが落ち着いてからって話になるはずですが――むしろ私も行きたいんですけど、ルーク様、どうですか？」

「アイシャさんが宮廷魔導師になったら、必ずお祝いをお送りしますね！」

にこやかに流した。

アイシャさん優秀だし、来てもらう分にはありがたいのだが……彼女には、政権側で権力者になってもらったほうが都合が良い。その代わり、賄賂《スイーツ》はちょくちょく差し入れさせていただこう。

「……ルーク様のいけずぅ……」

むにむにと頬肉を摘まれた。

「だってリーデルハイン領で私がすることって、トマト様の栽培と昼寝くらいですよ？　平穏無事な日々ではあると思いますが、若いアイシャさんにはたぶん退屈だと思います」

「宮仕えよりは絶対楽しいです！」

断言された。アイシャさん、じゅーぶん高収入だろうに……しかし前世スイーツは金では買えぬため、わからんでもない。あと「亜神の研究」って、魔導師さんにとっては官位なんかよりよほど魅力的なのかもしれない。

「あとですね、ルーク様についていけば、一儲けどころか大儲けできそうな気がするんですよね。トマト様以外にも何かありそうですし、私の中の守銭奴《しゅせんど》が『この案件はおいしいぞ』って囁くんです！」

「……アイシャさんのその自分に正直なところ、すばらしいと思います。本音と建前をむやみやたらと使い分ける人が多い昨今、アイシャさんのよーな方はたいへん貴重ですし、お話ししていてとても安らげます。でも却下《きゃっか》で」

「ぐぬぬ」

そういえばこの子、「水精霊の祝福」の称号持ちなんだが……このズレた正直さは精霊さんと相性良さそう。一歩間違えたらヤベー人である。

アイシャさん、こほんと咳払い。

「冗談はさておき……いえまぁ、八割くらいは本気なんで考えておいて欲しいところではあるんですが、それはさておき、ちょっと皆様のお耳に入れておきたいことがあるんですよね。即位式はまだとはいえ、今回、おかげさまでリオレット様が穏便《おんびん》に『国王』になられたわけなんですけれど……内乱の危険性はほぼ去ったと思いますが、だからといって『レッドワンド将国』が侵攻を諦めるわけではありません。おそらく、数ヶ月のうちには戦端が開かれるでしょう。様子見の小競り合い程度で済むかもしれませんが、ちょっと大きめの乱に発展する可能性もあります」

「にゃーん」

俺には関係ない話っぽかったので、すかさずリルフィ様の細腕にじゃれつくルークさん。リルフィ様はくすりと微笑み、飼い猫を適度にモフり始める。

猫ムーブに勤しむ俺を見て、アイシャさんは溜息一つ。

「亜神のルーク様に助力を願おうとか、そんな無礼は考えておりませんので、そこは誤解されませんように。ただ、軍閥の一貴族たるリーデルハイン家は無関係ではいられません。領地は国境から少し離れていますが、反対方向というほど遠くはありませんし、諸侯と同じように兵を出していただき、ライゼー様がその指揮をとる、という流れになるかと思います。で……これに関して、ルーク様のご意向を確認させてください」

む。ライゼー様の出陣とな。

危険な戦争沙汰などは御免被《ごめんこうむ》りたいのだが……

「意向とゆーと？」

「以前にも申し上げましたが、私と師は、亜神たるルーク様のご意向を最優先にして動くと心に決めています。ルーク様のお怒りや失望を招く事態は極力避ける、そのための相談です。現状の選択肢は三つになります。まず一つ目は、ライゼー様にそのままご出陣いただくこと。軍閥の貴族としては当たり前の流れですし、ライゼー様もそのおつもりでしょうが、もちろん危険です。二つ目は、ルーシャン様や私達の工作によって、後方の任務に回していただくこと。これだと身の危険は減りますが……ライゼー様のお立場は、少し悪くなります。武勇で知られる方ですし、恥辱と受け取られるかもしれません。また、御本人がこれを是としなかった場合、我々の工作にも限界はあります。何より寄親のトリウ伯爵が出陣されるはずですので、その腹心たるライゼー子爵が傍にいないというのは、いささか余計な噂を生みそうです」

……むぅ。ライゼー様は臆病風とは無縁である。

冷静なお方ゆえ、功を焦って無茶をする、ということはなかろうが――自らの責務には忠実なため、戦地に赴《おもむ》かないという選択肢は嫌がるだろう。

「三つ目の選択肢というのは？」

「前線でも後方でもない、特別な任務についていただくことです。これについては具体案がまだありません。例をあげれば、補給部隊の護衛とか、要所となる砦の防衛とか――それらも危険がないとは言えませんが、流れ矢による突然の死も有り得る野戦よりはまだ安全かと思います。で、さらに悩ましいことに……私達がこんな相談をしているとライゼー子爵に知られたら、きっと『自分だけを特別扱いしてもらっては困る』と言って、最前線行きを決断されるでしょう。そんな事態を避けるためにも、ルーク様のご意向を早めに確認し、悩まれるようなら思案の時間を確保していただくようにと……師はそう仰せでした」

「…………承りました」

……存外に、難しい問題である。

ライゼー様の誇りと責任感を無視して、周囲が勝手に決めて良い話ではない。

かといって、飼い主たるクラリス様の大切なお父上を危険な戦場へ送るなど、ペットとして絶対に放置できぬ事態である。

「今すぐお返事を、という話ではありません。懸案の侵攻が起きず、すべて杞憂《きゆう》に終わるかもしれません。ただ、今のうちから対応を考えておくべきかと思い、僭越《せんえつ》ながら申し上げました」

アイシャさん、こういうマジメなお話もできるんだよね……ちゃんとしてる……

「そうですね……お心遣い、ありがとうございます。この件はクラリス様達とも、きちんと相談したいと思います」

我が飼い主も思案顔である。

貴族の子女として出過ぎたことは言えぬだろうし、かといって父親の危険は看過できぬ。

一方、クロード様はある程度、覚悟しているのか――無言のままだが、緊張がうかがえる。

場合によっては、クロード様もライゼー様の傍について初陣ということになるかもしれない。子爵家の跡取りとして、これも避けては通れぬ道である。

やや重くなった空気の中、ソフトクリームを食べ終えたピタちゃんが、不思議そうに呟いた。

「……ルークさまって、いがいにめんどうくさがりだよねー。そんな国、ふつうにやっつけちゃえばいいのに」

……この子は何を言っているのか？

ただの猫さんが軍隊に敵うわけないでしょ。怖いし。無理だし。にゃーん。

「……ま、まぁ、いずれにしても、ライゼー様やクロード様の御身を守る手段は講じたいと思います。あ！　リオレット様のパレード、そろそろ始まるみたいですね！」

窓の外から、楽隊の演奏が聞こえてきた。

レンガを敷き詰めた大通り、その両脇に集った観衆がわっと声を上げる。

この場の皆様も窓辺に寄った。

お城の正門、その重々しい扉がゆっくりと左右に開き始め、正面に整列した衛兵さん達が一斉に旗を掲げる。

白と黒に色分けされた、2×2マスの市松模様――えらく単純な意匠だが、ネルク王国の国旗だ。

そして楽隊の演奏に導かれ、兵隊さん達の行進が始まった。

騎馬はえらい人。

割と前のほうにいるのはアルドノール侯爵だ。ロレンス様とリオレット様の仲介をした、軍閥の筆頭お貴族様である。

少し離れて、幌が開放されたロレンス様の馬車！

今回のパレードは『亡くなった王の葬送』という意味合いもあるため、喜色満面というわけにはいかないが、観衆へ向けて穏やかに手を振られている。

馬車のすぐ隣には、白馬にまたがった女性騎士さん。

リオレット様との密談の時に、メイドさんの格好で同行していた子だ。確かお名前はマリーシアさん。じんぶつずかんを見た感じ、ロレンス様の腹心……というより、姉代わりのよーな存在っぽい。

正妃様のお姿はないが、俺がよく知らないお貴族様も、ロレンス様の馬車に護衛として同乗されていた。おそらくは正妃様の派閥に属する貴族であろう。

その馬車の斜め後ろに……本日の主役（※我々にとっては）、ライゼー様とヨルダ様のお姿が！

思わず窓越しに肉球をぶんぶんと振ってしまった。

我々の存在に気づいたライゼー様とヨルダ様は、一瞬だけ顔つきを柔らかくしたものの、すぐに正面を向いて騎馬を進めていく。

お二人とも威風堂々！

将官クラスは皆、ほぼお揃いの軍の礼服姿なのだが、こちらのお二人にはただならぬ貫禄《かんろく》が漂っている。

……というか、ライゼー様には明らかにいつも以上の貫禄がある。服のせい？　もしくはちょっと演技してる？

――いや、違う。

これは「警戒心」のせいだ。

ライゼー様は、王位継承権の問題が片付いたはずの今も、まだ警戒を解いていない。

王弟ロレンス様の警護に回された経緯を「政治的な都合」だと理解しつつも、自らの役目はあくまで「ロレンス様を守ること」だと真摯《しんし》に受け止めている。

軍閥の貴族たる、責任を果たす――その思いの強さが、他の同世代の貴族達と比べて、一段も二段も上の貫禄につながっている。

……こんな生真面目な御方に、「戦地は危険だから後方待機でよろ！」なんて言えるわけがねぇーーーー……

アイシャさんの懸念は、実に的確であった。

そして、あろうことか。

ライゼー様のこの警戒心も、決して大袈裟《おおげさ》ではなく、また杞憂《きゆう》でもなく――

実に的を射たものであったことを、俺はこれから、数十分後に理解することとなった。

……なって、しまった。とても、残念なことに。

余録6　王の資質

第二王子、リオレット・ネルク・トラッドは、王位を継いで国王となった。

強いてそれを望んだつもりはなかったが、皇太子の事故、父王の急死を経て、唐突に転がり込んだ王位である。

正妃から差し向けられる暗殺者に怯え、内乱の危機に戸惑い、自らの命を守るために、どうにか獲得した王位である。

パレードの後方、一際《ひときわ》大きな馬車に備え付けられた車上の「玉座」にて、リオレットはある種の感慨と、非現実的な戸惑いを抱えていた。

（私が……この国の王か）

実のところ、いまだにあまり実感はない。昨日の会議で諸侯の合意こそ得たが、即位式もまだ先の話である。

リオレットは魔導師として、あるいは王立魔導研究所の研究員として生きてきた。

その人生にはそこそこ満足していたし、父王の放蕩《ほうとう》ぶりを見てきて「ああはなりたくない」と心の底から思ってもいた。

ハルフール王は決して邪悪な王ではなかったが、もしも彼に一般の貴族なみの常識と良識があれば、国庫の浪費は百分の一以下に、地方の疲弊もそれ相応に抑えられただろうし、貴族社会に余計な波風が立つこともなかったはずである。

ただし、その場合にはメイドが第二妃になることもなかったはずで、リオレットも生まれてこなかった。それを思うと、あまり正面きって批判できる立場ではない。

（いや……本来なら、私は王族にはなっていなかった。もしも父が慣例に従う王だったなら、母上は平民のままで秘密の愛人として暮らしただろうし、私は平民のまま、王の隠し子として育ち――場合によっては、成人してから適当な理由をつけて、お情けで男爵位くらいは得ていたかもしれないが……）

少なくとも「王」などになることは有り得なかった。

妙な星の巡り合わせもあったものだが、差し当たって大きな乱は避けられた。まずはそれを素直に喜びたい。

昨夜、リオレットは魔族のアーデリア・ラ・コルトーナと話をした。

「これで、そなたが国王か。良い国になるよう、祈っておる」

テラスでそう微笑んだ彼女は――リオレットの勘違いかもしれないが、ほんの少し、寂しげではなかっただろうか……？

自惚《うぬぼ》れも大概にしろと、内心で自分を叱りつけ、リオレットは平静を通した。

リオレットは今、アーデリアに恋をしている。この感情はもう否定しようがない。

しかしこの国の王になった以上、伴侶《はんりょ》は国内外の高位の貴族から娶《めと》る必要があり、アーデリアへのこの想いは、心の深くに埋葬する必要がある。

そもそも人間と魔族とでは、住む世界が違いすぎる。

彼女達が、矮小《わいしょう》な人間風情に気まぐれの慈悲をかけることはあっても、それを勘違いして図に乗れば破滅が待っている。

アーデリアとリオレットは、良き隣人であり、友人である——それで良い。その関係すら貴族達に知られるわけにはいかないが、これ以上を望むのは罰当たりというものだった。

見世物のようなパレードの玉座にて、リオレットは民衆に手を振り続ける。

……この立場になってみて、より一層、違和感が強くなった。

リオレットは今、国民の前に姿を晒し、新しい王として迎えられながら、頭の中ではアーデリアのことばかりを考えている。

それが恋というもの、などと世の先人達には笑われそうだが、リオレット自身はあまり笑ってもいられない。

(国王としての重責よりも、魔族の女性一人に思考の大半をもっていかれる——兄の私がこの程度の人間にすぎないなどと、ロレンスは思ってもいないのだろうな……)

反省はしたい。が、自身の心の問題だけに、嘘のつきようがない。

このことを考えるたびに、第三王子——否、王弟ロレンスのまっすぐな眼差しが脳裏をよぎる。

彼には、父王や正妃が持ち合わせず、またリオレットにも実感の薄い、明確な「王族としての責任感」が芯から備わっていた。

これは「民のために働く」といった次元の曖昧な責任感ではない。「国の平穏のためならば、自らは幽閉されても構わない」という、十歳の王子には重すぎる悲壮な覚悟をも内包した責任感である。

そんなロレンスと比して――

自分のほうが王にふさわしいなどと、今のリオレットに言えるはずもない。

リオレットが王位を目指した動機は、単純に「正妃に雇われた暗殺者から逃れ、自身が生き残るため」だった。

一方で、幼いロレンスは内乱を防ぐために、単身で首を差し出す覚悟まで固めていた。

十歳のロレンスはまだ経験に浅く、知識に乏しく、為政者としては学ばなければならないことが山程ある。

リオレットもあまり大きなことは言えないが、十歳の弟と比べれば、年齢の差というものは歴然としており、また貴族達の権謀術数にも多少は明るい。だから、たとえば今、ロレンスが王になったところで、正妃達に都合の良い傀儡となるだけだろう。

だが、あと数年――十年とまでは言わない。五年でもいい。

もしもあと五年程度、ロレンスが政治や経済を本格的に学ぶ時間さえ、確保できれば――

その時は、リオレットなど及びもつかない、王国史に名を残す賢王が生まれるかもしれない。

リオレットが王位を継いでしまった以上、もはや無意味な仮定ではあるし、「神童が長じてみれば俗物に」などという例も珍しくはないが、ついそんなことを考えてしまう。

少なくとも、国や民の平穏を願う心において、ロレンスは誰よりも王たる資質を備えていた。

それを幼さゆえの青さとは嗤《わら》えない。彼は経験には浅くとも、「歴史」への造詣が恐ろしく深いらしい。

それは亡き司書、カルディス男爵との交誼によって培われた知識だろうが、こと歴史においては史学者顔負けだと、世話役のアルドノール侯爵が感心していた。

過去に何が起きたかを暗記しているだけではなく、「どうしてそうなったか」をきちんと踏まえた学び方をしており、治世にも生かせるだけの下地がある——これが侯爵からの評価である。

「侯爵、正直に答えて欲しい。私より、ロレンスのほうが王位にふさわしいとは……思わないか？」

つい先日、リオレットはアルドノール侯爵にそんな問いを向けた。本気ではないが、戯れでもない。純粋な好奇心からの問いである。

アルドノール侯爵は、威厳に満ちた髭面を呆れたように歪めた。

「現時点でのお話であれば、答えは否です。さすがにロレンス様は幼すぎますし、ラライナ様を中心とする正妃閥の影響が強すぎて、まともな国政は望めないでしょう。個人の知識と判断力が多少あったとしても、ロレンス様個人に対して忠実な臣下が少なすぎますし、どう立ち回ったところで正妃達が間に入って政治を乱します。官僚達は正妃の顔色をうかがうでしょうし、ろくなことにはなりません」

アルドノール侯爵の視点はいかにも現実的だった。その見解はリオレットとも一致している。

「では、十年後ならどうだろう？」

「未来のことはわかりません。今後のご成長次第でしょうが、リオレット様を政治面から支える有能な王弟になられるのではと、期待しております」

侯爵の立場でこれ以上のことが言えるわけもない。リオレットも失言を引き出したいわけではないし、これは良くない問いだった。

だが、それを自覚してなお――リオレットは、この信頼のおける高位貴族に対して、言わずにはいられなかった。

「アルドノール侯爵。私は立場上、自分に起きる最悪の事態や唐突な事故も想定しておかないといけない。そうなることを望んではいないけれど、父上は唐突に亡くなった。だから不吉であろうと杞憂《きゆう》であろうと、想定だけは絶対にしておくべきだと思っている。貴方とはその認識を共有しておきたいし、その上で――どうか、ロレンスの健《すこ》やかな成長に尽力して欲しい。彼がどう成長するかが、今後のネルク王国にとって、おそらく極めて重要な意味を持つ」

アルドノールは驚いたようにリオレットを見て、深々と一礼してくれた。

「……陛下はロレンス殿下に、複雑な思いを持っておられたものと思いますが……今のお言葉は、まさしく王者の器と感じ入りました」

「そんな大仰《おおぎょう》な話じゃない。私は少し、『研究者』の仕事に染まりすぎた。王としての資質には自分でも疑問があるけれど、そうは言っても現時点では他の適任者がいない。私が方針を間違えたら、どうか諫《いさ》めて欲しい」

先日の、そんな会話を思い返しながら――リオレットはパレードの馬車の上から、沿道の人々に向けて穏やかに手を振り続けた。

彼らの多くは、リオレットの姿を見るのは初めてだろう。職人街の人々ならば、素材や研究器具の買い出しに来ていたリオレットを見知っているが、彼らのリオレットに対する認識は「士族」ではなく、「ルーシャン様のお弟子の、どこかの貴族の若様」というものだった。

もう気軽に街へ出ることもできないはずで、それは少し寂しい――などと愚痴を言ったら、同僚のアイシャから「変装セット一式貸しますよ?」と、こともなげに言われた。国王にそれを勧める胆力に、格の違いを思い知った。強者とはかくあるべきなのかもしれない。ルーシャンの次の宮廷魔導師はおそらく彼女なのだが、少々不安がある。

――いや、思考が逸れた。

王の責任。王たる資質。王としてあるべき姿――それらについて考えるたびに、リオレットは自分自身への疑問を持ってしまう。

これから王としての責務を果たし続ければ、いずれはこの違和感も解消できるかもしれないが、今の時点ではまだ感情を整理できていない。

ともあれ、内乱の危機はひとまず避けられた。近い将来に『レッドワンド将国』からの侵攻が起きたとしても、国内で兵の損耗が起きていない以上、充分に対抗できる。この一点だけでも、自分が王位を継いだ甲斐はあったと考えるべきかもしれない。

(私が……この国の王……か)

人々の歓声。楽隊の演奏。舞い散る紙吹雪――

晴れやかなパレードの喧騒とは裏腹に、新王リオレットの心は、ひどく冷めていた。

63 その時、歴史が動きそこねた

――レッドワンド将国には、罪人に対する一風変わった「恩赦《おんしゃ》」の仕組みがある。

なんらかの罪で投獄された者の「親族」などが、司法的な取引を経て体制側からの密命に従事し、これを成功させた時――囚われの罪人が、罪を減ぜられ釈放される。

『特殊軍務における恩赦特例法』というのが正式名称だが、もっと現実に即した『人質法』という呼称のほうが、国内では定着している。

つまり、「無実の罪で囚われた家族の釈放を条件に、生還できない類の任務を強要する」という悪法で、軍内部では目障りな部下への粛清の一策としても活用されてきた。

この悪法の犠牲になる者は数年に一人程度と、さして多くはない。

成功した例も幾度かあり、その折には家族は釈放され、弔慰金《ちょういきん》もきちんと支払われる。

悪法には違いないが機能はしており、そしてその間違った信頼性が、さらに次の被害者を生んでしまう。

レッドワンドの密偵、二十七歳のシャムラーグ・バルズは今、まさにその渦中に置かれていた。

囚われたのは、彼の妹とその夫。

罪状は他国との内通であったが、これは交易商人との世間話を罪にこじつけただけの酷い冤罪《えんざい》で、捕まえた側も本気で疑っているわけではない。

シャムラーグが上官の命令に逆らい、恥をかかせたこと――それに対する見せしめであり、彼を死地に差し向けるための理由づくりである。

彼が帯びた密命は、要点をまとめれば以下の二つ。
・ネルク王国で内乱が起きたら、状況調査を密に行い、兵を潰し合わせる。
・内乱が起きず、次の王がすんなりと決まるようなら、その王を殺して体制に動揺を与える。
シャムラーグ以外の密偵が、内乱を起こそうといろいろ画策はしたようだが、これは失敗した。ただし、想定内ではある。

レッドワンドの情報部は、「ネルク王国では、皇太子の不慮の事故を経て、王位を巡る内乱が起きる可能性がある」と読んでいたが、同時に「その確率は高くない」とも結論づけた。

ネルク王国の貴族もそこまで馬鹿ではなかろう、というのが理由の一つ。

もう一つの理由は、「さすがに国王が、生きている間に後継者を確定させるだろう」というものだったが、その遺言を正妃ラライナが握りつぶしたことは、情報部にとって嬉しい誤算だったともいえる。

しかしながら、結果として内乱が起きる気配はなく――

シャムラーグに課せられた密命も「新しい王の殺害」に切り替わった。

城内に忍び込むのは、さすがに難しい。

標的が寝泊まりしている、城外にある宮廷魔導師の屋敷も――「護衛者」の関係で、おそらく難しい。

内偵を進めた結果、リオレットの護衛者は「魔族」である可能性が出てきた。証拠も証言もないが、「高貴な身の上のはずなのに、調べても何も出てこない」という事実がこの推論を導いた。

アーデリアという名は珍しくないありふれたものだが、「純血の魔族」の中にも同名の者がいる。

身元を隠すならば偽名くらいは使うだろうと思う一方で、偽名すら使わない堂々たる振る舞いはいかにも魔族らしい。

仮に、あの護衛者が魔族だとした場合。

彼女が傍にいる限り、暗殺などできるはずがない。弓矢を使えば傷くらいは負わせられるかもしれないが、生憎とシャムラーグの弓の腕は一般兵なみで、一撃で仕留められる気がしない。

毒矢ならばあるいは——とも思うが、たとえばかすめただけで相手を死に至らしめるような毒物は持ち合わせていない。そもそもシャムラーグは「暗殺者」ではなく「密偵」である。

似たようなものだ、と世間で思われていることは百も承知だが、彼の役割は「変装しての潜入調査」や「機密情報の入手」であり、暗殺は本業ではない。逃亡のための護身術は心得ているし、それらは暗殺にも流用可能ではあるが、一対一の果たし合いならともかく、「暗殺」そのものの手際では専業の暗殺者に到底敵わない。

そんな彼に課せられた王族相手の強襲任務は、つまり「対象を道連れにしてお前も死んでこい」という意味であり、生き残ったところで帰る場所はもうない。ただ、成功すれば囚われの妹夫婦は間違いなく釈放されるし、まとまった弔慰金も入る。

また失敗したとしても、シャムラーグが死んだ場合には、「その死をもって罪を減じる」という形いる。


になり、弔慰金という名目の「成功報酬」こそ出ないが、妹夫婦は遠からず釈放されるだろう。

もちろん、シャムラーグが任務を放棄して逃げた場合——残された家族には、苛烈《かれつ》な運命が待っている。

安宿の上層階、その窓から、パレードが通る大通りを見下ろし、シャムラーグは水筒の水を呷《あお》った。

これが末期《まつご》の水になる。

数分後、任務の成否にかかわらず、彼はもう飲み食いの心配をする必要はなくなっている。

自分のせいで囚われた妹夫婦には申し訳ないことをした。

せめて慰謝料がわりの弔慰金を受け取らせたいところだが、この襲撃が成功するかどうかは疑わしい。

まず先に、王弟ロレンスを乗せた馬車が見えてきた。これは標的ではないが、イメージトレーニングにはちょうどいい。

道幅が広いため、この窓から道の中央まではそこそこの距離がある。

加えて、眼には見えないが馬車の周囲には風魔法の結界が張られているはずで、矢などは進路を曲げられてしまう。弓で狙うのは難しい。

沿道には観衆もいるし、警護の人数も想定通りに多い。

その中には数人、明らかな強者も混ざっている。

(黒髪の、あの大男——ありゃやばいな。どう足掻いても不意なんか打てねえし、馬車に近づいた時点で一刀両断か……）

その傍にいる、同年代の金髪の貴族もそれなりの技量であろうとうかがわせる。馬上での姿勢がいかにも自然体で安定し、背に負った手槍も華美な装飾品ではなく、大事に手入れしつつ使い込んだ形跡がうかがえた。

この二人には劣るが、王弟ロレンスの一番近くにいる白馬の女騎士も、年若いが腕は立ちそうに見える。

もしもこのロレンスが標的であれば、シャムラーグには失敗して死ぬ未来しかなかった。

肝心の国王の護衛が、さらなる強者で固められていた場合には——既に絶望感しかない。そもそも敵国の王への襲撃など、そうそう成功するものではない。

王弟の隊列が通り過ぎ、やがて新国王、リオレットの馬車が近づいてきた。

玉座を据え付けた馬車は、案の定、風の結界で守られている。

ロレンスがいた先頭付近よりも舞う紙吹雪の量が増えたため、もはや視覚的に風の流れを把握できる。玉座周辺に近づいた紙吹雪は、まるで見えない川の流れに阻まれるようにして、後方へすっ飛んでいった。

——矢はまず届かない。

が、「人体」の重さを阻めるほどに強い結界ではない。多少は流されるだろうが、シャムラーグならば近づける。

沿道警備の衛兵達も、その周囲の群衆も、馬車と沿道を阻む王宮騎士団の隊列も、彼にとっては関係ない。

……シャムラーグならば、どうにか「近づく」ことはできるのだ。ただし、生きて帰ることはできない。

シャムラーグは上着を脱ぎ捨てた。

その背には、茶色く薄汚れた『翼』が生えている。

レッドワンドにおいて、少数民族の有翼人《ゆうよくじん》は搾取される対象だった。

集落からは毎年、自分達の安全と自立を守るための人身御供として、一定数の頑健な兵士が国に差し出される。翼を持つ民は人よりも身軽なため、斥候《せっこう》や間諜《スパイ》として使いやすいのだ。

ただし、あくまで使い潰される前提であり、軍での出世などは望めない。

有翼人の能力も、その外見からの印象ほど優れたものではない。

そもそも有翼人は、「飛べない」のだ。

より正確には、「高所からの滑空」「落下速度の調整」はできるのだが、「平らな地面から飛び立つ」ことができない。

その翼は、いわゆるムササビや一部の翼竜と同じで、まず高い場所へ自らの脚で登り、そこから飛び降りるためのものだった。

険阻な山岳地帯に住む彼らにとっては命綱も同然の翼だが、地に降りてしまえば、その後の運動能力はもう人とさして変わらない。

それでも一応は、「高い屋根から低い屋根へ飛び移る」「全力で走る際に、翼の力で一歩の歩幅を広くする」「高所からの落下時に難なく着地できる」など、普通の人間よりも優位な部分はあり――そのせいで、より危険な任務へと回される。

宿の窓から道の中央付近までの距離は、およそ四十メートル。

三階の高さから飛び降りて滑空すれば、悠々と届く距離ではある。

ただし、槍や弓で武装した騎馬の隊列が続くため、あまり低くは飛べない。

なるべく高所を滑空して、馬車の頭上付近まで到達し、そこから「落ちる」。

体重も利用して真上から風の結界に干渉し、後方へ流されながらも王へ肉薄、その瞬間に双刀で「首」を掻き切る――

その後は、大罪人として騎士達の槍に貫かれ、この生涯を閉じる。

これがシャムラーグの計画だった。

国王リオレットを守る騎士達は、王宮騎士団の騎士団長を含む精鋭達。

さきほどの黒髪の大男ほどの化け物ではなさそうだったが、金髪の貴族と互角以上の猛者が十数人も揃っている。ロレンスの隊列よりも、その防備は厚い。

加えて直前の馬車には、レッドワンドにまで名の聞こえた宮廷魔導師、ルーシャン・ワーズワースの姿まである。

ただし老人、しかも魔導師であり、彼がシャムラーグの奇襲に即応できるとは思えない。

魔法は強力な武器だが、ただの一瞬で感覚的に使えるものは威力も弱い。

襲撃に反応し、状況を判断し、魔法に集中し、場合によっては詠唱もこなし――これらの作業に数秒かかっているうちに、シャムラーグは強襲を済ませ、その成否にかかわらず、死体となっているはずだった。咄嗟の折には、魔法より剣のほうが速いのは自明である。

タイミングを見て、シャムラーグは窓から身を乗り出す。

パレードはゆっくりと、しかし確実に動いている。観衆の視線は隊列に集中しており、楽隊の演奏も襲撃の気配を一時的に遮ってくれる。

窓の外、群衆の頭上へ飛び出したシャムラーグは、その両手に使い慣れた細身の双刀を握り、背の翼を大きく広げた。

まずは滑空。この時点で気づく者はごく少ない。また、気づいたところで何も手出しができない。

王の頭上での停止。ここに至ってほとんどすべての人間に気づかれ、魔導師は詠唱を開始、護衛の兵達は槍を構える。が、既にシャムラーグが最も王に近い。

瞠目《どうもく》する若き王、リオレットを眼下に捉え、シャムラーグは双刀を振りかぶる。

矢避けの風結界に自重《じじゅう》と力ずくで干渉し、勢いを殺されながらも刀をその内側へと差し込み——

凶刃は、新王の首をいともたやすく刎《は》ね飛ばした。

純血の魔族、アーデリア・ラ・コルトーナは、姿を隠し、王都の上空からパレードを見物していた。

眼下のリオレットは、澄まし顔で王都の民に手を振っている。

その晴れ姿にくすりと笑みが漏れたが、アーデリアの心中にはほんの少し、もやもやしたものもある。その正体を彼女自身も掴みかねているが、あるいは「感傷」というものかもしれない。

親しくしていた青年が、ふと遠い存在になってしまったような感覚――元々、魔族と王族とでは縁遠い存在であったが、これでいよいよ、リオレットは「国を代表する王」となってしまった。

めでたいことではあるし、喜んでもいるが、ふいっと視線を背《そむ》けたくなる瞬間もある。

弟のウィルヘルムに相談すると、

「……姉上にも、やっと……やっと、初めての思春期が訪れたのですね……」

と、感慨深げに天を仰がれたが、なんか気に障ったので軽く蹴飛ばしておいた。

ウィルヘルムはずいぶんと生意気になった。

二十年前は、「ねえさまはもうすこし、おとなになってください……」と、たどたどしい口調で力なく呟くかわいらしい少年だったのだが、歳月とは残酷なものである。言葉の内容自体はさほど変わっていないかもしれない。

……歳月とは。

歳月とは、残酷なものらしい。その残酷さを、アーデリアはまだ実感として得ていない。

魔族の血縁関係は、人とは少々、趣が違う。

『純血の魔族』はほぼ不老不死の存在とされるが、特殊な儀式を経てからでないと子供が生まれず、さらに第一子が生まれるとその力のほとんどが子供へ移ってしまい、親は大幅に弱体化するという性質がある。

この儀式の際、伴侶となった人間は、一時的に「亜神の核」と深く関わるゆえか、男女問わず数百年単位で寿命が伸びる。

ゆえに伴侶の選択は、純血の魔族にとって非常に重い。

膨大な魔力と不老不死を捨てる代わりに、伴侶や子供達と共に歩く数百年を得る――これは、そういう選択なのだ。

まだ年若いアーデリアは、家族や特に親しい仲間の死を経験していない。飼っていた魔獣の死には大泣きしたが、他には――

他には――？

思い出そうとして、アーデリアは不意の目眩と軽い頭痛を覚えた。

とても悲しいことが、他にもあった気がする。しかし、肝心の内容を思い出せない。

こうした記憶の欠落は、純血の魔族においてはごく稀にあるものらしい。

本人が忘れていても、周囲は理由を知っている。

その多くは「知人の死」にまつわるもので、この忘却は「悲しい記憶を抱えたまま、不老不死を続ける苦痛」を和らげるための、一種の防衛反応なのではないかと他の魔族から聞いたことがある。

人間のリオレットは、どう足掻いたところでアーデリアより先に老い、あとほんの数十年ですぐに死んでいく。

その後には、彼のいない日々が待っている。

これから先、アーデリアはずっと、そんな時間を過ごしていくことになるのだろう。
楽しい日々は、いずれ終わりを告げる。
友たるリオレットとの楽しい語らいも、そう遠くない未来には――

アーデリアが、感傷を抱え見下ろした視界では
翼を持つ民が一人
道沿いの建物の窓から
大通りへと飛び出し
その両手に握った双刀で
リオレットの首を
刎《は》ね

――彼女の記憶は、そこで途切れている。

――こんにちは、リーデルハイン領専任、トマト様栽培技術指導員、ルークさんです。
王様のパレード（往路）が通り過ぎてしまったので、復路のご帰還まで暇を持て余した我々は、パ

レードのテレビ中継（偽）が見られるキャットシェルター内へと移動しました。

現場の竹猫さーん。

『にゃーん』

……レポートはできない。さすがに無理がある。

ライゼー様の勇姿を中継するため、カメラ役である竹猫さんのみロレンス様のお傍へ移動してもらい、松猫さんと梅猫さんには引き続きリオレット様の護衛を任せてある。

そしてクロード様とサーシャさんには、来客や呼び出しに備えて、ホテルの貴賓席側に残っていただいた。

もちろんこの理由は建前で、本音は「二人っきりのお時間をご提供しよう！」という、ペットなりの心遣いである。野次馬根性とか言ってはいけない。野次猫という言い回しなら甘んじて受け入れる。

はじめてキャットシェルター（異空間猫カフェ）にご案内したところ、アイシャさんはびっくりを通り越して真っ青になっていた。

「……ルーク……様……これ……えっ……いや、あの……」

「何を驚いているんですか。アイシャさん、スイーツ錬成は割とフツーに受け入れてたじゃないですか」

「だ、だって、これっ……これっ……！　神話に出てくるアレじゃないですか……!?　あの、ホラ、『螺旋宮殿《らせんきゅうでん》』とかと同じアレですよね……!?」

知らんがな。

「螺旋宮殿とゆーのは知りませんけど、ここは避難所とゆーか憩いの場とゆーかくつろぎリラックススペースとゆーか……まぁ、単にそういう場所です。たぶん今後、交易関連の打ち合わせでお招きする機会もあるかと思いますので、ルーシャン様にも伝えておいてください！」

「……まじですか……はー……すっごい……何がどーなってるのか、さっぱりわかんない……」

魔導師的な素養《そよう》がある人にとっては、やはりこの空間、有り得ぬ類のものらしい。以前にウィル君もちょーびっくりしていた。

そしてみんなでコタツを囲み、クッキーやせんべいなどのお茶菓子を摘みながら、クラリス様の情操教育の一環として「たのしい折り紙教室・鶴の大群を襲う野生の猫編」を実施していたところ。

「にゃーぅ」

隣室から、猫さんの呑気な鳴き声。

カフェの隣には従業員用通路を挟んでいくつかの部屋があるのだが、その中でもあまり使用機会がなさそうな「隔離部屋」からである。

「あれ？　なんかあったみたいですね？」

窓に映る中継映像のライゼー様達も、後ろを振り返っておられる。その周囲が全体的にざわざわわ。

ひとまず俺は、映像の監視をアイシャ様達に委《ゆだ》ね、奥の隔離部屋へたったかと駆けた。

そこにいたのは──

見覚えのない半裸の兄ちゃん（捕縛済み・気絶）

見覚えのあるリオレット様（困惑顔）

……………国王陛下？　パレード中でしょ？　何してんの、こんなとこで？

「うにゃー」

この二人を連れてきたのは、リオレット陛下の護衛につけていた遁術《とんじゅつ》の達人、「松猫」さん。黒い忍装束がかっこいい、ロシアンブルーのナイスガイである。

遁術とは「逃げるための術」という意味。「遁走《とんそう》」の遁である。

火遁の術とは火を吐いて攻撃する術ではなく、火や煙に紛れて逃げる術だし、土遁の術は大量の岩石を敵にぶつける術ではなく、土に隠れて敵をやり過ごす術だ。

字面がかっこいいからゲームなんかでは攻撃魔法的な扱いをされることも多いが、本来は「逃げ特化！」という、実にルークさん好みのシロモノ。

「な、なんだ、ここは⁉　ね、猫……？　私は……私は、パレードの馬車に乗っていたはずでは……」

尻もちをついたまま慌てふためくリオレット様。

……………ふむ。

これは、アレだな……俗に言う「突発的な事態」とゆーヤツである。まずは顔見知りのアイシャさんに引き合わせ、（めんどくさいから）丸投げさせていただくとしよう。

「アイシャさーん。すみません、ちょっとこっちに……」

「ル、ルーク様！　たいへんです！　すぐに、すぐにこっちへ戻ってください！　リオレット様が

「……！　陛下が……！」

そのリオレット様は、ルークさんの目の前におられる。

……が、「ここにリオレット様がいる」とゆーことは、つまりそーゆーことであろう。

松猫さんは「言われた通りお仕事したよ！」と、堂々たるお顔。

……うん。これはね……これはルークさんが悪いわ……

俺が松猫さんに出していた指示は、「リオレット様が暗殺者に襲われた場合、可能なら暗殺者を捕縛しつつ、リオレット様をこのシェルターに転送して安全を確保」というもの。これは火災や爆発などが起きた場合、現場にいたままでは危険だと思ったからである。

そしてもう一つの指示は、「暗殺者の仲間や監視を油断させるために、襲われた段階で瞬時にリオレット様の身を模造品とすり替え、偽物の死体をその場に一時放置」。

これはすなわち、かの有名な「空蝉《うつせみ》の術」である！　ちょっとだけクオリティが違うかもしれない。

想定外だったのは、事件の現場が王宮とかではなく、みんなが見ている「パレードの最中」だったこと。

今頃、現地はどったんばったん大騒ぎであろう……

ひとまずルーシャン様とライゼー様達にメッセンジャーキャットを送信！

「アイシャさん、ご心配なく。陛下はご無事です。今、ここにいらっしゃいます。で、たぶん……」

呆然としたままのリオレット様と一緒に現れた、もう一人の男へ、俺は視線を向けた。

そんなに若くはなさそうだが、まだおっさんという年齢でもない。二十代後半、といったところか。

美形とゆーよりは精悍《せいかん》な感じである。今は完全に気絶しているので言動は不明だが、喋ったらきっとニヒルな系統。

背丈は平均的だが上半身は筋肉質で、ほぼ裸。

そして——背中側に、なんか妙なモノが生えている。

これは……もしかしてアレか？　風の精霊さんが以前に言っていた……ファンタジー世界のお約束の……ほら、アレ！

アイシャさんが駆けてきた。

「ル、ルーク様、陛下が……って、リオレット様⁉　ほんとにいた⁉　えっ⁉　ルーク様が連れてきちゃったんですか⁉」

「アイシャ⁉　これは君の仕業《しわざ》か⁉」

お二人は宮廷魔導師の弟子仲間である。

まずは混乱するお二人をなだめるべく、松猫さんに軽く「猫騙し」を使っていただき、俺は颯爽《さっそう》と優雅に一礼。

アイシャさんが俺の名前を呼んじゃったから、名乗るのはもうしゃーない。切り替えていこ。

「はじめまして、リオレット陛下。私はルークと申します。猫です。ルーシャン様とのご契約により、陛下の御身を陰ながら守護しておりました。でもって、そっちの気絶している男の人が……暗殺者、だったんですかね？」

「……有翼人……っ⁉」

息を詰まらせたアイシャさんのその一言で、俺も確信を得た。『じんぶつずかん』で確認したお名前は、シャムラーグさん。

その近況の記述を読み進むうちに、剥き出した俺の爪が、ぷるぷると震えだしたのは——もちろん、恐怖のためなどではなかった。

64 狂乱のアーデリア

松猫さんがとっ捕まえた暗殺犯、シャムラーグさん。

王を狙った犯罪者である。罪人である。本来ならば有無を言わさず極刑である。

極刑であるが、しかし……

だが、しかし……！

「……アイシャさん。すみませんが、こちらの有翼人さんの身柄は、このまま私に預からせてください。ネルク王国には引き渡せません。事情は、またいずれご説明します」

「えっ……あ、はい。ルーク様の仰せのままに」

アイシャさんは、「亜神の意志を最優先に」という方針で動いてくれている。この要求は通るとわかっていた。もちろんタダでとは言わぬ。これは借りである。

そういえば以前、彼女は「亜神は法に縛られない存在である」なんてことも言っていた。

この「法」とは、「人の定めた法律」ではなく、「神々の定めた法則」のことであったが、そもそも猫なので人の法律とも無縁である。法で守られることもないけれど、代わりに従う義理もない。

権力に弱いルークさん、基本的には遵法《じゅんぽう》精神に溢れているはずなのだが、今回ばかりはこの立場を最大限、活用させていただこう。

そして俺は、気絶しているシャムラーグさんを監禁し、自殺予防のためのメッセンジャーキャットを一匹と、飲食その他の世話役の執事猫さんを残して、皆様のいる猫カフェスペースへと戻った。

リオレット様もおそるおそるついてくる。同僚であるアイシャさんのお姿を見て安心はしたようだが、「何ここ?」「何が起きた?」「よもや死後の世界?」みたいな混乱が続いている。

それでも喚《わめ》き立てたり騒いだりしないあたりは、さすがルーシャン様のお弟子の魔導師だ。魔族のアーデリア様と仲良くなるくらいだし、見た目の印象より肝が据わってそう。

リルフィ様とクラリス様は突然の異変に不安顔であったが、リオレット様の無事なお姿を見るなり、はっと息を呑んだ。

ピタちゃんはどーいうわけか、窓に映った竹猫さんの中継映像に今もじっと見入っている。

現地では、そろそろ国王陛下の死体が「偽物」だと気づかれている頃だろう。松猫さんの空蝉《うつせみ》の術は、ガチの死体を作り出せるわけではない。

血は色のついたただの水だし、内臓などもないし、そもそも骨や筋肉すらない。じゃあ素材は何だ? と言われると困るのだが、綿の代わりに魔力が詰まった、精巧なぬいぐるみのよーなモノである。遠目にしかごまかせぬし、数時間で雲散霧消《うんさんむしょう》してしまう。

リオレット様が、クラリス様と俺を交互に見た。

「君達は……もしや、ライゼー子爵のご息女と、飼い猫の……？」

「はい、数日前にご挨拶をさせていただきました、クラリス・リーデルハインと申します。こちらは従姉妹《いとこ》のリルフィ・リーデルハイン。魔導師です」

クラリス様がしゃなりと一礼し、あわせてリルフィ様も慌てて頭を下げた。

リルフィ様ほどの神話的美少女を前にしても、リオレット様にそのことへの動揺は見られない――やはりクロード様が言っていた通り、この世界のモテ基準において、お顔とお胸の優先順位はさほど高くないのか……いや、そーいやリオレット様はアーデリア様にご執心《しゅうしん》であった。恋愛真っ最中の若者が、そう簡単に目移りされても困る。

俺はリオレット様を見上げた。

「ここは安全な隠れ家のよーなものです。今は緊急時ですので、詳しいお話はまた後ほど。ただ、我々のことは他言無用に願います。ルーシャン様なら詳しくご存知ですし、今から外へお送りしますので、お城あたりで合流してください。暗殺者の仲間がまだいるかもしれませんので、街側には戻らないほうが良いかと思います」

「それは……そうだね。ありがとう。どうやら私は、お師匠様と謎の猫殿に助けられたわけか――」

リオレット様は熟慮《じゅくりょ》の末に多くの言葉を飲み込み、ひとまず現状を受け入れてくれた。自身の瞬間移動も、「魔族が使う転移魔法的なモノ」とでも判断したのだろう。あとたぶん、この猫カフェが異空間だとまだ気づいていない。

「アイシャも、事情は後で聞かせてもらうが、まずは礼を言いたい。裏で動いてくれたんだろう？」

「いえー。私はなんにもー……いえ、ガチでなんにも。ていうか、リオレット様、本当にびっくりするぐらいの強運ですよね……アーデリア様の存在といい、こちらのルーク様のご助力といい、この御縁がなかったらもう六回くらい殺されてますよ……？」

「……そ、そんなに？　三回くらいなら心当たりもあるんだが……ライナ様も、困った方だ」

重い溜息。

あ。この誤解は今後のために、きちんと解いておかねばなるまい！

「いえ、今回の襲撃は、ライナ様はまったくの無関係です。証拠はお見せできませんが、先程の暗殺者は『レッドワンド将国』の人間で――リオレット様であれロレンス様であれ、とにかく『新しい王』を襲撃するよう、命令を受けていたようですね。仮にロレンス様が即位していた場合には、ロレンス様が襲われて、リオレット様に濡れ衣が着せられていたと思います」

リオレット様が、自身の頭をごつんと拳で殴りつけた。おっと、急にどうした？

「……私はまた、馬鹿な勘違いをするところだった。ルーク殿、助言に感謝する。真に警戒すべきは、やはりあちらの国か……ロレンスも指摘していたが、我々がいがみあっていると、レッドワンドにとってはその状況こそが付け入る隙になってしまう。今後も思い込みや流言飛語には気をつける」

どうやら自省の一撃であったらしい。生真面目《きまじめ》な方である。

リオレット様をお城へ送るため、まずは俺が先行して移動しようとした矢先。

竹猫レポーターの中継映像に見入っていたピタちゃんが、ぽつりと呟いた。

「……ルークさま。おひさまが、二つある……」

あー。ピタちゃん、おひさまを直に見たらダメだよー。

……って、ほんまや。

青空に光源が二つ！

片方は本物の太陽である。前世の地球を照らしていた太陽系の太陽とはもちろんまったく別物の恒星であるが、サイズや距離はともかく、機能としては似たようなものだ。

もう一つは……赤っぽい。ここから見上げた大きさは似ているが、たぶん距離が非常に近い。

空の彼方とか宇宙の向こうとかそういう位置関係ではなく、明らかに王都上空。鳥さんでも届きそうな位置だ。

そんな場所に、二つ目の「おひさま」などがあるわけもなく。

「……アイシャさん、なんですかね、アレ？」

「知りませんよぅ……ルーク様にわからないものが、私にわかるわけないじゃないですか」

えー。この世界の特殊な自然現象とか王家の秘密兵器とか、そーゆーモノであった場合、アイシャさんのほうが詳しいはずですし。

でも、心当たりがないとゆーことは……あんまり良いモノではなさそうだ。

ん？　光源を遠巻きにして、何か別のものも飛んでるな……？

「竹猫さん、ちょっとあそこズームして！」

カメラマンとして実に優秀な竹猫さん、中継映像をワイプで拡大してくれた。現場でリアルタイム編集とかすごすぎるんですけど、どうなってんの？

リルフィ様が首を傾げる。

「……人？　ですよね……？」

そこに映っていたのは、この場では俺とアイシャさんだけが知るある人物――

ちょっと洒落《しゃれ》た軍服の、そこそこ美形な空間魔法の探求者……魔族のオズワルド・シ・バルジオ氏だ！

彼は空を飛びながら、二つ目の太陽っぽい光源に向かって、必死で何かを叫んでいた。パレード周辺の喧騒が酷くて聞き取れないが、緊急事態であることは間違いない。

あのオズワルド氏が、姿を隠さずにここまで慌てる相手とは……？

「様子を見てきます！　クロード様達にもこのシェルターに入っていただきますので、皆様はここで待機していてください！」

できればライゼー様達も放り込みたい。が、まずは状況の把握が先である。もちろん準備はしておこう。

「あっ……ルークさん……！　あの、気をつけて……！」

「ルーク、危ないことしちゃダメだよ？」

心配げなリルフィ様とクラリス様の声に尻尾をひかれつつ、俺はキャットシェルターを飛び出した。

……不吉なことを言うようだが、「外で俺が死んだら、このシェルターはどうなるのか？」という疑問はある。が、これぱかりは検証のしようがない。一応、非常口は用意してあり、窓を開ければ外の世界に出られるのだが、その出口の起点はやはり俺なので……どうなるの？

それでも非常時には「外」より安全であろうし、俺も危険を察知したらこのシェルター内にすぐ逃げ込めるので、今は仕方あるまい。極端なことを言えば、外に隕石が降り注いでもこの中なら安全である。

扉を抜け出た先は、先程の貴賓席の一隅。

熟年夫婦みたいな距離感でお茶を飲んでいたサーシャさんとクロード様が、びっくりした顔で俺を見た。あんまイチャついてないな……さては盗視と盗聴を警戒したか。

「ル、ルークさん？　まだ、復路のパレードは……」

「それどころではなさそうです。ここからでは見えませんが、王様の馬車が暗殺者に襲われました」

たちまち瞠目《どうもく》するクロード様。

「えっ⁉　じゃあ、陛下は……⁉」

「リオレット陛下はご無事ですが、他にも何か起きていて、状況を把握しきれないので直接見に行きます。クロード様達も一旦、シェルター内に避難してください！」

キャットシェルターへの入り口を開け放ち、お二人を誘導……するのもめんどくさかったので、ウィンドキャットさんに抱えてもらってまとめて放り込む。

「わあっ⁉」

「あっ……ク、クロード様っ⁉」

お二人はもつれ合って抱き合う格好となってしまったが、急いでいるのでご容赦願いたい。別にわざとではない。てゆーかクロード様がサーシャさんを庇おうとして抱えただけなので、ルークさんはむしろ悪くない。よくやったクロード様。その行動はたぶんポイント高いぞ！

そして俺はそのままウィンドキャットさんの背に飛び乗り、貴賓席の窓から空へ向かって一直線！

ついでに、いざという時のために松猫さんをライゼー様達の傍へ派遣するのも忘れない。

ウィンドキャットさんは打ち出されたロケットのような勢いで、あっという間に高度を稼いだ。

二つ目の不可解な太陽――

その正面に対峙するオズワルド氏のもとへ、俺は一目散に向かう。

こうなっては姿を隠すことなどどーでもいい。てゆーか、仮にオズワルド氏があの光源相手に戦闘行為を始めた場合、姿を隠したままだと俺も巻き添えをくらいかねない。フレンドリーファイアは勘弁である。

あ、でも一応、「精霊」っぽさを出すために変装はしておこう。さっきアイシャさんから貰った安眠グッズ一式、あれを装備すれば、とりあえずただの猫には見えぬ。

首にマントを巻き、三角帽子をかぶり、肉球マークの杖を装備――

これでどこからどー見ても、「ただの猫」ではなく「コスプレした猫」である！

……………変装の意味あるのか、コレ？　まぁ、ないよりマシ……とは思いたい。帽子のつばで顔も隠せるし、マントで毛並みの模様もちょっとはごまかせる。

気を取り直して、俺はオズワルド氏のすぐ傍へ到達した。

「オズワルド様！　猫の精霊です。異変に気づいて実体化したのですが、これは何事ですか！」

ほんのちょっぴり嘘を混ぜ込みつつ、三角帽子のつばで目元を隠して問う。

オズワルド氏は一瞬、驚いた顔をしたものの、すぐに本題へと入ってくれた。どうやらかなり焦っておられる。

「精霊殿か！　まずいことになった。アーデリア嬢が……例の王族の死を目撃して、『狂乱』に陥った。よもや、たかが人間ごときにそこまで執心《しゅうしん》していたとは――」

「狂乱？」

あの二つ目の太陽、アーデリア様か⁉

俺は手元にじんぶつずかんを広げつつ、オズワルド氏へ確認する。

「あの中にはアーデリア様がいるのですね？　えっと、リオレット陛下はご存命ですので、それを知らせていただければ……！」

「生きているのか⁉　……いや、私も必死に呼びかけたのだが、もう声が届かん。既に『繭《まゆ》』ができてしまっている。すぐに孵化《ふか》が始まり、その後、周囲一帯は灰燼《かいじん》に帰すだろう。この王都は……壊滅する」

…………は？

「繭？　孵化？　狂乱って、何か別の生き物になっちゃうんですか⁉」

「いや、繭と孵化とは言葉通りの意味ではないが、要するにこれから、『自我を失った状態での暴走』が始まる。純血の魔族は、怒りや悲しみといった強い負の感情によって我を失うと、光の繭を形成して大量の魔力を身の内から絞り出す。これは数分で限界に達し、繭の破裂と同時に見境なしの暴走が始まる。これが『狂乱』だ。純血の魔族が『街を消し飛ばした』とか『一国を滅ぼした』などと言われる時には、大抵、これが起きている」

オズワルド氏が手を王都の外側へ向けた。

「精霊殿はすぐに逃げろ。あと……可能なら、ウィルヘルム殿を見つけて逃《に》がして欲しい。こんな事態の巻き添えになっては不憫《ふびん》だが、王都のどこにいるのかわからんのだ。転移魔法を使えるから、いざとなれば大丈夫だろうとは思うが――」

「えっと……あの、オズワルド様は逃げないのですか？」

「私は、せめて囮《おとり》となって、少しでも奴を郊外に引き出す。最終的には転移して逃げるしかないが、正弦教団の連中が避難する程度の時間は稼いでやりたい。他国の王都などどうなろうと構わんが、死なすには惜しい人材もいてな」

オズワルド氏、眼下のパレードを一瞥《いちべつ》した。

「リオレットを以前、狙撃した時には、念のためにあらかじめ逃がしておいたのだが……あの後、暗殺の狂言のために人員を王都へ戻してしまった。さっき配下の者に退避を指示したが、間に合うかどうか、はなはだ怪しい――まぁ、数人でも助かれば良しとする」

……意外と面倒見いいな！

人間を手駒にするとは言いつつ、手駒を大事にするタイプの人である。ちょっと見直した。

が、リオレット様狙撃事件の時には「王都とか滅んでも別に？」という方針だったようなので、そこはマイナス10点。差し引き0である。この方には、もーちょっと身内以外の小さな命に対する慈《いつく》しみというものを持って欲しい――

アーデリア様を包んだ光の繭は、話している間にもどんどん膨張していく。

「その狂乱とやら、止める手段はないんですか⁉」

「……魔力が枯渇《こかつ》するまで暴れ回れば、自然に止まる。この見境のない『狂乱』こそが、純血の魔族が恐れられ、災害のように扱われる所以《ゆえん》だ。そして——我々が、人に混じっては生きられぬ理由でもある。我を失うほど怒るたびに、街や国が一つ消し飛ぶわけだから、危うくて仕方ない……さ、行かれよ、精霊殿。残念ながら、この都はもう終わりだ」

そーゆーわけにはいかんやろ！

いや逃げたいけど！　逃げる気満々ですけど！　せっかく内乱の危機を脱したのに、ここで王都壊滅とか洒落《しゃれ》にならぬ！

何よりここは、今後、トマト様の大事な市場《しじょう》となる予定の街。オシャレなアンテナショップもできるはずの重要な輸出先である。

トマト様の覇道を阻む者に、ルークさんは容赦などしない……！

…………あと。

ウィル君の大事なお姉様に、『王都壊滅』なんて罪業《ざいごう》を背負わせるのもやだ。

俺はヒントを探して『じんぶつずかん』を広げる。

あ、ウィル君の居場所も探しておこう。ええと……雑貨屋で妹さんへのお土産を物色中……？

パレードは見ていなかったようで、まだ諸々の状況に気づいていない。

よし、メッセンジャーキャット送信！

『アーデリア様が王都上空で狂乱のきざし。助言求む。もしくは転移魔法で脱出されたし』

まずはこれで良かろう。

俺は光の繭を睨みつつ、ない知恵を絞って必死に考える。

「そーだ！　あの、以前にオズワルド様を閉じ込めたキャットケージ！　あれでアーデリア様を囲ってしまうのはどうですか⁉　あれは内部で魔力を反射します。アーデリア様が狂乱状態でも、周囲への被害を防げるのでは⁉」

「……あのケージの耐久性次第だが、いけるかもしれん。ただし、反射された攻撃がアーデリア嬢に跳ね返るから、本人はおそらく無事では済まない。正常な判断力を失っているから、それこそ死ぬまで暴れ続けるだろう。精霊殿がアーデリア嬢を殺してでも王都を守りたいならば、それも一策だと思う」

トロッコ問題やめて……！　一介のペットにその選択は重い！

……とはいえ、王都に住まう数万、あるいは十数万かそれ以上の人々の命と天秤にかけてしまうと、あまり迷っている場合ではないのかもしれない……

……いや待て。

猫魔法は、まだまだ発展途上である。できることとできないことの壁が自分でもイマイチよくわからんのだが、たとえば檻《ケージ》の機能を「魔力反射」から「魔力吸収」に変えるとゆーのはどうだろうか？

ぶっつけ本番で申し訳ないが、これはできてもおかしくない……よーな気がする。檻の内部を「攻撃を反射する鏡」から、「攻撃を吸収するスポンジ」に変えるよーなイメージ。

超越猫さんもリルフィ様も「魔法はイメージが大事」というニュアンスのことをかつて言っていたが、確かに猫魔法も、イメージに失敗すると普通に発動しないのだ。

たとえば「お料理ができる猫さんを出して」と漠然と考えても、出てきてくれない。

しかし「ジャガイモの皮むきをして」とか「煮込み料理の火加減を見て」とか「180度のオーブン的な感じで40分加熱して」ぐらいの具体性のある指示を出せば、これは普通に実現する。あとサンドイッチぐらいなら作れる。

キャットシェルターにしても、漠然と「異空間に猫カフェ作って！」と考えただけではできなかったのだが、前世の知識から「バーチャル空間にマイルームを作るような感じで、間取りはこうで壁と床のテクスチャと質感はこうやって、ここに置く家具はこういう形状で……」と細かな試行錯誤と共に組み立てていったら、手間と時間はかかったがどうにか成功した。

おそらくは「イメージの具体性」が重要なのだろう。「鏡」のイメージで「魔力の反射」ができたように、「魔力の吸収」を成功させるためには「吸収に適した素材」のイメージが重要となる。「スポンジ」系ならイケるのではないか。

「猫魔法！　キャットケージ・低反発仕様！」

「……フギャーァ」

四方八方から現れた白い格子が、アーデリア様の光球を囲んでドッキング！

その頭上で目付きの悪いハチワレ様が不機嫌に唸る。

キャットケージ、完成である！

オズワルド氏が眉根を寄せた。

「私の時とは、檻の色や形状が違うな……黒と白とで性能が変わるのか？」

「オズワルド様を閉じ込めたケージは内側で魔力を反射しましたが、今回は魔力を吸収する仕様です！」

発動はしたが、効果的に機能するかどーかはちょっと怪しい。

なんかこー……「鏡」だと、割れない限りは半永久的にいろいろ反射してくれそうだが、「スポンジ」とか「低反発素材」だと、一定量の水しか吸えないとか、あるいは衝撃を吸収して潰れた状態では、さらなる次の衝撃を吸収できないとか、そういう制限が発生しそうな気がする。

オズワルド氏は不審顔。

「……精霊殿。あの檻、先日は、罠のように仕掛けられていたと思うが……今、貴殿はここに来てすぐ、詠唱や結界といった下準備なしで、あの魔法を即座に発動させた。あれは、もしや――『魔法』ではなく、なんらかの特殊能力なのか？」

ルークさんよくわかんない。

「魔法は魔法です。ただ、猫にしか使えない『猫魔法』という分類でして……あまり参考にはならないかもしれません。全部片付いたら、お約束通り、会話の席は設けます」

「……ありがたい。なんとしても、無事に事を収める必要が出てきたな」

オズワルド氏が魔道具の銃を構えた。

赤い光の球が膨張をやめ、凝縮して人の形を取り始める。

その姿は、俺の知るアーデリア様とは少し違っていた。

漆黒のドレスは、炎のような紅蓮へと転じ。

赤く艶やかだった長髪は、より艶やかな金色の光に包まれ。

あんなに快活だったはずの瞳は、感情を失った人形のように見開かれている。

……一目でわかる。アレはヤバい。ヤンデレを通り越して破壊兵器、あるいは意志を持たない災厄の類である。

ちょうどその時、眼下の王都から推しが飛んできた。

「ル……精霊様！　オズワルド様！　姉上が狂乱したのですか⁉」

魔族の貴公子、ウィル君である！　メッセンジャーキャットは無事に届いたらしい。撤退していただいても良かったのだが、まぁ、ウィル君なら性格的にぜったい来るよね。

オズワルド氏が口の端で笑った。

「ウィルヘルム殿か。気づいてくれて良かった。すぐに地上へ降りて、転移魔法で遠方に逃げろ。狂乱中の魔族には肉親の声すら届かん。貴殿に万が一のことがあれば、アーデリア嬢はそれこそ、また狂乱を繰り返……」

ケージの中で、アーデリア様が両手を自然体に広げた。

たちまち彼女の周囲に、サッカーボール大の炎の球が十数個生まれる。

ウィル君が頬を引きつらせた。

「神炎百華……⁉　姉上、おやめください！」

檻が光った。

太陽が爆発したかと錯覚するほどの閃光！

オズワルド氏やウィル君は腕で顔を庇い、俺も思わず眼を肉球で塞いだ。猫さんの眼は夜目が利く反面、強い光には弱いのである。

直後、ウィンドキャットさんの防護結界が爆風にゆらぎ――恐る恐る、目を開けると。

底面と側面が吹き飛び、天板だけになった檻《ケージ》の上で、ハチワレ殿が眼を回しておられた。

……あかん。これはあかん展開。

早々に檻を破って脱獄を果たしたアーデリア様は、あくまで無表情のまま――

凛として煌《こう》々《こう》と、我々の眼前を漂っていた。

65 猫の旅団

一撃で吹き飛んだキャットケージさんではあったが、一応、ある程度の仕事は果たしてくれた。

少なくともアーデリア様の初撃は吸収し、結果、王都にまだ被害は出ていない。

しかもアーデリア様は我々を「敵」と見定めたようで、その視線も王都には向いていない。こっち見てる。すげー見てる。でも目に光がない。怖っ。

……ひとまずこれは「囮《おとり》成功！」と言っても良いのでは？　ダメ？　判定甘い？

目を回しているハチワレ殿をひとまず引っ込め、俺は次の魔法の準備にかかる。

「オズワルド様、威嚇《いかく》射撃をしつつ後退しましょう！　ウィルヘルム様はその間に遠くへ転移してください」

「い、いえ！　僕は、姉上を止めなければ……」

後退しながらも抵抗するウィル君。

オズワルド氏が銃を撃ちつつ舌打ちを漏らした。

「これでは豆鉄砲も同然だな。ウィルヘルム殿、さっきも言ったが、狂乱状態の魔族には親族の区別すらつかん。こういう状況になったら、まず転移魔法で逃げるのが唯一の正解だ。それは貴殿もよくわかっているはずだが？」

「しかし……しかし……！」

珍しい。あの冷静沈着なウィル君が取り乱している……

……いや、違う。

ウィル君が何を考えているのか、ルークさんには手に取るようにわかる。

なぜならそう、『じんぶつずかん』があるから！　……ではなく、ウィル君の性格がわかってきたから。

ウィル君は優しい。オズワルド氏と違って、見知らぬ人々の命にもきちんと配慮できる子である。

「大丈夫です！　アーデリア様が王都を壊さないよう、頑張って立ち回ります！」

ウィル君が、ぐっと言葉に詰まった。

あれ？　なんか違った？

「……ルーク様。こんなことを言える立場でないのは、百も承知ですが——お願いがあります」

アーデリア様が急加速した。

オズワルド氏が慌てて別方向に距離を取り、俺も大急ぎで叫ぶ。

「猫魔法！　キャットバリアー！」

「フシャァァァ……」

眼下の街側から立ち上がった巨大な三毛猫さんが、迫りくるアーデリア様に肉球パンチ！

アーデリア様が数百メートルほど後ろへ吹っ飛んだが、肉球に接触しながらも自ら飛んで勢いを殺したようで、明らかにノーダメージである。てゆーかたぶん魔力障壁的なモノを自身の周囲に展開している。だからオズワルド氏の狙撃もまっっっったく効いていないが、「うっとうしい……」くらいは思われてそう。

キャットバリアさんでどうにか距離を稼ぎ、その隙に俺はウィル君を呼ぶ。

「ウィルヘルム様！　危ないので、ひとまずこちらに隠れてください！　猫魔法、キャットシェルター！」

たちまち空中に開いた猫カフェの扉！　ウィンドキャットさんが、その向こう側へウィル君を押し込む。

その直前、彼は溜めていた言葉を口にした。

「ルーク様！　姉を……姉上を、どうか殺さないでください！　どんなに危険な存在であっても、僕にとっては大切な……大切な家族なんです。お願いします……！」

泣きそうなウィル君……あれ？　力関係、間違えてない？　いま危機的状況なのはむしろルークさんのほうでは……？　猫の心配はしてくれないの……？

しかし問答している余裕はないので、返答はもちろんこうである。

「承りました！」

そしてウィル君は猫カフェに移動。

あとは内部にいるクラリス様達がお茶とか出しておいてくれるであろう。この機会に自己紹介も済ませておいて欲しい。

俺はシェルターの扉を引っ込めて、再びアーデリア様と対峙した。

無表情で、自らの周囲にスイカサイズの火球をぽつぽつと数十個浮かせるアーデリア様――おそらくはあの一発一発が、建物を数棟まとめて吹き飛ばせる火力を秘めている。

しっぽが震えそう……！

しかし逃げる前に、この王都を――否、「トマト様の市場《しじょう》」を守るべく、我が禁断の『猫魔法』を試すだけ試しておくべきであろう。

いざとなったら俺もシェルターへ逃げ込むつもりだが、この街には大勢の人々が暮らしている。何もせずに彼らを見捨てるなど、栄光あるリーデルハイン家のペットにあるまじき醜態《しゅうたい》である！

ルークさんにも最近、ようやく子爵家のペットとしての自覚が芽生えてきた。てゆーか単純に後味悪いし夢見が悪そう。

オズワルド氏が、少し離れた場所から声をよこした。

「精霊殿!? ウィルヘルム殿は今、いったいどこに消え……」

「後でご説明します！ 無事なのでご安心ください！」

まずは目の前の脅威、アーデリア様への対応が先である。

一応、策ともいえぬ策は思いついた。

「狂乱」は、魔力が尽きるまで続く——ならば単純に、魔力を使い切らせてしまえば良い！

ただしアーデリア様にそのまま暴れられると、王都がなくなってしまう。

だから、街を破壊させないためには……こちらから攻撃して、アーデリア様が魔力障壁を維持し続けなければならない状況へと追い込み、消耗戦を強いる。本体に致命傷を与えぬよう、狙いはあくまで「アーデリア様の魔力障壁」のみだ！

「オズワルド様！ これから奥の手を使います！ 巻き込まれないよう、少し下がっていてください！」

「精霊殿の本気か。ぜひとも拝見させていただこう」

王都上空に浮いた、純血の魔族二人と猫二匹（ウィンドキャットさん含む）——

この広い青空の下、アーデリア様の周囲を漂っていた火球が一斉に散開した。

アレを一つでも街に落としてはならぬ！ しかし範囲が広すぎて、キャットバリアではちょっと厳しい！

ルーシャン様から戴いた虫除けのワンド、『祓いの肉球』を天に掲げ（※決めポーズ）、俺は気合を込めて全力で叫んだ。

「――猫魔法、奥義！　いでよ、『猫の旅団』ッ！」

天地が震えた。

次の瞬間、王都とその上空のそこかしこで、ポンポンポポポンと無数の小さな煙玉が破裂する！

「「「にゃーーーーーーーーーーん!!」」」

たちまち世界に響き渡る鬨《とき》の声！

そこに現れたのは、お察しの通り。部隊ごとの扮装《ふんそう》に身を包んだ数千数万の猫さん達である！

もちろん魔力で構成された方々なので実猫ではなく、その毛並みや目鼻などはイラストかぬいぐるみ的に簡略化されているが、まるで絵本の中から飛び出してきたかのような一団だ。

士気を鼓舞する我が同胞達の声に背中を押され、ルークさんはすぐさま指示を飛ばした。

「ハチワレ砲術隊、撃《て》ーーーっ！」

「「にゃーーーーぅ！」」

元気なお返事と共に、サッシュ（タスキみたいなやつ）やエポレット（肩のフサフサした飾り）のついたレトロな西洋の軍服に身を包んだハチワレ猫さん達が、空中にセットした大筒から丸い大砲の弾を山なりに撃ち出す。

その数は数百！　初撃の一斉射はなかなか壮観である！

砲弾を撃った後は待機中の猫さんが素早く筒内に火薬を押し込み、次弾を装填、導火線に火をつけ、かわいらしく耳を塞ぐ。所詮は「魔法」なので別に必要ない作業だとは思うのだが、様式美とゆーヤツである。

流れるよーな分担作業で次々に放たれた弾は、アーデリア様がばらまいた火球付近で誘爆し、猫の顔型、肉球型の花火となってその威力を相殺《そうさい》させた。

さらに街の直上には『黒猫魔導部隊』が分散待機。

それぞれ空に向かって魔力障壁を多重展開し、爆風から街を守っている。たぶん被害は（ほとんど）出ていない。何匹か、街の露店からぽろりと地面に落ちてしまった焼き魚を失敬したようだが、アレは戦場での略奪《りゃくだつ》行為であろうか……こんな状況下でお魚くわえて逃亡したドラ猫どもは、いずれ綱紀粛正《こうきしゅくせい》せねばなるまい。まぁ、それは後で。

「次、白猫聖騎士隊、前進ッ！　アーデリア様を包囲せよ！」

「「フカーーーッ！」」

こちらは勇猛果敢なる重装の騎士団！　純白の丸っこい甲冑に身を包み、肉球マークの盾と危なくないように先端をクッション加工にした突撃槍を装備し、ぬいぐるみのよーなホワイトタイガーにまたがった精鋭達である！

突撃による敵陣突破に加えて、前線を押し上げ、押し上げた前線を維持する橋頭堡《きょうとうほ》にもなるナイスガイどもだ。今回の敵はアーデリア様のみなので、四方八方から取り囲んで動きを封じるのが目的。

アーデリア様の動きが止まった。

包囲の抜け道を探しているが、そんなものはない。眼下の黒猫魔導部隊による魔力障壁、動こうとすると飛んでくるハチワレ砲術隊の花火型砲弾、そして逃げ道を物理的に塞ぐ白猫聖騎士隊——この三隊の包囲から単身で抜け出すには、もはや「転移魔法」しかなかろうが、アーデリア様はお空を飛んでいる。地魔法に属する転移は使えない。

ヘタに転移されてよそで大破壊を実行されても困るので、アーデリア様はここで止める！

「今だ！　ブチ猫航空隊、爆撃開始ッ！」

「「しゃーーーーっ！」」

満を持して飛び立ったのは、N《ネコ》－299《ニクキユウ》型、最新のステルス多用途戦闘機に乗り込んだ大空の勇者達！

機体のモデルはもちろん往年の名機、F－14「トムキャット」であるが、だいぶ丸くてずんぐりしてる。超音速で飛び回り、威力偵察はもちろん、ミサイル発射から爆撃までこなす頼れるスーパーキャット達である！

とりあえず300機ほど用意した。

集中爆撃が始まると、アーデリア様の姿は連続する爆風でまったく見えなくなってしまったが、周囲の魔力障壁はまだ機能している。ここは存分に削らせていただこう！

なお観測は各種通信・観測機器を備えたハチワレ砲術隊所属の観測班。インカムつけて機器の周囲に集ったり乗ったりしながらニャーニャー言っているだけに聞こえるが、ちゃんと仕事はしてくれている。見た目で判断してはいけない。

しかしこの分だと、同時召喚しておいたサバトラ抜刀隊、茶トラ戦車隊、三毛猫衛生部隊の出番はなさそうか……

抜刀隊の皆様は後方で花札を始めてしまった。

ところで、なぜ名称が「旅団」なのか？

――なんか響きが、かっこいいから。

……だって「軍団」では悪の軍団とか影の軍団感があるし、「師団」だと軍制の堅苦しさが抜けない。「旅団」も、用語としてはまぁ似たようなものなのだが、「旅」という漢字が良い。旅は良い。温泉旅とかすごい良い。この騒動が一段落したら、リルフィ様達とひなびた温泉地などでゆっくり静養したいものである。そんな観光地がこの世界にあるかどうかはさておき。

話がズレた。

こちらの『猫の旅団』、部隊ごとの個別召喚も可能ではあるが、「旅団」単位での一括召喚は速くて強い。余剰戦力も、いざという事態に備えた大事な保険ということでよかろう。前衛が崩壊した場合には彼らの出番である。

が……

「ニャー！」「にゃーん」「フカー！」「うなーーーーう！」「るるぅ……」「ゴロゴロゴロ……」

……みんな張り切ってるし、大丈夫かな……

アーデリア様はもはやわけがわからぬ状況と思われる。俺もここまでうまくいくとは思ってなかったからちょっとびっくりした。想定以上の戦力で、たいへん心強い。

「……勝ったな」

「にゃー」

格好つけたこの呟きに、ルークさんの背中にまとわりついた高級士官っぽい制服のキジトラさんが合いの手を入れてくださった。この子はどこの子？　あ、キジトラ親衛隊か。

そしていつの間にやら、近くにはオズワルド氏が。

あからさまな茫然自失である。

「…………………何が……何が、起きている……？」

「ご覧の通りです。非常事態だったため、仲間を呼びました！　第三次マタタビ大戦を共に戦い抜いた栄光ある勇者達です！」

大嘘である。が、なんかそれっぽい理屈をつけなければ、この惨状……状況には、ご納得いただけぬであろう。

観測班の通信機器に、ノイズ混じりの音声が入った。

『……なん……なんじゃっ、これは⁉　爆発⁉　音が……！　うるさ……！　ちょ、待っ……！ひぃっ⁉　きゃああっ⁉』

……あ。アーデリア様、狂乱が解けて正気に戻ったっぽい。悲鳴は意外とかわいらしい——などと感心している場合ではない。魔力は尽きかけであろう。

「目標の制圧を確認！　全軍撤退ッ！」

「「「にゃん、にゃん、にゃーーーーーーーーーーん」」」

ゆるめの勝ち鬨《どき》をあげて、猫さん達はポンポンポポポンと煙玉を残し、一斉に消え去った。

後に残されたのは、ドレスがズタボロになってお胸を手で隠したセクシーアーデリア様。髪も金色から赤色に戻っており、怪我はなさそうである。ヨシ！　……たぶん良くはない。リオレット様に怒られそう。

もはや自力で飛ぶ力もないようで、撤退せずに待機していた白猫聖騎士隊の一騎士が、自らの愛虎の背にアーデリア様を乗せていた。これぞ騎士道精神である！

俺はオズワルド氏を伴い、正気に戻ったアーデリア様のもとへパタパタと飛んでいった。

「アーデリア様、はじめまして！　私はウィルヘルム様の友人で、猫の精霊のルークと申します。猫です」

「………………………………ねこ？」

アーデリア様は紅い眼を見開いたまま固まっている。

どっからどー見てもかわいい猫さんやろが。

……あ、ハロウィン的な帽子とマントのせい？　でもコレ、（外見的な意味で）ちょっとかっこいいから、割と気に入ってる……

オズワルド氏も一言もない。頬を引きつらせ、笑ってるんだか困ってるんだかよくわからぬ曖昧《あいまい》すぎるお顔である。

ひとまず俺は、この場からお二人を移動させることにした。

「まぁ、立ち話……飛び話もなんですし、お二人ともこちらへ。中にウィルヘルム様とリオレット様もいます。ちょっと今後についての大切なお話をしましょう」

爪で空中に、ぴゃっと縦線を引き、そこにキャットシェルターへの扉を出現させる。

オズワルド氏がびくりとのけぞったが、空間魔法の一種と気づくや、かちかちと歯を鳴らすほど動揺された。

「こんな……よもや、このような……」

「ささ、狭いところですがご遠慮なくー」

とりあえずお二人を押し込んでおいて、ルークさんはすかさず降下。ウィル君も中にいるし、一分もかからんし、大丈夫であろう。

キャットシェルターの扉は基準点が俺なので、空中で俺が入室すると出口も空中になってしまうのだ。安全のため、まずは街へ降りておく。

どこがいいかな……と、見回したが、何やら様子がおかしい。

眼下の住民たちが皆、空を見上げぼーぜんとしている。

その視線が向く先は――あ。俺？

「……ウィンドキャットさん、ステルスモード発動！」

「にゃあ」

やっと気づいて雲隠れした俺は、さっきまでパレードを見物していた高級ホテルの貴賓室へ降りたった。

みんなシェルターに収容してから出発したので、もちろんそこは無人である。

そして改めて、猫カフェへの扉を開けると――その向こうは、ほぼ想定通りのカオスであった。

余録7　その日、王都は猫に包まれた

王都ネルティーグは、春の祝祭の最終日を迎えていた。

舞踊祭と呼ばれるこの日は、朝から街中の至るところで演奏とダンスが繰り広げられる。

そして午後には、例年の恒例となる国王のパレードがあり――ハルフール王の急死により、今年はここに、新王リオレット・ネルク・トラッドが出てきた。

拳闘士、ユナ・クロスローズも、この日ばかりは練習を切り上げて見物客に混ざった。より正確には、普通に練習をするつもりでいたら先輩のノエルと友人・後輩達に引きずり出された。

「騙された……騙されました……ノエル先輩がスパーリングしてくれるって言うから……走りにも行かず、ちゃんと着替えてグローブまでつけて待ってたのに……」

「してあげるよ？　何日か後に♪　今日は遊ぶ！　みんなで遊ぶ！」

「だいたいあんた、三日前に試合やったばっかでしょ。休養日の直後に王者とのスパーリングなんかさせられるわけないよね？　常識的に考えて？」

「ユナさん、今年はクラッツ侯爵家の夜会にも出るんですよね？　アレだけはどうしても出てくれないと困るって、運営の人達が言ってましたよ。スパーはそっちが終わってからですね」

「この際だから少し試合間隔をあけなさい。またオーバーワークでぶっ倒れるわよ？」

「去年の今頃だったよね……『暑くもなく寒くもなくちょうどいい気候だから限界まで追い込みやす

い』とか言って、ほんとに限界まで追い込んでドクターストップかかったの……」

「いやな事件だったよね……」

あまり味方がいない。

気を取り直して、ユナも祭りを楽しむことにした。

祭りということでめかし込んでいる住民もいないわけではないが、ユナ達一行は全員がジャージ姿である。

王都でこれを着ている若者は「拳闘士かその見習い」とみなされやすいため、トラブルになりにくい。この街で拳闘士に手を出すバカはそうそういない。スリですら命の危険を察して遠ざかる。

ユナ達の場合、ついでに屋台で増量してもらえる確率も跳ね上がるとあって、メリットしかなかった。

一通り露店を巡った後、パレードを先導する楽隊の演奏が近づいてきたことに気づく。

「あっ。新しい王様、見えるかもよ！」

「けっこう美形だって、ジェシカさんが言ってましたねぇ」

「先代陛下も顔は良かったからね……」

「アイシャをナンパしようとしたあのクソオヤジか……」

孤児院出身のアイシャ・アクエリアは、幼少期にユナ達と同じ拳闘の練習場へ通っていた。

彼女は宮廷魔導師ルーシャンに魔導師の才を見出されてその弟子となったため、拳闘の道には進まなかったが、今でも交友関係は続いている。

「アイシャも護衛に混ざってるかな？　リオレット陛下の同僚なんでしょ？」

「そういえば……」

「そうだった……」

「えっ。あの子、出世できるんじゃない？」

「あの野生児が？　うそでしょ？」

「あの野生児、実力と見栄えとコミュ能力だけは確かだから、別に陛下の後ろ盾がなくても出世はするのよ。そろそろ認めなさい」

「コミュ能力……」

「ユナが育てたコミュ能力……」

「憶えてるよ、私……初対面の時……あの子、『全員殺す』みたいな目つきで、あらゆるモノを無言で睨んでたの……怖くて誰も近づけない中、ユナだけが平然と構いに行って……アレを今の状態にまで育てたユナってほんと偉大だわ……」

「あんた絶対、拳闘士より保母さんとかのほうが向いてるって……」

「王国拳闘杯で準優勝までいったのに、まだそれ言う？　せめて引退後の話にしてよ……」

ユナとアイシャも最初から仲が良かったわけではない。「自分以外みんな敵」と身構えていたアイシャを放っておけず、さんざん引きずり回して友人になった。そろそろ十年来の付き合いだが、最近は魔導師としての仕事が忙しいのか、会える機会は減っている。

パレードが近づいてきた。

先頭付近は軍閥の貴族、そして王弟ロレンスの馬車が続き、新国王はその後ろらしい。

「……なんか、やけに強そうな人がいますね」

ロレンスの馬車を守る位置に、見慣れない黒髪の騎士と、金髪の中年貴族がいた。鎧に描かれた家紋には、見覚えがあるような気がする。

ユナの呟きに反応して、ノエルが耳打ちをした。

「……あれ、この間の猫さんの腕輪についていた家紋じゃない？」

「猫さん……？」

「ほら、八番通りホテルの前にいた、やたら人懐っこい子。キジトラ柄で、ユナにデレッデレだった——」

ああ、とユナは思い出した。ノエルはさらに囁き続ける。

「実は広報のジェシカさんと一緒に、この前のユナの試合を見たんだけどさ。貴賓席で、あの猫さんとその飼い主の女の子達に会ったの。ジェシカさんのお客だったみたいなんだけど……」

「イリーナ先輩との試合ですか？」

あの日は結果的にダンスレッスンを飛ばしてしまい、多忙なジェシカには悪いことをした。反省はしているが、ノエルを相手にした敗戦の後は、勘を取り戻す意味でもどうしても早めに試合を組みたくなってしまう。

「そうそう、あの日。で、その猫さんが……なんか、ボクシングの試合に集中して見入っちゃっててさぁ。まるで人間みたいな熱中ぶりでおもしろかったんだけど、一緒にいた……ピスタ様っていったかな？　ものすごく口数の少ないお嬢様だったんだけど、ちょっと『人間』に見えなくて……猫さんも含めて、なーんか違和感があったんだよね。それがリーデルハイン子爵家の人達だったんだけど、あのヤバそうな騎士さんも、たぶんそこの人。貴族っぽいおじさんのほうは……もしかしたら、子爵様御本人かな？」

一緒にいた友人の一人が口を挟んできた。

「リーデルハイン子爵家って聞いたことある！　何年か前、城門前に降りてきたギブルスネークを一撃で仕留めた人じゃない？　あれも春の祝祭の時期だったよね」

「思い出した！　ライゼー様だっけ？　護衛ガチ勢じゃん。その人が、陛下じゃなくてロレンス様の護衛についてるんだ？　なんか意外ー」

わちゃわちゃと周囲で騒ぎ出した友人達をよそに、ユナはノエルに小声で問う。

「……そこのお嬢様が『人間』に見えなかったって、どういうことですか？」

「あ、お嬢様っていうか、女の子は四人いたの。一人はホテルで私達が見かけたメイドさんで、一人は魔導師で、一人は猫の飼い主の女の子で……最後の一人がそのピスタ様って子で、遠い親戚らしいんだけど……なんか、こう……たぶんあの子、私より強い」

「はぁ？」

ユナは耳を疑った。

王都で最強の王者ノエルが、こうもはっきり「自分より強い」と認める相手など、これまで一人もいなかった。

しかもそれが拳闘士ではなく子爵家の親族となると、何かの冗談としか思えない。

「なんですかそれ。角でも生えてました？」

「角……あー、うん。生えてたかも。見えなかったけど、生えてたかもしんない。いや、絶対生えてた。そーか、角か……角は盲点だった」

「見えなかったなら生えてないですよ。適当なこと言わないでください」

「いや、生えてた。額に一本、槍みたいな角……と、白くてふわふわで長い耳と……ウサギ。うん、角の生えたウサギだ、あの子」

「先輩……お貴族様にめったなこと言わないでくださいね……？　現実と妄想の区別がつかない時は、黙っているのが一番ですよ？」

ノエルは気のいい先輩なのだが、たまにこういうわけのわからない発言が出る。

適当に受け流しているうちに、目の前のパレードはどんどん進んでいき――

遂に新国王、リオレット・ネルク・トラッドの馬車がやってきた。

アイシャの姿は見当たらないが、後続には宮廷魔導師ルーシャンが控えている。

「おおー。好青年……」

「あれっ？　思ったより全然かっこいい……地味だけど」

「あー、でもアイシャが言ってたこともわかる。王様っていうより学者さんっぽい雰囲気」

仲間達の好き勝手な品評を咎《とが》める者は、特にいない。この程度では不敬にあたらないし、ネルク王国における王族と民衆の距離感はこんなものである。

そして、パレードを見送って二十分ほどが過ぎた頃――

露店の並ぶ職人街をぶらついていたユナ達は、彼女の実家であるクロスローズ工房の前に差し掛かっていた。

普段は紙作りをしているが、祭りの期間は工房を閉め、併設した文房具店のみを開けている。店番をしているのは、ユナの姉、クイナ・クロスローズ――友人達を連れて入ると、ほわほわとした満面の笑みで迎えられた。

「わぁ、ノエルさんに皆さん！　ユナが金づる……お客さ……お友達を連れてきてくれるなんて久しぶり！」

「買わせる気だ」

「買わせる気だね」

「ノエル先輩、あざーっす」

「この子らはッ……ユナからも何か言ってやって！　王者は財布じゃないって！」

「それくらい知ってますよ。財布は殴りかかってこないですし、コーナーでわざわざダウンできないように追い詰めてからサンドバッグ扱いにもしてこないですし」

「あっ。王国拳闘杯のことまだ根に持ってる!?」

気心の知れた者同士で適度にじゃれていると、不意に外の喧騒の質が変わった。

「おい！　大通りのほうで、国王陛下が襲われたらしいぞ！」

「犯人は消えちまったって……」

「えっ⁉　陛下はご無事なの⁉」

不穏なざわめきが広がる中、店の前にいた歩行者の一人が、空を見上げて固まった。

「なぁ、おい、空……アレ、何が浮いてるんだ？　人？　……猫？」

ユナ達も何事かと店外へ出る。

彼女達が見上げた空には、見慣れないものが複数、浮いていた。

炎のドレスをまとった淑女。

槍でも剣でもない、棒状の何かを持った軍服の男。

どちらもかろうじて人の形状だとわかるが、顔つきまではわからない。

それから――翼の生えた白い猫。その背には、何か小さな黒っぽいものが乗っていた。

ユナ達がその姿を見た直後、街のそこかしこで、ポンポンポンと白い煙玉が破裂し始める。

「えっ？」「は？」「わぁぁ⁉」

騒ぐ群衆の足元、頭上、家々の屋根――そして空の至るところで、煙玉から「猫」が飛び出した。

本物の猫ではない。目や口、毛並みなどは簡素化され、ぬいぐるみのような存在感に転じていたが、しかし「猫」だとはっきりわかる形状ではある。

「うにゃっ！」

「ひゃあっ⁉」

ノエルの頭上でも煙玉が破裂し、その頭に猫がへばりついた状態で現れた。

かわいらしい三角帽子をかぶり、長衣をまとった黒猫である。ワンドの代わりなのか、猫じゃらしを掲げ、その猫はノエルの頭上――否、職人街一帯の空へ、視認できるほどに強固な魔力の障壁を広げた。

空から降ってきた火球が、その障壁に触れた瞬間に大爆発を引き起こしたが、爆熱や爆風は完全に遮られ、周辺から漏れた爆発音のみが聞こえた。

どうやら王都の各地で同じことが起きているらしく、あらゆる方向から同じ爆発音が響いてくる。

呆気にとられつつも、ノエルが自らの頭上にいた猫を抱えおろした。

「ね、猫のぬいぐるみ……？」

「にゃーん」

魔導師風の黒猫はぶんぶんと猫じゃらしを振っていたが、暴れる気配はない。ノエルの胸に体を預け、居心地良さそうに甘えている。

ノエルの眼がキラキラに転じた。

「かっ……かわいっ……かわっ……！」

王者は猫好きである。ほぼ中毒である。が、それはそれとして、この魔導師のようなコスプレをした黒猫のぬいぐるみ？　は確かにかわいい。上空の魔力障壁がこの猫の仕業だとすると、その威力は決して「かわいい」で済ませて良い話ではないが、ビジュアルのかわいさはどうしても否定できない。

それに眼がくらんだ仲間達が、ノエルと猫を取り囲む。

「えー、何コレ!?　ふっかふか！」

「猫さんどこから来たのー？　はーい、握手握手ー♪」

「先輩、先輩！　私にも触らせてください！」

「ふああ……！　なにこの子！　もううちの子にする！　このまま持って帰るぅー！」

「ノエル先輩。選手寮はペット禁止です」

ユナだけは冷静に突っ込みを入れる。

ノエルはうっとりと猫の後頭部に頬ずりをしていたが、黒猫はそれを嫌がることもなく、上空に魔力障壁を張り続けていた。賢い猫である。

街のそこかしこに同じような猫が出現していたが、何が起きているのかについては、おそらく誰も把握していない。

頭上の爆煙が晴れていくにつれて——そこには正気を疑う光景が広がり始めた。

王都の上空を飛ぶ、様々な扮装《ふんそう》をした猫の群れ。

白い虎にまたがり、突撃槍と盾を構えた全身鎧の白猫達。

空中に大砲を設置し、筒の掃除、弾込め、火薬の投入、発射を規則正しく繰り返すハチワレ猫達。

鳥を模したようなずんぐりとした乗り物に乗り、雲を引きながら高速で飛ぶ猫達もいる。何やら細長い筒状の魔道具を次々に放ち、空中の一点で爆発させていたが、爆発が激しすぎてそこに何があるのかよく見えない。

猫の大群が、「何か」と戦っている——おそらくは先程、一瞬だけ見えた「炎のドレスをまとった淑女」であろうと思われたが、確証はない。

ユナ達は呆然と空を見上げた。

きゃあきゃあと騒いでいた友人達も、空を覆う猫の大群を前にしては言葉もない。

「……えっと……あれ、猫さんのおともだち……かな？」

「にゃあ」

ノエルの問いに応えるようにして、魔導師風の黒猫が一声鳴いた。

空からの爆音が轟く中、周囲の住民達は皆、空の不可思議な光景に見入っている。

しばらくすると――

「にゃーん」

ノエルが抱えていた猫が、てしてしと彼女の腕を軽く叩き、別れを告げるように愛想よく肉球を振った。

そして、「ぽん」というやけに軽い音と白く薄い煙を残し、その場から一瞬で消えてしまう。

「あっ⁉　猫さん⁉」

ノエルが慌てふためく。

見れば上空でも、あれだけ大量にいた猫達が次々と消えていき、残ったのは――翼の生えた白い猫と、それに乗った小さな黒っぽい――おそらくは「猫」だった。

軍服の男と赤い髪の娘も、猫のすぐ傍で消える。一瞬、扉のようなものが見えた気もしたが、これはユナの見間違いかもしれない。

翼の生えた白い猫は、王都へ降りてこようとして――その途中で、こちらもふっと消えてしまった。

静まり返った街で、誰かが呟く。

「……なんだったんだ、今の……？」

その問いに答えられる者は誰もいない。

時間をおいて、ゆっくりとざわめきが広がる中――ユナの視界では、王者ノエルが微笑んでいた。

「……あは。『魔族』をあっさり完封って……猫さん、ちょっとヤバすぎでしょ……リスターナ子爵も、ちゃんと見てたかな……？」

そのささやくような独り言を聞いたのは、隣にいたユナだけだった。聞き慣れない人名も気にはなったが、何より不穏なのは「魔族」という単語である。

「……ノエル先輩？」

うっかり独り言を漏らしたノエルは、ユナの視線に気づくと、ウィンクと共に口元へ指先を添えた。

「ごめんごめん。なんでもない。変なこと言ったかも。かわいい猫さんだったねー♪」

わざとらしく笑う王者は、明らかに何かを隠していた。

他人の耳を警戒して、ユナもこの場はあえて問い詰めない。

そして、この不可思議な出来事から数日後――

思いがけない縁から、ユナは「王都を救った猫」の正体を知ることとなる。

66 猫のヤンデレ阻止計画

こんにちは、こちらはキャットシェルター、現場のルークさんです。

作った時には「ひろーい」と感じた自慢の猫カフェ風リラックススペースですが、みんな揃うとちょっと手狭かな……？　とか思いつつある今日この頃。皆様いかがおすごしでしょうか。

……現在の面子は、我が飼い主のクラリス様、女神リルフィ様、メイドのサーシャさん、転生仲間のクロード様、魔導師のアイシャさん、ペットのピタちゃん。

これに加えて、戦闘直前に街で松猫さんに保護しておいてもらったライゼー様、ヨルダ様と宮廷魔導師のルーシャン様も来ている。ちゃーす。

さらに暗殺から逃れたリオレット様、魔族のウィル君、アーデリア様、オズワルド氏——

ええと、いまなんどきだい？

……思わず「時そば」が脳裏をよぎったが、合計十三人＋ルークさん。

別室には捕縛中のシャムラーグさんもいる。さすがに多すぎる。

この人数を相手に、状況説明とか釈明をするのはちょっとめんどい……なのにみんな、俺を見ている……！

クラリス様とリルフィ様、あと何故かルーシャン様もきらきらと眼を輝かせて。

クロード様とサーシャさん、アイシャさん、ウィル君は呆然と。

ライゼー様とヨルダ様、オズワルド氏は「マジかコイツ」とでも言いたげに頬を引きつらせ。

そして肝心のリオレット様とアーデリア様は、寄り添い抱き合いながらびっくりした顔で。

それぞれみんな、カフェに戻ってきたルークさんを見ている……

視線が！　視線が重い！

あ、ピタちゃんは寝てます。ウサギ姿で。和《なご》む。

「ご歓談《かんだん》の最中に失礼しました……私は隅で丸くなっておりますので、どうぞ皆様、そのままお話の続きを――」

へこへこと会釈《えしやく》しながら猫背で隅のキャットタワーへ逃げようとしたら、たちまち駆け寄ってきたリルフィ様とクラリス様に左右から抱え上げられてしまった。ですよね……

「ルークさん！　すごかったです！　みんなかわいくて……あと……とにかくかわいくて！」

「ルーク、お疲れ様。がんばったね」

お二人はやさしい……リルフィ様は興奮すると意外に語彙《ごい》が乏しくなるのもかわいい……

ちなみにがんばってくれたのは旅団の皆様であって、ルークさん実はあんまり働いてないのだが、竹猫さんは派手なシーンを中心に中継してくれたのだろう。

どっかんどっかん花火（※大砲）も上がって、派手だったのは間違いない。航空隊まではちょっとやりすぎたかもしれぬ……

お二人にモフられてゴロゴロと喉を鳴らす俺の前で、ルーシャン様が片膝をつき、深々と頭を垂れた。

「ルーク様、お見事でした！　その御業《みわざ》にて、この王都を、そしてネルク王国をお救いいただいたこと、感謝の言葉もございません。しかも、あんなにも素晴らしき魔法の数々――西方の伝承に出てくる、楽人シェリルが操ったという獣の一団、『森の仲間たち』を思わず想起いたしましたが、もしやあれこそが神代の魔法というものなのでしょうか。その叡智《えいち》の一端を拝見させていただき、このルーシャン・ワーズワース、感無量です。改めてルーク様にこの身命《しんめい》を捧げ、深く忠誠を誓……！」

おっもーーーーい！

「落ち着いてください、ルーシャン様！　猫です！　こちとらただの猫ですから、そーいうのはいいので！　ふつーにペット扱いでよろしくお願いします！」

ライゼー様が頬を引きつらせたまま笑う。

「……いや、無理だろう……私も君の能力について、人知を超えたものとある程度は知っていたが……今のはさすがに予想外、予想以上、そもそもの認識を大きくふっ飛ばされた。しかし、まぁ……ありがとう、ルーク。世話ばかりかけてしまったが、本当に助かった。礼を言う」

「だから言っただろ、ライゼー。ルーク殿が本気を出したら、国の一つや二つはひとたまりもなかろうと……まぁ、俺も想像していた方向性とは違っていて、驚いたが……なんというか、もっと、こう……山を砕くほどの大規模な爆発とか、そういう威力重視の魔法を使うのかと思っていた」

「そんな危ない魔法使えません。今回は仲間の力を借りただけです！」

ということにしておこう。実際、あの猫さん達はみんな俺の仲間である……とゆーか、俺の魔力から生まれているわけでちょっと分身感もある。あの騒ぎの中でおさかなくわえて逃げたドラ猫とか親近感しかない。

しかし結構な騒ぎだったと思うが、ピタちゃんはよく寝たな……さすがの貫禄である。

俺の視線に気づいて、リルフィ様がそっと呟いた。

「……あの、ピタゴラス様は……たくさんの猫さん達が出てきて、しばらくは起きていらしたのですが……『ルークさま、ぜんぜんほんきだしてない』と仰って、そのまま眠ってしまわれて……」

……この子の中で、ルークさんの評価はどーなってるの……？　余剰《よじょう》戦力こそ控えていたが、アレは本気も本気、全力全開の切り札よ……？

皆様、まだ聞きたいこともあるのだろうが、俺は機先を制してリオレット様達に向き直った。

まずは何より、優先すべき大事なお話がある！

「さて、リオレット様、アーデリア様。今の状況については、理解しておられますか？」

「……理解というか、思考が現実に追いついていない感はあるけれど……アイシャとルーシャン先生、ライゼー子爵から、ある程度のことは聞かされました。アーデリアはたった今、ここに来たばかりだから――」

「……恐ろしい、夢を見た……リオレットが、死んでしまって……その後、凶暴な猫の大群に囲まれて……」

あらわな肩をぶるりと震わせて、アーデリア様は子供のよーにリオレット様の肩口へ顔を埋めてしまった。

コワクナイヨ？　カワイイネコサンタチダッタヨ？　あとどっちかとゆーと凶暴化してたのはアー

デリア様のほうだからね？

「アーデリア様が見ていたのは、夢ではありません。実際、リオレット様は暗殺者に襲われましたが、間一髪のところで私がお救いしました。でもアーデリア様は、それを『死んだ』と勘違いしてしまい、狂乱状態に陥ったのです。それで私が、アーデリア様が王都を破壊せぬように、障壁を作ったりして火の玉を防ぎました。もちろんオズワルド様にも手伝っていただきました！」

「……いや？　ほとんど何もしていないが……？」

またまたご謙遜《けんそん》を。威嚇《いかく》射撃とか情報提供とかいろいろ助かったのは本当である。そもそも彼が飛んでいる姿を見つけられなければ、状況も把握できず手遅れになっていた可能性が高い。ルークさん的には、今回のＭＶＰはオズワルド氏である。

アーデリア様の眼が震えた。

「狂乱……？　わらわは……わらわは、この街を……この街の人々を……壊すところだったのか……？」

「そうです。でもそれは、『純血の魔族』の習性とゆーか宿命みたいなものなので、ある意味で仕方ないかと思います。もちろん、そうならないように怒りを抑えて欲しいところではありますが、そこらは今後の課題とゆーことで……ここで私が問題にしたいのは、むしろ『リオレット様』の今後についてです」

リオレット様が眼をぱちくり。この流れで自分に話を振られるとは思っていなかったのだろう。

「私の今後？」

「はい。たいへん恐れ多いことですが……今後、なにかのきっかけでリオレット様が何者かに暗殺された場合、また今回のような事態が起きそうです。そしてその時、私が近くにいて、再び王都を守れるとは限りません」

重苦しい沈黙。

そう。これは厳然たる事実。

その時こそ、この王都は滅ぶであろう——何の罪もない大量の人々を巻き添えにして。

アーデリア様が青ざめ、細い肩をびくりと震わせた。

……ウィル君が、姉君を早く故郷へ帰らせたがった理由がコレである。

きっと魔族の間では、「魔族と人は、簡単に馴れ合ってはいけない」とか、そんな教えが浸透《しんとう》しているのだろう。今回の事件が示す通り、それはとても危険なことなのだ。

だが一方で、オズワルド氏のように人間社会に興味を持つ魔族もいるし、アーデリア様のように天真爛漫な陽キャもいる。

俺はリルフィ様の腕の中から、リオレット様に肉球を掲げてみせた。

「アーデリア様は、リオレット様が死んだと思って『狂乱』に陥りました。この事実が何を意味するのか——リオレット様はもうお気づきのはずです。純血の魔族が狂乱に陥るのは、家族を含め、心から『大切な人』を失った時だけと聞き及んでおります。ならば、これからどうするべきか——私がアーデリア様と戦っている最中、リオレット様もお考えになっていたはずです。この場にいる面々は、協力者として信頼して良いでしょう。どうか、その胸の内を教えてください」

なんつって。

……ルークさんはもう、『じんぶつずかん』でその内容を把握してしまっている。ズルい。ズルいがしかし、『ここ』がベストなタイミングなのだ！

この後、アーデリア様が責任を感じて故郷へ帰ってしまった場合、もうそれでリオレット様との接点がなくなってしまう。それはあまりに——あまりに、馬鹿げている。だって俺は、お二人の本心をもう知っている。

猫の声に後押しされて、リオレット様は大きく一回、深呼吸をした。

そして彼は、アーデリア様を抱える腕に力を込め——じっと、真正面から視線をあわせる。

「……アーデリア。魔族の君を王妃に迎えることは、国の貴族からも、また他の魔族からも許されないだろう。だから……私は近い将来、王位を捨てる。その上で、魔族の領地で、入り婿《むこ》として君と添い遂げたい。どうか、私と——結婚して欲しい」

「………………………ふぇ？」

アーデリア様、ぼーぜん。

……うん。この方、あんまり、その——陽キャではあるのだが、恋愛沙汰はからっきしのようなので、まぁそういう反応であろう。とゆーか、狂乱を起こすまで自分の恋心にすら気づいてなかったっぽい。

「い、いや、ええと、あの、その……えっ？　わらわ？　えっ？」

戸惑うアーデリア様の背後に、すっとウィル君が近づいた。

「…………姉上。良縁です。断る理由がありません。僕も父上と母上の説得を手伝いますが、おそらく手放しで喜ばれるでしょう」

「ウィルっ……！　そ、そういう問題ではないっ！　リ、リオレットのことは、その、嫌いではないが……しかし、せっかく得た王位を……そんな、無責任な……！」

ルークさんの目配せで、ルーシャン様が立ち上がった。知力Aの見せ所である！

「僭越《せんえつ》ながら、リオレット様の師として意見具申を……確かに、ほとんどの問題がその一手で解決いたします。この国の王であり続ける限り、リオレット様には暗殺の危険がつきまといます。これは権力者の宿命ですし、ただの王であれば次の後継者がおりますが……しかし、リオレット様の死によってアーデリア様の怒りが爆発した場合、ネルク王家はこの王都ごと滅びるでしょう。過去にも他国でそうした事例はありましたし、なればこそ、貴族達も『魔族』との関わりを危険視しております。しかし、リオレット様が王位を退き、魔族のもとへ婿入りされるのであれば——狂乱による王都壊滅の危険はほぼなくなるはず。私は賛同いたしますぞ」

ここでライゼー様が戸惑いを見せた。

「いや、そのような……王位ですぞ？　王位とは、そんな容易に投げ出せるものでは——」

ヨルダ様が肩を掴む。

「ライゼー、言いたいことはわかるが、こいつは『リオレット様が王のままだと、万が一の暗殺が起きたら国が滅ぶ』っつう、身も蓋もない現実にどう対応するかって話だ。王位の重さがどうこうでなく……いや、王位が重いからこそ、リオレット様をこのままその地位につけておくわけにはいかんだろう。実際、もしもルーク殿がいなかったら——今日が、王家と貴族と俺達と、王都の全住民の命日になっていた。このヤバさをまず実感しろ。リオレット様は王位を投げ出すわけでも責任から逃げるわけでもなく、王都を守るために、この地を離れる決断をされた。おそらくはこれが、現実を直視した上での最適解だ。他の解決策があるならもちろん聞く」

「……むぅ……そう言われると……確かに、他の選択肢は思いつかないが……」

ヨルダ様の意見を聞いて、ライゼー様も唸りつつ頷いた。

他の選択肢……あるにはある。お二人を別れさせるとか、アーデリア様に別の彼氏を作らせるとか……だけどそれらは余計に問題をこじれさせそーな予感しかせず、選択肢としてはちょっと……無理がある。コレはそもそも理屈では割り切れない「感情」の問題である。

……とゆーか、要するに「純血の魔族」をヤンデレ化させてはいけない！　リオレット様を生贄《いけにえ》に捧げてでも、その可能性に至りそうな芽はなるべく摘まねばならぬ……！

アーデリア様はもはや歩く大量破壊兵器であり、リオレット様は期せずしてそのスイッチになってしまわれた。

リオレット様が、ライゼー様に申し訳なさそーな視線を向けた。

「ライゼー子爵、すまない。王たる身で無責任と言われるのはもっともだ。だが、もちろん今すぐにという話じゃない。せめてあと五年程度……ロレンスが政治や経済を学び、他の貴族達と渡り合える程度の年齢になってから——それを見届けてから、私は王位を退くつもりだ。さすがに今の彼はまだ幼すぎる」

ルーシャン様も深々と頷いた。

「その時が来たら、詐病《さびょう》による静養か、あるいは事故で死を偽装し、ロレンス様に王位を譲るという流れですな。五年程度であれば、陛下もなんのかんのと理由をつけて、妃《めと》を娶らずに逃げ切れるでしょう。その五年のうちに陛下が暗殺でもされたら……その時は、我が国が滅ぶのもやむなしと割り切るしかありません。どのみち、即位直後の今、リオレット様に退位されては国政の混乱が避けられませぬ」

お師匠様の同意を得られて安心したのか、リオレット様が微笑んだ。

「ああ。ロレンスは賢いが、今の王家には父上の放蕩《ほうとう》のツケが溜まっている上、レッドワンドとの戦乱も避けられそうにない。せめてこの場を乗り切って、多少はこの国をましな状態に戻してから、王位を渡したい。特に重税を課せられた辺境貴族の鬱憤《うっぷん》は相当なものだろう。真っ先に減税を進めないといけないが、それを断行すると、中央で甘い汁を吸っている貴族や官僚が敵に回る。五年程度という制限ができたのは、むしろちょうどいいかもしれない。憎まれ役は私が引き受ける」

ルークさんとしては、王都の安全のためには「即時退位！」でもいいとは思うのだが、そこにはやはり王家側の都合もあろう。ペットたる身でこうした細部の流れに口を挟む気はない。大筋がズレなければそれで良い。

アーデリア様が、細い指先できゅっとリオレット様の服を掴んだ。

「……それはだめだ、リオレット。わらわのせいで……わらわのせいで、国を捨てる必要などない。それは王がすることではない。わらわがすべてを忘れて、もうこの地に来なければ良いだけのことでリオレット様が寂しげに微笑んだ。

「……違うんだ、アーデリア。これはただの『きっかけ』で――ずっと、最初から違和感はあったんだよ。ルーシャン先生もとっくにそれに気づいていたから、すぐ賛成してくれた。アイシャも無言のまま口を挟まない。それは何故か……私には元々、血統以外に『王たる資質』なんかないんだ」

そして、自嘲気味の溜息が重なった。

「もちろん、大多数の貴族にとっては、飾り物の王なんて『血統だけでいい』んだろう。だけど……ロレンスが暗殺されることも覚悟して、私の前に忍んで現れた時。それから、合議の場で真正面から『王族の役目』を論じた時――彼にあって、私にないものを痛感した。私はね。『自分が正妃達に殺されたくないから』『死にたくないから』『生き残るため』、そのためだけに、仕方なく王位につこうと考えていたんだ」

……それが悪いことだとは思わぬ。

リオレット様のお立場なら、俺もそう考えたかもしれないし、あるいは面倒事などすべて放って逃げ出していたかもしれない。いずれにせよ「生き残りたい」「そのために何をするか」という選択において、他人がどうこう言える余地はあんまりない。猫だって生きるためならトマト様を盗みもするし、基本姿勢は弱肉強食である。

「でも、ロレンスは違った。彼は心から国家臣民の安寧《あんねい》を願っていた。その上で彼は、『王族の役目』をこう説いた。『国内の平穏を守り、他国の脅威に備え、有事の際には的確な指導力を発揮する』こと――かたや自分の身の安全のために欲しくもない王位を目指し、かたや国の安寧のために死も覚悟して身を引き……この差はどうだ。ロレンスの問題点は、本人も自覚している通り『年齢』と『経験』だ。あと数年先なら、彼はきっと良い王になれる。私なんかよりも、ずっと良い王に」

ルーシャン様が首を傾げた。それはもう不思議そうに。さも意外そうに。

「私はそうは思いませんが……いや、ロレンス様の資質に異存はありませんが、リオレット様に王たる資質が不足しているとも思いませぬ。むしろロレンス様の潔さは裏目に出ることもありましょうし、王があまり才走っていると、臣下が怠けて悪さをする例もありますのでな……王というのは重すぎず軽すぎず、神輿《みこし》程度でちょうどよいのです。前の陛下はいささか軽すぎましたが」

こほんと咳払いをして、ルーシャン様はアーデリア様に一礼した。

「我が愛弟子、リオレット様は、魔導師としての才はあまりなく、王としてはそこそこと判断しておりますが……なにより、魔道具の『研究者』としての才をお持ちです。冷静に、それでいて熱意を失わず、事象を客観視し、試行錯誤の日々を苦としない――この研究者としての貴重な才を、国政ごときに浪費させるのはあまりに惜しいと、私は嘆いておりました。しかし魔族の伴侶《はんりょ》ともなれば、研究に費やせる時間が大きく増える上、親族も優秀な助言者ばかりでありましょう。王は国を導く存在でありますが、研究とその成果は、国の垣根を越えて世界と人々を導くものです。なにより、列強の王威すら寄せ付けぬ純血の魔族の伴侶と、弱体化しつつある田舎の辺境国の王位と……天秤《てんびん》にかけてどちらが重いかとなれば、これは迷う必要などありますまい」

力説するルーシャン様に、アイシャさんが溜息を向けた。

「お師匠様は、いくらなんでも王位を軽く見すぎですけど……まぁ、ほとんど同感です。どーせリオレット様のことですから、ちょっと前までは『自分が王にならないと、魔導研究所の同僚や後輩達の将来が閉ざされるかも』とか考えてたんでしょうけど……ロレンス様のお人柄に触れて、それが無用の心配だって気づいちゃったんですよね？　で、自分が王位につくべき理由がどんどんなくなっていって……遂にはアーデリア様を諦める口実として、王位を言い訳に利用しようとしたら、そのアーデリア様から先に告白されたも同然の状況になっちゃって――この期に及んで、まだ『私には王としての責務がー』みたいなことを言い出したらぶん殴るつもりでしたけど、欠片《かけら》程度の甲斐性《かいしょう》は残っていたみたいでほっとしました」

手厳しいな……！　冗談めかした口調ながら眼がマジであり、やっぱりこの子は強キャラである。

が、これは決意を固めた兄弟子への、彼女なりの叱咤激励であろう。リオレット様も苦笑いで受け流しておられる。

一方、アーデリア様はまだ戸惑っていた。

手放しで喜べないのは羞恥《しゅうち》とか照れのためではなく、「これは自分のせい」「狂乱をふせぐための流れ」だと理解しているからだ。

だが、リオレット様も話した通り、それらは「きっかけ」に過ぎない。

それまで無言で隅に控えていたオズワルド氏が、不意に口を開いた。

「アーデリア嬢。純血の魔族たる身の先達《せんだつ》として、一つ助言をさせてもらう。私は独り身だが……かつては、伴侶に迎えたいと思った相手が一応はいた。だが、人間というのはどうにも脆弱《ぜいじゃく》でな。いざ迎え入れる前に、事故で先立たれた。もう百年以上も昔の話だし、当時の記憶はやや曖昧だが——後悔の念だけは、今も抱えている」

ほう。人類を見下してそうなオズワルド氏にも、そんなお相手がいらしたとは……

「純血の魔族が伴侶を得る行為は、単なる結婚とは意味合いが異なる。余人の耳があるゆえ、ここでくだくだしくその理由を並べ立てる気はないが——多くの困難を乗り越えてなお、共にいたいと願える相手になど、そうそう巡り会えぬものだ。また私や君と違って、弟君のウィルヘルム殿やご家族には寿命もある。人より多少は長生きだが、貴殿より早く死ぬのは間違いない。その後でやってくる永《えい》劫《ごう》の孤独に——貴殿が耐えられるとは思えぬ。しかし、伴侶との間に子をなせば……いや、口出しが過ぎた。私が言いたかったのは、狂乱に至るほどの思い入れがあるならば、その縁を手放すべきではないということだ。そこの青年を狙撃しようとした私に言えることではないがね。彼をこの国に残せば——私以外の誰かが、いずれまた彼を襲うかもしれん。その時、貴殿は——後悔せずにいられるかね?」

オズワルド氏、なかなか見事な援護射撃である……!

リオレット様の身の危険を改めて持ち出され、アーデリア様はあたふたと皆々様の顔を見回した。

その過程で、我が飼い主、クラリス様と視線が合う。

アーデリア様側には、幼い少女に助言を求める気など毛頭なかったのであろうが、我が主はなにしろ賢い。

「アーデリア様。子供の私には、難しいことはわかりませんが——今すぐ答えを出しにくいのなら、しばらくはこのまま陛下の警護を続けつつ、ゆっくりと思案をされてはいかがでしょうか？　時が経てば、おのずと見えてくるものもあるかと思います」

「む……それは……そうか」

クラリス様、「難しいことはわからない」とか、冗談がお上手である……全部カンペキに理解した上で「頭を冷やしてよく考えろ」とは、この場の誰よりも冷静なご意見だ。

ルーシャン様もこれを潮目と見た。

「陛下、それでは我々も、一旦、城へ戻りましょう。こちらの空間へ入る前に、ルーク様からの指示で、『本物の陛下は私の魔法で保護したから、皆は城で合流するように』と、周囲にはごまかしておきました。そろそろ戻って、陛下の無事を証明し、混乱をおさめねばなりません」

「そうだった。アーデリアも一緒に来て欲しい。替えのドレスを用意させよう」

「い、いや、服は……一度、転移魔法で屋敷に戻って、着替えてくる。ウィル、その間、リオレットの警護を任せた。三十分もかからぬと思う」

「承りました。しかし姉上、転移魔法は外に出てから使ってください。この空間はルーク様が作り上げた特殊な部屋で、地脈の上に存在しておりません」

「ルーク、私とヨルダも外へ戻る。騎士団の連中を残したままだし、下手人の捜索という建前で持ち場を離れたが、そろそろロレンス様の警護に戻らねばならん」

「のんびりで良さそうだけどな。街の連中、空を飛び回る猫の大群を見て茫然自失だ。あれは見応えがあった――しかしルーク殿、面倒なデマが流れるといかん。ルーシャン様とも相談して、それっぽい声明を出していただいたほうがいい。真実を語る必要はないが、暗殺未遂の件もどこまで公表するか、今日明日中に算段をつけておくことを勧める」

「はい！　ご助言ありがとうございます！」

ヨルダ様は戦闘技術だけでなく、こういう部分でも的確なのが素晴らしい。これも『生存術』適性のなせるワザであろうか。

ルークさんにも思案する時間が必要ということで、ひとまずリオレット様達はお城へ、アーデリア様はご実家へ、ライゼー様達はロレンス様と合流する運びとなった。

カフェを出ていく皆様をお見送りし、残った面子はクラリス様とリルフィ様、クロード様、メイドのサーシャさん、魔導師のアイシャさん、ピタちゃん（お昼寝中）……そして、もう一人。

「……さて。私はどうしたものか……」

純血の魔族、オズワルド氏である。

一緒に出ていくかとも思ったし、追い出しても良かったのだが、なにせ今回の功労者だ。助言役としては申し分ないし、俺からもいろいろ聞きたいことがある。

なんといっても彼は『正弦教団』のトップ……とゆーか社外取締役のよーな立場であり、たぶんこのメンバーの中では一番、『裏社会』の事情に詳しい。

「オズワルド様には、今後について、少しご意見をいただきたいことがあります。相談にのっていただけますか？」

「承る」

……内容も確かめず、即答であった。

その態度をやや不可思議には思いつつ、俺はコタツの天板に陣取り、散歩から帰ってきた猫のよーな心持ちで、まずはゆったりと気分転換の毛繕いを始めたのだった。

67 落ちた狙撃手

さて、本日もお茶の時間である。

ルークさんの基本スケジュールは朝食↓お昼↓お茶（三時のおやつ）↓夕食↓夜食であり、朝食とお昼の間にもう一回お茶が入ることもあるが、猫としてはそこそこ多食であろうか？

いや、しかし猫さんの食事で気をつけるべきなのは肥満にならない程度の総量を守ることであり、尿石症などを防ぐためにも、少量を複数回に分けて食べるほうが良いとも聞く。個々の性格や体調にもよるのだろうが、食べすぎないように少しずつ一日五食とかそんな感じ？

……ルークさんの場合はどう考えても総量的に明らかに食べ過ぎなのであるが、何故か体重・体型には変化がないため、あまり気にしてはいけない。健康状態も極めて良好で毛ヅヤも良い。サラッサラのもっふもふである。ついでに肉球はプニップニで腹肉はダルッダル……猫は液体だからしゃーない。

しかし食っても太らないのは良いが、どうやらダイエットもできそうな気がしない。そういえば転生直後の山歩きでも、体型にこれといった変化は見られなかった。多めのごはんも「亜神としての適正量」ということでご容赦願おう。

それはさておき、本日のおやつ。

メニューはチョコレートとミックスベリーのタルト、アイスレモンティー。王道の組み合わせである！

甘めのミルクチョコレートのムースをベースに、爽やかな酸味のラズベリーとブラックベリー、薫り高いブルーベリーとストロベリーを山盛りにし、これにクランベリーのソースを絡めてツヤ出しのナパージュで覆った贅沢な一品だ。

ナパージュとは液状のゼリー。主成分はペクチンだが、粉ゼラチンを使うこともある。これを塗ると光沢が出ておいしそうに見えるし、フルーツやクリームの乾燥も防いでくれる。ケーキの完成度を高めてくれる頼れる名脇役といったところか。

このベリータルトも先輩のケーキ屋の定番スイーツだが、特筆すべきはチョコレートムースの滑らかさと上品な甘さ。

舌の上でふわりと溶け、それでいて味わいは濃厚。口いっぱいにチョコレートとフルーツの香りが広がる至高のおやつである。

さらに追加の一手間として、タルト生地とミルクチョコレートムースの間にもう一層、薄めにダークチョコレートを塗ってある。これが苦味と香りの良いアクセントになっていて、風味に奥行きをもたらしてくれている。

オレンジピールを混ぜた別バージョンの試作品などもあるのだが、そちらはまたいずれ。

そしてこのタルトにあわせてチョイスしたドリンクは、少し甘めの爽やかなアイスレモンティー。チョコムースの濃厚さを、味覚的にも嗅覚的にもすっきりとさせてくれる。

結石が怖いルークさんはレモンティーよりもミルクティー派なのだが、スイーツを食べる時に限っては、ミルクティーだと少々甘すぎる感がある。

特にミルクチョコレートや生クリームなどを使ったスイーツの場合、ミルクとミルクでかぶってしまう。これが『マリアージュ』として作用することももちろんあるのだが、先輩の店のこの「チョコレートとミックスベリーのタルト」に関しては、やはり爽やかなアイスのレモンティーがよく合う。

めっちゃ合う。

クラリス様もリルフィ様も、とても美味しそうに召し上がってくださっている。

「うん、おいしい。これもすごくおいしい——」

「ルークさんが出してくれるお菓子には、この『ちょこれーと』というものがよく使われていますが……ベリーの香りと、すごく良く合うのですね……おいしいです……」

他の皆様も——ピタちゃんは満面の笑顔で、サーシャさんは頬を染めつつ眼を輝かせて、アイシャさんはうっとりとして幸せそうに、それぞれこのスイーツを堪能《たんのう》されていた。

「ソフトクリームもすごかったですけど……このケーキもすごいですよねぇ。やっぱりルーク様、王都でスイーツの専門店とか出しません？　こっちの技術で再現可能なものを見繕《みつくろ》って売り出したら、あっという間に超一流店ですよ？」

「ちょうどいい甘味料が手に入りにくいので難しいですし、まずはトマト様優先です。他にもプランはいろいろありますが、スイーツ系は……材料とか設備とか手間の都合で、なかなか難しいかと思います」

先輩の努力と苦労を間近で見てきた身としては、気軽には手を出しにくい分野なのである……。

あと俺には、お屋敷の庭先に作っていただいた『ルークさんの実験畑』の維持管理という大事なお仕事もある。

王都滞在中の今は、庭師のダラッカさんに世話を一任してしまっているが、これは「俺の不在時に、作物がちゃんと育つかどーか」という実験も兼ねている。どんな作物がこの地の気候風土に合うか、これも大事な実験である。

さて、今回初めてスイーツをご提供したオズワルド氏は、優雅ににこにことフォークを操る女子達の隣で、まばたきもせず呆けていた。

その隣のクロード様は、どことなく懐かしげにタルトを召し上がっている。前世のケーキを思い出しておられるのだろう。

オズワルド氏が、そんなクロード様に小声で話しかける。

「……クロード君といったな？ あの、その……この、菓子は……君達は、いつも、このような品を食べているのか……？」

「いえ、まさか。見ての通り、ルークさんがいる時だけですし、僕も数日前に王都で合流したばかりなので……ただ、ここ数日はちょくちょくご馳走になっています。詳しいことは、ルークさんに直接聞いてください」

オズワルド氏が唸った。

甘いモノは苦手ではないと言われたので同じモノをお出ししたのだが、気に入っていただけたようで幸いである。

俺はリルフィ様のお膝からするりと離れ、四足でオズワルド氏の傍へ歩み寄った。

「オズワルド様、お口に合いましたか？」

「あ、あぁ……それはもちろん。このような品は初めてだ。たいへん……たいへん、楽しませてもらっている——が……」

……オズワルド氏、さすがにもうお気づきである。

じんぶつずかんによって、俺も『バレた』ことについてはもう確認済みである。だからこうしてスイーツも普通にご提供した。

「……ルーク殿。失礼ながら、貴殿は『猫の精霊』などではない。もっと、別の……」

「お察しの通りです。私はオズワルド様に、虚偽を申し上げていました」

オズワルド氏が震えた。

「では、やはり……貴殿の正体は……」

「はい。『猫』です」

ちんもく。

オズワルド氏、フォークに刺したチョコレートムースを口へ運びつつ、しばし困惑の顔へ転じた。

「ああ、いや、そうではなく……」

「猫です」

「いや、狂乱状態にある『純血の魔族』を力ずくで屈服させられる存在など、神の使徒か邪神か……」

「猫といったら猫です」

頑《かたく》なに猫であることを主張し続けるルークさん！

もうバレている。それは知っている。それでも嘘をつき続けるのには理由がある。

「リオレット様とこの王都をお救いしたのは、あくまで『猫』なのです。ルーシャン様の長年にわたる猫への信仰心が、このたび実を結んだのです。だから『亜神の加護』とかそーゆーものではありません」

オズワルド氏が、ぴくりと眉を震わせた。

「……そういうことか。心得た。では今後も、『猫』としてルーク殿に接する。一つうかがいたいが……それは、我ら魔族に対する心遣いか？　アーデリア嬢の立場を、『神に牙を剥いた愚か者』にしないため、とか……」

……その理由だと「猫に負けた魔族」ってことになっちゃうけど、それはいいの……？

「いえ、そーいうわけではないです。理由は二つ。『ネルク王国は亜神に守護されている』なんて噂が世間に広まったら、ちょっと困ります。この国の一部の貴族が、そんな噂で調子に乗ったりするとめんどくさいので。今回の件は、あくまで『ルーシャン様の信仰心の賜物』ということにしたいのです。二つ目の理由は……まだ見ぬ『魔王様』とかに、興味をもたれたくないとゆーか――私は平穏無事な生活を望んでおりますので、なるべく魔族の皆様との厄介事は避けたいと思っています」

オズワルド氏が薄く笑った。

「魔王様への隠蔽《いんぺい》工作、か……確かに『亜神の顕現《けんげん》』ともなれば一大事、魔王様も強く興味をもたれるだろう。結果、悪意なくルーク殿の平穏を乱してしまう懸念は充分にある。わかった。私からの報告には嘘を織り交ぜよう。謎に包まれた猫の精霊の仕業、手がかりも少なく噂も真偽が知れない、という扱いがご所望か？」

「はい。あの……その通りではあるのですが、魔王様に嘘をつくことになりますよ？　大丈夫ですか？」

「構わん。我ら魔族はさほど規律を重んじていないし、上下関係も緩い。魔王様の指示があれば必ず従うが、指示がない限りはそれぞれの家の裁量が尊重される。あと……西方に住む魔族は、東方の……気を悪くしないでくれ。東方の田舎には、あまり興味を持っていないのだ。今回の件も、私やアーデリア嬢がうまく口裏をあわせれば、『辺境の与太話《よたばなし》』で流されるだろう」

そんなもんか。

カメラも動画もSNSもない世界だし、情報の伝達速度や正確性は推して知るべしである。

……いや、訂正。カメラはある。実は、「カメラ」はあるのだ。

ただ、前世にあったような、化学反応を利用してレンズとフィルムと印画紙でー、みたいな仕組みではなく、魔法を使って『魔光鏡』に景色を焼き映すというシロモノであり、ちょっと勝手が違う。

拳闘場でも見たが、「色鮮やかで高精細な石版」というシロモノ。

魔光鏡を印画紙代わりにするという仕様上、一枚あたりのコストがとても高価なため、一般家庭などにはもちろん普及していない。

しかも魔導師にしか撮影できないため、貴族の趣味としても成立しにくい。さらに撮影には数分かかるため、動くものは撮影できない。

さっきの『猫の旅団』も、街からの撮影は不可能だったと思われる。

要するに「幕末から明治頃のカメラ」と似たような使用感といっていいだろう。ただし一応、フルカラーで、画質もけっこう美しい。

この数日で王都を見物中、「写真みたいな絵だなー」と何度か見かける機会があったのだが、リルフィ様のご講義によってガチの写真だと判明し、「マジで⁉」と驚いた次第である。

オズワルド氏は、引き続き思案顔。

「私への相談事というのは、その魔王様への隠蔽工作についてか？」

「それもありますが、もう一点。実は、さっきリオレット様を襲った下手人を、奥の部屋に捕らえてあります。レッドワンドの工作員なのですが……諸事情から、私は彼を助命したいと考えています。そこで、裏社会に詳しいオズワルド様から、いくつかアドバイスとご助力をいただければと」

オズワルド氏が不思議そうに目を細めた。

「未遂とはいえ、国王の暗殺を企てた者だぞ。わざわざ助命する意味があるのかね？」

「これから尋問をしますが、アレは明らかに『自殺』同然の暗殺でした。生きて帰ることを完全に諦めた、やけっぱちの奇襲です。国や指揮官への忠誠心からとった行動というより……『何か弱みを握られて、脅された末の自爆』だったのではないかと推測しています」

『じんぶつずかん』から得た情報であることは隠し、あくまで推論ということにしておいた。

オズワルド氏の顔つきがわずかに歪む。

「その可能性は充分に有り得る。レッドワンドには『人質法』と呼ばれる評判の悪い法があってな。正式な名称は忘れたが、邪魔者を始末するために、その親族などを無実の罪で捕らえ、減刑と釈放を盾にして生還できない類の無茶な任務を押し付ける、という――遠回しな死刑だが、うまく任務を果たせれば儲けもの、といったところか。上官に逆らった者への見せしめ、という意味合いもあるらしい」

ほう。シャムラーグさんの『じんぶつずかん』にも「妹夫婦を人質にとられ、その減刑のために」とは書かれていたのだが、「人質法」なるものの詳細はまだ読んでいなかった。読もうと思えば読めそうだが、文字数多いの苦手……ツラい……

「もしもそういう事情だった場合、私が仕返しするべき相手は、捕らえた実行犯ではなく、その指示を出した人物、あるいは黙認したレッドワンドの上層部全体です。で、そのための手段や注意点について、オズワルド様や正弦教団のお知恵を借りられれば、と――私はそういった物騒な物事に、あまり詳しくないのです」

「承った。そうなると、まず第一は敵方の『情報収集』だな。レッドワンドにも正弦教団の拠点がある。連絡員が数人暮らしている程度の小さな拠点だが、宿代わりにはなるだろうし、国内の情勢程度は把握しているはずだ。ルーク殿が望むなら、私が転移魔法でこちらへ連れてきてもいい」

オズワルド氏ッ……！　期待以上に使えるぞ、この人ッ！

「お願いできますか!?　その間に、こちらは暗殺者の尋問をしておきます」

「よし。では……」

オズワルド氏、ベリータルトの最後の一欠片を、名残《なごり》惜しげに口へ運んだ。

うむ。このご協力にはお礼が必要であろう。正式なお礼は後日用意するとして、今日のところは

――


「あ、こちら、お土産です！　道中で召し上がってください！」

「む。これは、かたじけない……？」

ストレージキャットさんから取り出したのは、一口サイズに切り分けた四角い生チョコの詰め合わせ。

ひょいっと摘めるお手頃サイズでありながら、味わいの濃厚さで確かな満足感をくれる一品だ。まぶしたココアパウダーの香りと苦みも嬉しい。紙箱は王都で調達したモノである。

「熱で溶けてしまうので、水属性の魔法か何かで、適当なタイミングで冷やしてください。それと二、三日で傷んでしまいますから、遠慮なく食べきってくださいね。お口に合うようでしたら、またご提供しますので！」

「……ありがとう。つかぬことをうかがうが……貴重なものではないのか？」

先程のベリータルトの完成度は、こちらの世界ではちょっと規格外である。この生チョコも「こちらの世界に存在してない」という意味では貴重だが……金銭的な意味では無料だし、ルークさんなら

ほぼ無制限に量産可能ではある。

……でも、この手のモノを量産すると社会的な影響力がやっぱり怖い。

「世間に流通させたりは無理ですが、周囲の方々に、たまにご提供する程度なら問題ないです。もっと大量に差し上げても良いのですが、そんなに日持ちしない上、ちょっとだけ興奮作用があり、食べすぎると夜に眠れなくなったりするので……あと、こういうスイーツは少しずつ食べるのが美味しいと思います。大量に食べると飽きます」

「まぁ……それは、そうかもしれん。贅沢すぎる話だがな」

さっそく、生チョコを一欠片《ひとかけら》。

たちまちオズワルド氏は眼を見開き、にやりと嗤った。

「……ルーク殿。貴殿とのつながりを得られたことは、私のこれまでの生涯において最大の幸運やもしれん。魔王様には悪いが、こんなにおもしろい縁、そうそう譲る気にはなれんな。私に手伝えることがあれば、どうかなんでも言ってくれ。それでは、ひとまず失礼する」

ウィンクを残して、オズワルド氏は猫カフェの扉から外へ戻っていかれた。

スイーツを食べ終えてレモンティーを飲んでいたお嬢様方が、ルークさんの背後で囁きをかわす。

「……オチましたね、あれ」

「ア、アイシャ様、そんな言い方は……」

「リル姉様、認めて。あの人、たぶんそれなりに猫好き――」

「……ルークさんって、割と人たらしですよね」

クロード様にまで呆れた口調で言われてしまった。サーシャさんは無言のまま静かに頷き、ピタちゃんはクラリス様の背中に寄りかかって、おやつ後の口直しのニンジンをポリポリとかじっている。この子も俺以上によく食うな……！

「オズワルド様は好奇心旺盛なだけだと思います。そんなことより、私は例の暗殺者の尋問をしてきます。皆様は、退屈でしたら街へ出ていただいても――」

「ルーク、その尋問、聞いててもいい？」

クラリス様が食いついてしまわれた。

見ていておもしろいもんでもないとは思うのだが、飼い主のご意向である……あと、後からご説明するのもメンドいので、聞いていただくことにもメリットはある。

「こちらの窓に、尋問の様子を映すことはできます。あと、こちらからの質問は『メッセンジャーキャット』で相手の脳内に直接届ける予定ですので、相手が勝手に答えているよーに見えるかと思いますが……そこらは適当にスルーしていただければと！」

そして俺は皆様にコタツで待機しておいてもらい、カフェ奥の通路から隔離部屋の前へたったかと移動した。

有翼人、シャムラーグさんを閉じ込めた隔離部屋は、特に装飾のない真っ白な部屋。

室内の様子は、壁面のモニターに映し出されている。

光源は特に設定していないのだが、全面がなんとなく明るい。影もできない。SFちっくなヤバめのお部屋であるが、実際のところは「内装工事中」というだけの話であり、和モダンでいくかカントリー風でいくか昭和レトロでいくかアール・デコ風にまとめてみるか、ちょっと決めかねている。

あ、簡易ベッドだけは一応用意した。

しかし現状では窓もないため、閉塞感がすごい。やはりインテリアは大事である。これは人を発狂させるタイプのお部屋だ。

有翼人、シャムラーグさんはまだ寝ている模様。これは好都合といえよう。

俺は脳内で第一声を練り上げ、メッセンジャーキャットさんにコレを託す。

そして、リオレット様暗殺未遂犯への『尋問』が始まった。

68 有翼人と猫

レッドワンド将国の有翼人、シャムラーグは、里から徴兵された後、『間諜《スパイ》』としての訓練を受けた。

読み書きと剣術、初歩的な計算など、あくまで密偵に必要な最低限の訓練内容ではあったが、成績はそこそこ優秀だったと自負している。

だから難度の高い任務も任されたし――腕を見込まれて、まともな軍務とは言い難い、上官の個人的な指示にまで従わされた。

要人の誘拐程度ならまだ良かったが、政敵に対する見せしめとしての放火、失脚させるための情報操作や捏造《ねつぞう》と、汚れ仕事をこなした挙げ句、遂には『伯爵家との縁談を断った子爵家の娘と、その恋人を殺せ』などと指示をされるに至り、この馬鹿げた命令を無視して、その娘と恋人の駆け落ちに協力した。

二人は今、国境を越えて、平民の夫婦としてネルク王国のどこかを移動しているはずである。あるいは既に落ち着く先を見つけているかもしれない。

シャムラーグとしては、さほど縁のない他人であり、自身の立場を危うくしてまで助ける義理など微塵《みじん》もなかった。

ただ――彼らは善良で、それゆえに「任務のあまりの馬鹿らしさ」に腹が立った。

シャムラーグの裏切りは露見し、捕らえられ――妹夫婦にまで累が及んだ。

捕縛されても自分の命だけで済むと思っていたシャムラーグにとって、これは予想外の流れだったが、何やら紆余曲折《うよきょくせつ》があったらしい。

妹夫婦がシャムラーグの助命のために動こうとし、これが藪蛇《やぶへび》になったとも聞くし、幾人かの戦友も上官の不正を探ってくれたようだが、これらの動きがさらに事態を悪化させた。

それらの事象を恨む気はない。どうせ捕まった時点で死は覚悟していたし、むしろ迷惑をかけたのではと気に病んでいるくらいだが、ともあれシャムラーグは『ネルク王国の次の王の殺害』という密命を帯び、自らの死をもってそれを成し遂げた――はずだった。

風の結界を切り抜けて、刃を対象の首筋に突き立て、勢いのままに切り裂いた。

――しかし、その手応えはあまりに軽すぎた。

骨を断つどころか筋肉を裂いた感触すらなく、空振りかと錯覚したが、しかし頭は刎ね飛んだ……

ような気がする。

そしてその直後、「にゃー」と猫の鳴き声が響き、視界が暗転した。


気がつくと、真白い奇妙な部屋にいた。

『……聞こえますか……聞こえますか、シャムラーグよ……いま……あなたの心に……直接、呼びかけています……』

（……は？　え？　は……？）

頭の中に響いたのは、初めて聞く少年のような声だった。

真白く狭い部屋には彼一人しかいない。

部屋にあるのは、彼が寝かせられていた寝台くらいで、窓はなく、扉すらない。そもそも建材がよくわからない。

床や壁は微妙に柔らかく、部屋に光源らしい光源はないのに明るく、壁と床の接合部にはあるべき隙間がない。

立方体の空間ではあるが、まるで卵の内側のように、つるんとしている。

（ここは……そうか。俺は死んだのか）

死後の世界――などというものを信じてはいなかったが、それに類するものだろうとしか思えない。

捕縛されたなら、彼がいる場所は地下牢や拷問部屋であるべきだし、仲間に救出されたなら――いや、この可能性はそもそもゼロである。

『……聞こえますか……聞こえますか、シャムラーグよ……聞こえたら返事をしなさい……あれ？　聞こえてない？　もしもーし？　通じてる？　だいじょーぶ？　まだ寝ぼけてます？』

「あ、あぁ……いや、あんたの声は聞こえている。俺は……死んだのか？」

口調が不自然にくだけた後、ほんの少し、間が空いた。

『こほん……そうですね。あなたは死にました。ここは審判の間です。あなたが生前に犯した罪を裁き、その罪に応じた罰を与えます。あらかたの罪はもう把握しておりますが、弁明があれば聞きましょう』

シャムラーグは鼻で嗤った。

「……弁明はない。罪はある。そりゃもう、いろいろあるだろうさ。全部、俺が納得ずくでやらかしたことだ。だから地獄行きで構わねえ。その代わり——俺に指示を出した連中も、いずれ死んだら地獄行きにしてやってくれ。こいつは、俺があんたに頼むまでもねえだろうけどな」

頭の中の声は、また少し間をおいた。

『潔《いさぎよ》いことです。あなたが死ぬきっかけとなったのは、ネルク王国国王の暗殺未遂でした。あなたにこれを指示したのは誰ですか？』

「未遂……そうか、失敗したのか。神様なら、誰が指示したのかぐらい、ご存知じゃねえのか？」

『こちらの記録によると、あなたに指示をしたのは直接の上官、ドレッド子爵です。ただし、国王暗殺の方針そのものを立てたのは、さらにその上のフロウガ将爵と参謀達だそうですね。そういった通り一遍の事情は把握しておりますが、しかしこの審判では、あなたの口から直接、事情を聞くことに意味があるのです。そこに虚偽がないか、それも審判の基準の一つとなります』

「……そういうもんか。死んでまで神様にお手間をかけるのも申し訳ねぇ。国王殺しの指示を俺に出したのは、確かにドレッド子爵だ。妹夫婦を人質にとられて、その釈放を条件に、俺はこの指示に従った。国王殺しの献策《けんさく》そのものは、誰が言い出したのかまでは知らん。フロウガ将爵の腰巾着の誰かだろう。まぁ……トゥリーダ子爵だけは除外していい。今のフロウガの下で良識のある幕僚《ばくりょう》なんざ、あの嬢ちゃんぐらいだよ。一人じゃ多勢に無勢で何もできんだろうがな」

『それそれ。そーゆー生の情報が欲しいんです。あとですねー。人質になっている妹さん夫婦についてなんですが、えーと……たとえば、シャムラーグさんの「死体」が見つからなかった場合って、どーなります？』

妙な問いだった。

神ならそれくらいわかるはず――とも思うし、そもそもシャムラーグの死に様は監視者が見届けているはずだったが、死体が見つからないのはまずい。

「そりゃ……暗殺に成功していたらさておき、俺は失敗したんだよな？　その上で、死体がない……つまり、衛兵とかに殺された形跡がなかったら、たぶん逃亡を疑われる。妹夫婦もヤバいことになるだろうが……ちょ、ちょっと待て！　俺はあのパレードの現場で殺されたんだよな!?　ちゃんと死んでるよな!?」

そうでなければ、あんなにも「目立つ」襲撃をした意味がなくなる。

シャムラーグの目的は、あくまで『妹夫婦の釈放』である。

暗殺の成否は二の次で、もっとも大事なのは『大勢の眼前に自身の死に様を晒《さら》し、監視者にその様子を確認させること』だった。

対話している神……のような何かが、しばらく沈黙した。

『………………シャムラーグさん。貴方は死にました。少なくとも、レッドワンド将国の間諜としての貴方は死にました。その上で問います。もしも、妹さん夫婦や大事な人達を救う手段があったとして……その手段が、祖国を裏切り、祖国を捨てるものであった場合。貴方は、その選択肢を選びますか？　それとも、やはり祖国は裏切れませんか？』

これは愚問と言っていい。

「……国ってのが『レッドワンド将国』のことなら、元々、忠誠心なんか欠片《かけら》程度も持っちゃいない。俺は有翼人だ。俺達の里は、レッドワンドの支配地域にある名ばかりの自治領でな。里を守ろうとして、ご先祖さんが戦った時代もあったが……結局は負けて、今じゃいいように搾取《さくしゅ》されている。俺みたいな有翼人は使い捨てが当たり前だし、兵や税の供出を断れば、今度は若い娘どもを連れていかれる。みじめなもんだ……」

『フカー』

……ふと、猫のような唸り声が聞こえた。

耳の具合……もとい、頭の具合がおかしくなったかと思ったのは一瞬のことで、すぐに次の声が脳裏に響く。

『……失礼しました。ちょっと思うところがありまして。さて、シャムラーグさん。貴方の罪は、死によって償えるものではありません。よって貴方には、このまま生きていただき、王族暗殺未遂の罪により、現世にて強制労働をしていただこうと思います。レッドワンドへの帰国は認めませんし、誇りや親族のために死ぬ自由も認めません。よろしいですか？』

「……え……？　いや、俺、死んだんだろ？　生き返れるってことか？」

『まぁぶっちゃけ、まだ死んでないんですけどね』

目の前の白い壁が、音もなく真横に割れた。

その向こう側に立っていたのは――

黒に近い紫色の三角帽子と外套を身に着けた、一匹の『猫』だった。

短めの二本足で悠々と立ち、金色の丸い目でシャムラーグをじっと見つめ、口元には微笑を湛《たた》え

――その猫は、ピンク色の肉球を掲げてみせた。

「はじめまして、シャムラーグさん！　私はリーデルハイン子爵家のペット、ルークと申します。貴方がやらかそうとしたリオレット陛下の暗殺を防ぎ、貴方を捕らえ、その罪をどう裁くか、一任していただいた者です。王族への暗殺未遂など本来ならば死罪です。しかしご覧の通り、私は人間ではなく獣ですので、人の法には縛られません。貴方への罰は、私のもとでの『強制労働』――その対価として、妹さん夫婦をはじめ、貴方が指定した人々を、レッドワンドから救い出してさしあげましょう。これは契約ではなく、『罪に対する罰』ですので、貴方に拒否権はありません。今後のことは、すべて私に従っていただきます」

シャムラーグは理解した。

どうやら自分は、本当に死んだらしい。今際《いまわ》の際に見る夢として、『偉そうに喋る魔導師風の猫』というのは、なかなかトリッキーである。

猫はすたすたと室内に踏み入り、座り込んだシャムラーグの膝にそっと肉球をあてた。ぷにぷにだった。

「……悪いようにはしません。貴方は今、混乱して道に迷っています。妹さん夫婦を救うために自殺しようとか、そんな考えはすぐに捨ててください。犯した罪への罰は、僭越《せんえつ》ながら私が用意いたします。でも、その前に――まずは、妹さん達の救出に向かいましょう。そのための道案内や情報提供をお願いします」

「……あー。えー……ええと、うん……あのな、猫さん。気持ちはありがたいんだが……こんなのは、あんたにどうこうできる話じゃないだろう。俺は死んで……いやコレ、生きているのか？　でも、わけのわからん場所にいるし、いまさら猫の手なんか借りたところで……つか、猫？　猫だよな？　なんで喋ってるんだ？」

「そーゆー種類の猫なんです。まぁ、まずはお腹を満たしてからにしましょうか。前菜として、こちらのお野菜をどうぞ」

猫がどこからともなく取り出したのは、真っ赤に熟した見たことのない果実だった。

そこそこ大きい。ほぼ拳大である。

表面には光沢と艶があり、赤さゆえに辛そうな気配もある。

「……ずいぶんとでかい唐辛子だ」

「辛くないです。みずみずしくてむしろ甘いです。ちょっと青臭さはあるかもですが、栄養満点でとてもおいしいお野菜です。トマト様といいます」

小さな前足に掴んで差し出されたその果実を、シャムラーグは仕方なく受け取った。

トマト様とやらを勧める猫の目つきが若干怖く、逆らえなかった。それこそ何かに取り憑かれたような眼をしていた。「逆らうな」と本能に囁かれた。

受け取ってみればなるほど、唐辛子とは明らかに違い、ずっしりと重い。

「……こいつを、食えばいいのか？」

「皮ごとかじりついてください。水分が非常に多いので、こぼさないように。あ、ヘタはとってくださいね」

そもそも死んだも同然の身の上である。

自暴自棄と、寝起きのぼんやりとした思考と、さらには「猫が喋っている」という非現実的な状況と――それらすべてに流されて、シャムラーグは深く考えもせず、赤い実にかじりついた。


――世界に、色がついた。


口の中でばつりと弾けた果肉は、溢れるほどの甘酸っぱい水気を伴い、シャムラーグの渇いた喉を潤《うるお》した。

甘みも酸味も程良い加減で、とにかく旨みが強い。

果皮の小気味良い歯応え、その内側に隠れた果肉のみずみずしさ――種の周りについたゼリー状の塊はより味が濃く、風味のアクセントにもなっている。

シャムラーグは呆然と、自らの歯型がついた赤い実を見つめた。

中まで赤い。しかし、確かに辛くはない。

「なんだ……？　なんだよ、この実は……まるで太陽の味、風の香り……さわやかで、甘みもあって、味が深くて……なんなんだ、こいつは？　たった一口で、活力が湧く……こんな……こんな実が、この世に……」

知らず知らず――シャムラーグの眼から、熱いものがこぼれる。

大地に干天《かんてん》の慈雨《じう》が降り注ぎ、やさぐれた心までをも潤すかのように、赤い実の果汁が全身へ染み渡っていく。

ほろほろと泣きながら赤い実を頬張るシャムラーグを見て、猫は満足げにゆっくりと頷いた。

「……貴方にならきっと、この味が伝わるものと信じておりました。シャムラーグさん、私はこの『トマト様』を地上に広めるべく、これから同志を集めたいと願っています。トマト様への献身は、リオレット陛下暗殺未遂への贖罪《しょくざい》ともなりましょう」

猫は詐欺師のように優しく微笑みながら、また何処からともなく器と食事を取り出した。

「前菜の後は、しっかりと腹ごしらえをしてください。『カツ丼』……食べますよね？」

丸みを帯びた椀に盛られたのは、初めて見る食べ物だった。

卵が贅沢に使われているのはかろうじてわかるが、他がまるでわからない。ほこほこと立ち昇る湯気に混じった、馥郁《ふくいく》たる肉の香りに鼻腔をくすぐられる。

「かつ……どん……？」

「私のいた世界では、尋問のシメにこれを振る舞うのが（刑事ドラマの）様式美とされていたのです。残念ながら、現実には存在しない架空の様式美だったのですが……」

言葉の意味はちょっとよくわからなかったが、一緒に手渡されたスプーンとフォークを使い、シャムラーグはその温かい食べ物を口に運んだ。


――色のついた世界で、幻影の猫がワルツを踊り始めた。


空腹が求めるままに、シャムラーグは正体のわからぬ美味を無我夢中で頬張る。

（こいつはうまい……！　甘くて優しい味つけなのに食いごたえがあって、油を使っているはずなのにあっさりとして……いい感じに腹へたまっていく！　これは……こいつは……いや、この御方は、まさか……！）

シャムラーグが食事する様を、キジトラ猫はにこにこと見守っていた。

見たことのない赤い実、有り得ないほど美味な食事、流暢《りゅうちょう》に喋る猫――

その神々しい存在感は、遂にシャムラーグを一つの確信へと導いた。

空になった器を置き、片膝を立て、臣下の礼を取りながら――シャムラーグは、震える声で問う。

「あんたは……貴方様は、もしや……！」

「はい。ご覧の通り、『猫』です。先程も名乗りましたが、ルークと申します。リーデルハイン子爵領にて、トマト様の栽培技術指導員をしております！」

シャムラーグの想定とは違う答えを堂々と宣し、猫はむにむにと頬の周辺を毛繕いした。

――無論、ただの『猫』であるはずがなく、これは「正体を明かす気はない」との意思表示であろう。

そうした超常の存在に対する礼節をわきまえる程度には、シャムラーグも信心深い。

（間違いねぇ……この方は……猫のふりをした、この御方は……伝説の神獣、トライハルトの眷属《けんぞく》か!?　毛並みこそ黒じゃねぇが、この高貴な存在感、人間を餌付けする習性、手足が短く、ちと太めの体型……しかも頭がでかい。ひい爺さんから聞いたおとぎ話の通りじゃねぇか……！）

里の伝承によれば、トライハルトの眷属と呼ばれる神獣は、この世界に住まうものではない。

異界よりふらりと現れ、この地の食料と引き換えに異界由来の恵みをもたらし、悠々と去っていく――その目撃例は非常に珍しいが、有翼人の里は数少ない一例を経験しており、数百年前、その顕現《けんげん》に立ち会ったと言われている。

今となっては信じるものなど少ない、おとぎ話のはずだったが――曽祖父は亡くなる前に言っていた。

「信じれば、猫はそこに現れる」と……

――頭が朦朧《もうろう》とした末の寝言ではあったし、晩年はだいぶ痴呆が進んでいた感もあったが、この伝承ゆえに里では猫が信仰されており、里の要所には猫地蔵なる立像まであった。

ずんぐりとした丸っこいその猫地蔵と比して——目の前の「ルーク」と名乗った神獣は、まさに瓜二つの体型である。

シャムラーグは平伏した。

正体はあくまで推測ながら、人語を解する時点で『神獣』以上の存在には違いない。となれば、生物として明らかに人類より格上である。

「……このシャムラーグ・バルズ。以降、ルーク様のご命令に従います。なんなりとお申し付けを」

「えっ」

猫が何故か動揺を見せた。

「あれ？　……早くない？　もーちょっとゴネて反抗されるかな、って思ってたんですが……」

「そりゃ、反抗できる立場じゃねぇし、反抗する理由もねぇです。俺はもう死んだつもりの身ですし……ルーク様はわざと、罪とか罰とか、理屈っぽい物言いをされていましたが……それが本心じゃねぇってことくらいは察しがつきます。俺を自由にして放り出したら、また死を選ぶんじゃねえかって気にされたんじゃないですか？　つまり、あんたは命の恩人で、しかも……単純に、『イイやつ』だ」

シャムラーグが間諜として非凡だったのは、この「相手の真贋《しんがん》を見極める眼」ゆえである。

対象が人だろうと猫だろうと関係ない。

いや、猫をこうも真面目に見定めたのはもちろん初めてだが、言葉をかわせば、その人となりはある程度までわかる。

命を救われたのならば、その恩は返さねばならない。

猫が困ったように喉を鳴らした。

「……やっぱりスパイなんてやってる人は、観察眼も勘の鋭さもすごいですねぇ……自殺ルートだけは避けようと、いろいろ策を練って小芝居までした自分がバカみたいです」

「いいや。あんたの気遣いが伝わったから、俺はあんたに従う気になったんです……っと、言葉遣いが悪くてすんません。学がねぇもんで」

「私も気を使わなくて済むので、そのままでいいですよ。では、妹さんご夫婦の救出について、詳細を詰めましょう。その前に私の飼い主や友人達を紹介しますので、こちらへどうぞ」

「飼い主……？　ルーク様は神獣ですよね？　神獣の飼い主って……」

「とてもかわいい貴族のお嬢様方です！　私への無礼はあんまり気にしませんが、我が主への無礼は絶対に絶対に絶っっっっ対に許しませんので、くれぐれも言動には気をつけてください。セクハラ発言とかしようものなら、『にゃーん』です」

「……にゃーん？」

「にゃーんです」

文脈からして、猫なりの脅し文句らしい。意味はわからない。さして怖くもないが、もちろん無礼を働く気は毛頭ない。

不可思議な猫に先導されて――

奇妙な白い部屋から、シャムラーグはふらつきながら歩み出た。

69 いざレッドワンドへ

こちらの世界にて初めて遭遇した『有翼人』、シャムラーグ・バルズさん！

その姿はまさに「翼を持つ人間」であり、シルエットなどはかなり格好いい。

が、容姿そのものは「イケメン！」というわけでもなく、割とフツーである。ちょっと粗野な印象はあるが、翼を服で隠して街を歩いていたら、特に目立つことはあるまい。スパイというお仕事柄、「目立たないように」という方針でもあるのだろう。

まずはメインルームにご案内し、クラリス様やリルフィ様達をご紹介したが、「無礼はダメ」と釘を刺しておいたのが効いたのか、口数は少なかった。「質問には丁寧に答える」という感じであったが、状況への戸惑いもあったものと思われる。

一応、クロード様が気を使って「災難でしたね」的に声をかけてくださっている。

さて、ここらでシャムラーグさんの『じんぶつずかん』情報をば。

■シャムラーグ・バルズ（27）有翼人・オス

体力B　武力B
知力C　魔力D
統率D　精神B
猫力78

■適性■
諜報B　剣術B　滑空B　栽培B

■特殊能力■
・植生管理

……ククク……クククク……クックックックッ……！　ルークさん、邪悪な笑いが止まらぬ。

暗殺未遂犯である彼を助けたのは、もちろんその理不尽な境遇に同情してしまったせいなのだが、助けた上で「仲間に引き込む！」と決めたのは、このステータスを見たせいである。

なんといっても「植生管理」！　「植生管理」ですってよ、奥様！

しかも適性ではなく「特殊能力」カテゴリである。いったい何をどうできるのか、今からドキドキワクワクが軽快なビートを刻む。

さらに適性には「栽培B」まで揃っているのだ。

リーデルハイン家の庭師のダラッカさんは「庭仕事B」という適性をお持ちなのだが、彼の確かな腕前を知る身としては、この「栽培B」という適性にも期待しかない。

いわゆる一般的な農夫でも、「農作業C」とかを持つ方は実はそんなに多くない。適性の「B」評価というのはやはり貴重なのである。

しかし、間諜であり暗殺者まがいの任務までやらされていたシャムラーグさんが、一体どうしてこんな適性と特殊能力をお持ちなのか？

「……ああ。俺らはまともなメシが出ないんで、足りない分は自給自足で……兵舎の裏とかに隠し畑を作って、いろいろ育ててました。あと、任務で農夫に化ける機会がそこそこあって、そういう時は作物や作業のことをある程度はわかってないとまずいんで……山地の有翼人が、そもそも農業中心で暮らしているってのもありますけど」

シャムラーグさんはやや緊張した様子で、「農作業とかできますか？」という俺の問いにそう答えてくれた。

この適性があればこそ、トマト様の美味しさ、その貴重さを充分に理解してくれたのであろう。

さっきの感涙は俺としても胸熱《むねあつ》であった。

これは、おそらく運命である。彼と俺を同志として巡り会わせてくれたのは、きっとトマト様からのご加護に違いない。

……そう。

ルークさんは「トマト様の量産」に向けて、いよいよ労働者の確保をも視野に入れ始めた。

まずリーデルハイン領に広めたいのは山々だが、既に農業をされている方々には、それぞれ育てている作物があり、これらの生産力を落とすわけにはいかぬ。

また、彼らにトマト様の栽培へ手を出してもらうには、「トマト様の収益化」がめちゃくちゃオイシイという実例を先に示す必要がある。

もちろん領主たるライゼー様の命令があれば従うだろうが——不安なままで農作業をさせてしまうのは申し訳ないし、それよりまずは『トマト様を最初から集中的に育ててくれる人材』を、こちらで確保すべきと思い至ったのだ。

これに気づいたのは、シャムラーグさんのステータスを確認した後のことであり、ライゼー様のご許可はこれから取る必要がある。

もしダメだったらルーシャン様に頼んで別の土地を用意してもらう手もあるが、おそらく許可は下りるだろう。

そもそも「農夫を増やしたい！」というのは、ライゼー様の領地経営の基本方針であり、「人員欲しいですねぇ」「欲しいなぁ」的な御相談は幾度か重ねてきている。

田舎のリーデルハイン領は「土地はあるけど人が少ねぇ……」という地域だし、十数年前に大流行した疫病によって、人口が大きく減ってしまったことも響いている。

母国に居場所をなくし、捨て駒にされて暗殺未遂までやらかしたシャムラーグさんにとって、トマト様の栽培はまさに生きる希望となるはずだ。

「クラリス様、リルフィ様。オズワルド様が戻り次第、私もレッドワンド将国に赴き、ちょっと用事を済ませてきます。一日で済ますつもりですが、状況次第では二、三日かかるかもしれませんので、皆様にはライゼー様達と一緒に、王都で待っていていただこうかと思うのですが……」

「私も行く。ずっとこのシェルターにいるから、いいでしょ？」

「私も……ご一緒したいです……あの……三日はちょっと……耐えられないと思いますので……」

猫依存症、悪化してない……？　だいじょーぶ？

クロード様は止めるかと思ったが、微妙なお顔である。

「……さっきの魔族の狂乱で思いましたけど、王都にいれば安全って話でもないような気がするんですよね。これがリーデルハイン領ならさておき、旅先ではルークさんと一緒にいたほうが、クラリス達はむしろ安全かなと思うので……お任せしていいですか？」

それはちょっと猫さんを信用しすぎではなかろうか。

「えーと。でも、ライゼー様からご許可をいただかないと……」

「父上には僕からうまく伝えておきます。どのみち、リル姉様には一緒についていってもらったほうがいいですよ。一般常識の面では、ルークさんよりまだ詳しいはずですから。クラリスも……頼りになるとは思うので」

……確かに、頼りにはなる。クラリスさまはちょーかしこい。

お二人は俺の飼い主であり保護者であり、生後0才のルークさんにはまだ後見人が必要であろう。

ババみやオギャりとなるとさすがに自制心が勝つのだが、あくまでペットの立場としてはたいへん心強い。

「わかりました。では、お二人（と睡眠中のピタちゃん）には、このままシェルターにいてもらうとゆーことで……サーシャさんは、クロード様と一緒に王都に残ってください。あまり人手を持っていってしまうと、ライゼー様も困るかと思いますので」

「かしこまりました。それでは、クラリス様達をよろしくお願いいたします」

サーシャさんは恭《うやうや》しく一礼。

これはルークさんの気遣いである。今夜は祭りの最後の「舞踊祭」であり、どうせならクロード様との時間を確保して差し上げたい。ペットとして、こうした心遣いは大切にしたいものである。

残るアイシャさんが挙手をした。

「あ、クロード様。それじゃ私もついていきますんで、お師匠様に伝言をお願いしてもいいですか？ピタゴラス様と一緒にお二人の護衛もできますし、ルーク様の行動が普通に気になるので」

アイシャさんについては元々、その自主性にお任せするつもりであった。用事があれば王都に残るだろうし、好奇心が勝つようならついてくるだろーし。

「ついてくるのはいいですけど、そんなにおもしろいことはないと思いますよ？　人質にされている、シャムラーグさんのご家族を救出してくるだけなので」

「それは充分、おもしろそうです。あと……いえ、まぁこれは別に」

……アイシャさんが珍しく言葉を濁した。

言いたいことはわかる。

俺は『じんぶつずかん』を見てシャムラーグさんの安全性を確信しているが、敵国の男をお貴族様のご令嬢達と一緒にしておくのは、ちょっと気になるところか。こういう配慮が働くのは女性ならではかもしれぬ。

…………念のため、ちょっとだけ『じんぶつずかん』を確認しておこう。

……あ。違うこれ。単純にスイーツ目当てだ。三日間（予定）のコピーキャットごはんを存分に堪《たん》能《のう》する気だ。

「では、クロード様。ルーシャン様への伝言のついでに、こちらのお手紙も渡しておいていただけますか？　さっきの騒動への声明に関して、基本的にはルーシャン様の方針にお任せするつもりなのですが、私なりの落とし所とゆーか、世間様へのごまかしポイントをまとめておきました。参考にしていただければ、とゆーことで……」

「……いいですけど……いつの間に書いてたんです？」

「おやつの間に考えて、猫魔法で執事の猫さんに清書してもらってました！　ちょっと字が丸っこいのと、肉球の手形がぽつぽつついてますが、読む分には支障ないはずです」

お渡しした便箋《びんせん》と封筒は魔法の産物ではなく、この王都で観光中にクラリス様が購入したレターセットである。

母君へのお手紙に使うつもりだったようだが、さっき一通分だけ分けていただいた。こういうややこしい提案は、メッセンジャーキャットさんより、読み直しやすい文書のほうが良かろうという判断である。

伝言を携えたクロード様とサーシャさんを外へ送り出し、そうこうしているうちに、パレード見物の貴賓室へオズワルド氏が戻ってきた。

同行者は商人風のおっちゃん。彼がレッドワンド将国に潜伏している正弦教団の連絡員なのだろう。

『じんぶつずかん』を確認したところ……能力的にはさして目立つところはないが、実直な人物っぽい。

戦闘能力は皆無で、あくまで「レッドワンドの国内情勢を日頃から把握しておく」「正弦教団の仲間が来たら安全な宿と情報を提供する」というだけの、いわば現地協力員のような人材か。

心得たもので、オズワルド氏は彼に目隠しをさせていた。これで俺の姿を見られる心配はない。

「目隠しをしたままですまないな。ここにいらっしゃるのは、ある高貴な御方で——似顔絵などを作られるとまずい。しばらく我慢してくれ」

「心得ております、オズワルド様。して、お求めの情報とは？」

おっちゃんの背後から、猫なで声でこの問いに応じるルークさん。

「教えて欲しいことがあります。レッドワンド将国の首都にある『ブラッドストーン第二収容所』についてです。警備の規模とか地形とか……できれば地図とか見取り図とかも入手できるとありがたいのですが」

妹さんご夫婦が捕まっている収容所の名称については、シャムラーグさんの『じんぶつずかん』から把握できた。

が、その収容所がどういった場所なのか、細かな事情まではさすがにわからぬ。シャムラーグさんも、首都は任地ではなかったそうで全然知らぬらしい。

目隠しをされたまま、おっちゃんがかすかに笑った。

「地図は隠れ家にありますが、必要ないかと思われます。首都から見える斜面に、へばりつくような形で作られた収容所でして、遠くからでも一目瞭然です。ただ、どこに誰が収容されているかなどは把握できておりません」

「あ、それは大丈夫です。場所がわかって内部の見取り図さえ手に入れば、あとはこちらでどうにかします。構造が複雑怪奇だったり、敷地が広すぎたり、そういう所でしたらもうちょっと助言が欲しいところですが……」

「内部の見取り図も、さしあたって必要はないかと思われます。敷地は少々広いのですが、構造はごく単純です。段々畑のように、斜面に沿って真横に建物が作られ、これが六段ほど連なっております。元は崖崩れを防ぐ土木工事のついでに作られた、ただの集合住宅だったのです。これが老朽化したため、今は収容所として流用されているという案配でして……首都のどこからでも人目につきやすく、斜面も影響して逃亡や襲撃が難しい区画ではありますが、警備は手薄ですし、空を飛べて姿も隠せるオズワルド様ならば何も問題はないでしょう」

「なるほど。では、捕まっているのはどんな人達なんですか？　刑務所とは違うんですよね？」

「ええ。懲役《ちょうえき》……つまり強制労働を命じられた犯罪者はおりません。そもそも鉱山や工房のような『働く場所』が併設されておりませんので。あそこに収容されているのは禁錮《きんこ》、勾留《こうりゅう》の者達のみで、軽めの軍規違反とか、軽犯罪とか、刑期の短い者とか、これから移送先が決まる者とか……あとは、なんらかの理由で捕縛された無実の者も含まれますな」

「たとえば……『人質法』の被害者とか、ですか？」

「よくご存知で。それは珍しい例ですが、他には衛兵の理不尽な横暴に巻き込まれたとか、『衛兵の食い逃げを咎《とが》めた露店の主が、そのまま収容所送りに』なんてこともありました。まぁ、そこまで酷いケースはさすがに稀ですし、この時は一、二週間程度で解放されたようですが……」

ううむ……話には聞いていたが、やはりヤバそうな国である。

妹さんご夫婦から話は逸れるが、この機会にもう少し情報を得ておこう。

「レッドワンドって、一言で言うとどういう国なんでしょうか？　軍の権力が強いとか、周辺国への侵略を目論んでいるとか、いろいろ聞きますが……内部から見てどういう国なのか、客観的な感想を聞きたいです」

連絡員のおっちゃんは、少し考えて――

「レッドワンドとは愚者の国です。魔導師を上位においておりますが、魔力の有無と治世の能力とは無関係ですので、結果、無能な為政者が『魔力を持っている』という理由だけで、国の舵取りに影響を及ぼしています。国内には不平が溜まり、その不平を外側へ逸らすために周辺国への侵略を掲げ、それが失敗するたびに内部で権力闘争が激化し、落ち着くとまた侵略に乗り出す――近年はこの繰り返しです。それでいて、国土の周囲が険阻《けんそ》な山岳に囲まれているため、他国からは非常に攻めにくく、また大きな被害を出してまで制圧する価値も薄いため、現状では滅亡に至っていないという——まぁ、地域一帯の厄介な問題児ですな」

……もうそれ滅ぼしていいんちゃう？

…………いやいやいや、これはさすがに危険思想である。ただの猫さんにそんな真似はできぬし、それで苦しむのは無辜《むこ》の民。

かといって上層部を狙って潰しても無政府状態になって変な暴走かましそーだし、ちょっとルークさんが介入するには荷が重すぎる——

が、そういう大きな話は後回しにして、まずは妹さんご夫婦の救出が急務であろう。

取り急ぎ、現地へ向かわねばならぬ。

——本当は「救出作戦は周到な準備の上、一週間後くらいに」とも考えていたのだ。

だが、シャムラーグさんの尋問中に『じんぶつずかん』を精査した結果、「一刻も早く」と方針転換をした。

というのも——シャムラーグさんの妹さん、どうやら「妊娠中」らしいのである。

収容所がどんな環境なのかはまだ不明だが、そんなに快適であるはずはなく、ここは拙速を承知で動くべきと決断した。正直、今は一時間でも早く救出して差し上げたい。

「オズワルド様、本当は他の方々とも段取りをつけて、数日後を目処に動く予定だったのですが——ちょっと急ぎたい理由ができてしまいました。こちらの方を戻すついでに、私もレッドワンドへ連れていっていただけませんか？」

「承知した。やる気ならいくらでも手伝うぞ？　ついでに『魔族』の悪名をあの地に広めるのも悪くない」

ニヤリと笑うオズワルド氏。悪い顔！

ちょっと心強いが、今回はあくまで妹さんご夫婦の救出が最優先で、他のこと——たとえば、リオレット陛下暗殺未遂への報復とか、もうすぐ起きそうな侵攻への対応とかは後回しである。それこそじっくりと策を練る必要がある。

「いえ、今日のところは派手なことはしないつもりです。救出後に、死体が見つからなくても不思議じゃないように、偽装工作は必要ですが……」

それをしておかないと、「逃亡した！」とか思われて、無関係の友人や親類縁者等に「匿《かくま》っているのでは」的な嫌疑が及ぶ可能性がある。

となると、偽装の手段は火災か、土砂崩れか……しかしどっちも巻き添えが出そうだ。

「なんか、こう……本人達は無事だけど、他の人達からは『あ、これ死んだな』と確信されるような偽装工作ってないですかね？　親類縁者に、犯人隠避の疑いが及ぶ事態は避けたいのです」

オズワルド氏が実に不思議そうな顔をした。

「それなら別に、わざわざ死を偽装しなくてもいいのではないか？　適当に連れ出した上で、私が書状を残し、ついでに付近へ警告の狙撃でもかましてやればいい。文面は、そうだな……『こちらに無実の罪で囚われていた夫妻は、バルジオ家に縁のある客分である。知らずに働いた無礼ゆえに一度は見逃すが、親類縁者を含めてさらなる無礼を働いた場合には、我がバルジオ家の総力をあげて、貴国に報復と粛清を行う』……くらいでいいだろう。手紙が面倒なら、国王か宰相あたりを直接、威圧してもいい」

…………………………まぞく、つよい。

「……い、いやいや、大丈夫なんですか、それ……？　国際問題とかになりません？」

動揺する俺の声に反応して、連絡員のおっちゃんが首を傾げた。

「オズワルド様の前で申し上げるのは少々恐れ多いのですが、『純血の魔族』は、人には抗いようのない天災の一種として扱われます。むしろ一度は看過し警告のみで済ませるならば、その温情に感謝こそされど、恨まれる筋合いはないでしょう。天災に一度、見逃してもらえたようなものです。そこからさらに魔王軍などが出てこようものなら、レッドワンドごとき辺境国では絶対に太刀打ちできませんので」

——ちょっと認識が違いすぎた。

最初に会った魔族がウィル君だったし、その後がフレデリカちゃん、アーデリア様、オズワルド氏という順だったせいか、どうも魔族の皆さんには意外と気安い印象が強いのだが、アーデリア様の「狂乱」を見た後では納得するしかない。

実際、それで滅んじゃった街とか国とかもあるよーだし、触らぬ魔族に祟りなしといった感なのであろう。

情報収集や後始末の検討も含めて三日くらいはかけるつもりでいたが、コレもしかして一日でぜんぶ済んでしまうのでは……？

「えーと……じゃあ、救出した後のことは、オズワルド様にお願いしてしまってもいいですか？　何らかの形でお礼はいたします」

「ならば先程のような飲食物が良いな。当家の家臣や親族への土産が欲しい」

それくらいならばお安い御用である。

……しかしこの人、赤の他人の命は軽く見ているけれど、身内に対してはほんとにいい当主様なんだろーな……

収容所の様子などはクラリス様達にお見せしたくないし、カメラ担当の竹猫さん達はこちらに残していくとしよう。王都で何か起きれば、たとえ遠く離れていても、俺に『にゃーん』とテレパシーで知らせが届くはずである。

「では、レッドワンドへ転移する。ルーク殿はこちらへ」

「はーい。お世話になります！」

まさかオズワルド氏に抱っこされる日が来ようとは……縁とは不思議なものである。

そしてシェルター内のリルフィ様達を引き連れ、俺は初めて、魔族の『転移魔法』を体験することとなった。

70　人質救出作戦（※イージーモード）

足元がなんか白く光り、体がすとんと穴に落ちた——と思ったら、見知らぬ場所にいた。

一瞬である。「ぱっ」ってなもんである。

何がどーしてこーなったのかとか、感覚的に把握する余裕すらなく、中継映像を切り替えるくらいの感覚で景色が変わっていた……

これが……転移魔法！

——いや無理無理。わけがわからない。「仕組みがわかれば俺にも使えるかな？」とかこっそり考えていたのだが、これは理解の外にある。いずれウィル君にご講義願おう。

「ここが……レッドワンド将国ですか？」

「ああ、首都のブラッドストーンだ」

我々が辿り着いた先は、夕闇迫る岩場の陰であった。

ゴツゴツとした灰色の巨石が、いたるところに突き出ている。

そして眼下には巨大な楕円形の湖と、それをぐるりと囲んで立ち並ぶ石造りの街——さらに街の周囲も山の斜面に囲まれており、なだらかな稜線の向こうには別の山々が遠くまで見えた。

これは、つまり……巨大な山岳都市？　国土のほとんどが山岳地帯とは聞いていたが、首都まで山の上とは恐れ入る。かなり標高が高いようで、ネルク王国に比べてもだいぶ肌寒い。

てゆーか、まさかとは思うが……これ、地形的には、巨大な火口湖の周囲に街を作っているよーに見える。

もちろん噴火が起きたら大惨事であり、さすがにそんなバカな立地ではないと思いたいが、印象としてはそんな感じ。

「……ここ、まさか……火山の火口では？」

「いえ、伝承によると、空から降ってきた星が山を穿《うが》った跡だと聞いております。そこから地下水が湧き、水を求めて周囲に村ができ、やがて街に発展したと――まぁ、真偽の知れぬ昔話です」

わー、メテオストライクのクレーターかー。

…………なんか違和感はあるのだが、別に地質学とかに詳しいわけでもないので、今のルークさんにはなんとも言えぬ。

俺にそんな解説をしてくれた連絡員のおっちゃんは、まだ目隠しをしたままだった。

「オズワルド様。そろそろ、こちらを外してもよろしいでしょうか？」

「ああ、私も依頼者も姿を隠した。問題ない」

姿を隠す魔法はウィンドキャットさんも使えるわけだが、オズワルド氏のそれは、いわゆるダンボール隠れの術に近いモノらしい。

自身をすっぽりと囲む箱型の結界を作成し、その側面に光学迷彩を施すという器用なワザ。

これは『空間魔法』の一種であり、この箱型結界の中に一緒にいる俺には、オズワルド氏の姿がフツーに見えている。

箱の内側からは外が見えるが、外側からは俺達が見えない。つまりマジックミラーっぽい仕様である。

連絡員のおっちゃんは目隠しをとって周囲を見回し、俺達のいない方向を見たまま喋りだした。

「あの右側の斜面にずらりと並んでいるのが、例の第二収容所です。で、そのずっと下――湖のほとりに接している城が、レッドワンドの中央政府ですな。見取り図は……必要そうですか？」

「いやー……あれは要らないですね」

件の第二収容所。

まさに「段々畑」のような規則的かつ単純な形状の集合住宅であり、斜面に並んでいるせいもあって、構造は一目瞭然である。思ったよりはでかくもない。前世でうちの近所にあった団地ぐらいの規模感。

「しかし……よくこんな斜面のきつい窪地に、街を造りましたねぇ……」

「左様ですな。数百年にわたって、数多《あまた》の魔導師が地魔法を駆使して作り上げた大規模な城塞都市です。とにかく攻めにくい地形であることは、ご納得いただけるでしょう」

街を囲む、火口っぽい――もとい、クレーターっぽい地形の稜線。

そこにはぐるりと城壁が築かれ、そこかしこに小さな砦も点在している。

城壁の向こう側もおそらくは急峻《きゅうしゅん》な斜面であり、侵入経路はそう多くあるまい。

これは街全体が難攻不落の城といえそうだ。

「……でもここ、街の人達もすごく移動しにくいのでは？　畑とか牧草地はそれなりにあるようですが、よそからの物資の搬入とか大変でしょう。けっこうな急斜面ですし」

「いえ、街の四方に、斜面を貫いて向こう側へと抜ける長い地下道があるのです。馬車も通れる大きさで、戦時には封鎖も可能とか。実際に封鎖に至った例は一度もないようですが、お時間があれば一見の価値はあるかと思います」

ほう。「地魔法」を用いた土木工事の技術とは、けっこうな水準にあるものらしい。観光的な意味ではちょっとだけ気になるが、もちろん今やるべきことではない。

「それではオズワルド様、お気をつけて。私はすぐ下のアジトに戻っておりますので、何かありましたら、またご指示をお願いいたします」

「ああ、ご苦労だった。近いうちにまた顔を出す」

威厳を保ちつつも、オズワルド氏の声は柔らかい。

ううむ……アーデリア様とはまた別の意味で、このオズワルド氏も魔族の中では珍しいタイプなのであろう。連絡員のおっちゃんの態度を見るに、ちゃんと部下の忠誠心を獲得しておられる——

おっちゃんのアジトは、巨石群と斜面に作られた段々畑を抜け、眼下の街の端っこにあるらしい。どの建物だかはわからない。

彼が降りていく後ろ姿を見送りながら、オズワルド氏が俺の喉元を撫で回した。ごろごろごろ。む。悪くない。

「さて、ルーク殿。このまま姿を隠して、収容所を調べるか？　救出相手の容姿は、シャムラーグとやらに確認させるとして——」

「あ、ちょっと魔法を使います。人探しに便利な魔法があるのです」

俺は山肌に飛び降り、元気に肉球を掲げた。

たちまち足元に生まれる小規模な旋風《つむじかぜ》！

「猫魔法、サーチキャット！　目標、無実の罪で囚われている有翼人の若い女性！　捜索開始っ！」

『にゃーん！』

旋風が数百匹の猫に分裂し、遠くの収容所めがけて一瞬で飛び去った。

ウィル君の妹さん探索時とは違い、今回は捜索範囲がごく狭いため、少数に絞った。その代わりステルス機能を付与し、魔導師や魔族にも見えないよう配慮した。

オズワルド氏はぴくりと眉を動かしたが、些細な違和感で済んだ模様。

「……ルーク殿、今、何か……？」

「捜索が得意な仲間を放ちました。じきに連絡が……あ、見つかったみたいですね」

脳内で「にゃー」という囁き声が響き、相手の所在を俺に知らせてくれた。

今回は「収容所に囚われた」「有翼人の」「若い娘さん」という、割と珍しい特徴があったため、顔がわからずともすぐ見つかるだろうとは思っていた。

仮に候補が複数いたとしても、シェルター内のシャムラーグさんに聞けばいいだけだし、まさかそんな特徴を備えた人質が何十人もいるはずはない。

特徴がわからない妹さんの旦那さんについては、妹さん御本人から聞けばよかろう。

「見つかった……？　見えない斥候《せっこう》を放ったのか？　いや、しかし……ものの数秒で？」

「優秀な子達なのです。特に妹探しには定評があります！」

といってもウィル君の妹さんに続いてまだ二例目ですけど。

オズワルド氏はまだ釈然としない様子だったが、俺はウィンドキャットさんを召喚し、その背にまたがった。

「オズワルド様も後ろに乗ってください。ちょっと飛ばします」

「う、うむ……」

ばびゅんっ。

ロケットスタートながら、体にかかるGを謎の技術で軽減し、まばたきの間に収容所へと肉薄した。

ほんのちょっとだけ衝撃波《ソニックブーム》が発生してしまったが、「どかん」という爆音が街中に響いたくらいだったので、大丈夫であろう。

……大丈夫なわけがなかった。

街の人達がなんだなんだと驚き顔で空を見上げている。

しかし衝撃波の発生地点は我々が「通り過ぎた場所」であり、収容所側には視線が向いていない。

また収容所の衛兵とか看守達も「何事？」と側面に集っており、警備体制やその規模が丸見えとなった。これは思いがけぬ収穫である。

収容所最上層の屋根に着地した俺は、オズワルド氏を振り返った。

「オズワルド様、私はこのまま救出作戦に向かいます。オズワルド様は、シェルター内で休んで……あ、もしご面倒でなかったら、犯行声明を書いておいてくださいますか？　口上で済ます場合には必要ないですけど」

そう提案したが、オズワルド氏、何故か呆けておられる。目の焦点が合っていない。髪型もちょっと乱れてしまっている。

「オズワルド様？　あの、大丈夫ですか？」

「……い、いや……大丈夫。大丈夫だ……ちょっと驚いただけで……ルーク殿は……いつも、今のような速度で移動しているのか……？」

「いつもではないですね。今日は急ぎたい気分だったので、たまたまです」

「……………事故に気をつけてな？」

——確かに、バードストライクなどはガチで怖い。気をつけます……

さて、オズワルド氏には一旦、猫カフェへ戻っていただき、俺はウィンドキャットさん（ステルス仕様）にまたがったまま、ふよふよと収容所の外側を飛んだ。

石造りの壁が、まっすぐ延々と続いている。

そこには鉄格子のついた、小さな明かり取りの窓があるのみだ。牢屋の入り口に面した通路は山肌側にある。

斜面に作られた収容所は段々畑のようになっているため、足元には下の階層の牢屋の天井がある。

この天井部分が外回り用の通路にもなっており、通路の端では、看守が暇そうに街を眺めていた。

……警備は緩い。思った以上に緩い。

少し先の小さな窓で、サーチキャットさんが手招きをしていた。

（ごくろうさまです！）

（にゃーん）

一仕事終えたサーチキャットさんはドヤ顔で俺とハイタッチをし、そのまま煙のようにかき消える。

鉄格子越しに、牢屋の中を覗くと――

いた。

有翼人の女性である。

ちょっとやつれて見えるが、寝台に横たわり、少しふくらみかけた腹部を悲しげに撫でている。

肩口で束ねた髪の色は、スミレのよーな淡い紫。毛布の隙間から見える翼の色も同じ。

シャムラーグさんのようなワイルドな印象はなく、むしろ華奢《きゃしゃ》で儚《はかな》い系だ。

即座に『じんぶつずかん』を確認！

■エルシウル・ラッカ（24）有翼人・メス

体力E　武力E

知力C　魔力D

統率D　精神C

猫力75

■適性■
細工B　家事C　滑空C

……間違いない。シャムラーグさんの妹さんだ。あんまり似てないご兄妹である。

既婚者なため姓は違うが、名前はシャムラーグさんに確認済。

理不尽な拘束に加えて、妊娠中のつわりのせいで体力がかなり落ちているようだが、とりあえず外傷は見当たらない。

さすがに身重の妊婦さんを虐待するよーな非道はなかったようで、これは不幸中の幸いである。もしそんなことになっていたら、ルークさんも激おこ案件であった。

……いやまぁ、現時点でも割とビキビキきてますけれども、一応、間に合ったとは思いたい。

よりにもよって妊婦さんを無実の罪で捕らえて人質にするとか、レッドワンド将国の士官はやっぱりだいぶアレである……

俺は鉄格子の隙間をするりとすり抜け、室内に飛び降りた。こういう時、猫の体はとても便利！

エルシウルさんも物音に気づき、顔を向けた。

「えっ……？　猫……？」

「はい、猫です！」

まずは元気に前足をあげてご挨拶！

エルシウルさんはきょとんとして、簡易寝台に寝転んだまま、しばし硬直した。

「……い、今、変な声が……？」

「変ですか？　あ。あーーー。標高が高いせいですかね？　はじめまして、ルークと申します。ええと、貴方はシャムラーグさんの妹さんの、エルシウルさんですか？」

「えっ……は、はい……そうです……けど……？」

話し方からして、ちょっと気弱そうな子である。ただのかわいい猫さんを前にして、そんなに怯えなくてもよかろうに。

「シャムラーグさんに頼まれて、貴方を助けに来ました！　旦那さんも一緒に救出したいんですが、どこにいるかわかります？　あるいは特徴とか教えていただけると助かります！」

「旦那さん……？　あ、あの、夫なら、あの……たぶん、二つくらい隣の独房に……看守さんが、たまに手紙を交換させてくれるので……」

……あれ？　看守さんはもしかして割といい人……？

怒り任せに施設ごとふっ飛ばさなくて良かった……

「じゃ、すぐに回収しますので、先にこちらへ入っていてください。猫魔法、キャットシェルター！」

「きゃっ……！」

何もない空間に現れた扉を見て、驚き戸惑うエルシウルさん。

俺が扉を開けると、出入り口付近にシャムラーグさんが立っていた。

「エル！　無事なのか⁉」

「兄さん⁉　えっ⁉　本当に⁉」

さっき入ってもらったオズワルド氏から状況を聞き、そわそわしていたのだろう。兄妹の再会は感動的であるが、ルークさんは旦那さんのほうも保護せねばならぬ。

さっさと猫カフェの扉を閉めて、窓の鉄格子から外へと抜け、近くの独房へ移動！

——そこにいたのは、なんだかやたらと賢そうな、割とイケメンなメガネ男子であった。

有翼人ではない。ただの人間である。

独房の寝台に腰掛け、私物と思しき本を読んでいる。その姿が妙に絵になる。

鉄格子を抜けて室内に入る前に、俺はじんぶつずかんを確認した。

■　キルシュ・ラッカ（27）人間・オス

体力D　武力E
知力B　魔力B
統率D　精神B
猫力83

■適性■
地属性B　神聖B　薬学B　考古学B

……………あのさぁ。

レッドワンドって「魔導師を優遇してる国」って話でしたよね……？

だったらなんで、こんな有能人材がこんな所でこんな目に遭ってるの……？　頭おかしいの？　要らないならウチで貰っちゃうよ？（嬉々として）

ともあれ、こちらがエルシウルさんの旦那で間違いない。

年齢はシャムラーグさんと同じ。そして有翼人ではなく人間である。

俺は音もなく室内に飛び降り、読書に集中するキルシュさんのズボンをくいくいと引っ張った。

「あのー。ちょっといいですか？」

「……え？　ああ、うん。なんだい？」

読書に集中しすぎて、返事がテキトーである。こういう人はたまにいる。研究者とかプログラマーとか物書きとかミツユビナマケモノとか、そういう類の人種だ。集中力が高すぎて周囲が見えなくなるタイプ！

「エルシウルさんの旦那さんの、キルシュさんですよね？　脱出の手はずを整えましたので、ちょっとこちらに来ていただけますか？」

「ふぅん？　えぇと、君は……」

キルシュさん、ようやく書物から視線を外し、足元の俺を見た。

「……………………猫？」

「猫です」

やっと事態の異常性に気づいてくれた！

キルシュさんはメガネを外し、服の裾できゅっきゅっと軽く拭いた後、またメガネを掛け直し、一瞬だけ天井を仰いで——

石の床に膝をつき、俺の前足をとった。

「……はじめまして。挨拶が遅れて失礼をしました。キルシュ・ラッカと申します。貴方は？」

「ルークと申します！　リーデルハイン子爵家のペットです。ちょっとした御縁でシャムラーグさんと知り合いまして、貴方と妹さんをここから救出するように頼まれました！」

キルシュさんは、にっこりと微笑んだ。

…………この人、たぶん大物である。喋る俺を間近に見た上でこんな自然な対応ができるのは、明らかに只者ではない。

「なるほど。それはそれは、お手数をおかけしました。義兄《にい》さんは元気ですか？」

「もちろんです！　すぐにお会いになれますよ」

俺は素早くキャットシェルターの扉を開く。

そのすぐ傍には、まだシャムラーグさんとエルシウルさんが立っていた。

「キルシュ！」

「先生！」

「やぁ、エル、少し痩せましたね？　義兄さんも、お久しぶりです」

キルシュ、と名前を呼んだのはシャムラーグさん。

奥さんのエルシウルさんは「先生」と呼んだ。元教え子？　それとも教官と助手みたいな関係？

エルシウルさんはすぐさま夫に抱きつき、キルシュさんは少しよろめきながらも、身重の妻をしっかり抱き止めた。

奥さんはもう完全に泣き顔である。ポロポロと涙を溢れさせ、しゃくりあげながらすがりつく。

キルシュさんのほうは澄ました微笑のままで、事情などはさっぱり理解していないはずなのだが、状況に素直に身を任せている感がある。

……やはりちょっと尋常ではない。

もしやこの人、シャムラーグさん以上のとんでもない拾い物なのでは……？

そんな予感を胸に秘めつつ、俺はひとまず収容所を抜け出し、少し離れた人目につかぬ草むらから、再びシェルターへと入り直したのであった。

71　さらばレッドワンド（滞在約1時間）

ご夫妻の救出は、特に問題もなくあっさり終わった。

そもそも二人ともただの平民であり、別に重要人物とかではない。監視もゆるゆるであった。

そのうち不在がバレて騒ぎになるであろうが、その前にオズワルド氏が一芝居打ってくれるはずである。

コタツを挟んで皆で向かい合い、それぞれが簡単な自己紹介を終えたところで、収容所暮らしで弱っているご夫妻には軽食をご提供した。

ひどく餓えていたというわけではないようだが、栄養バランスは推して知るべしであり、特に妊婦さんには酷な環境だったと思われる。

スイーツより先に栄養を！　という判断から、野菜たっぷりの温かいポトフと、薄切りのローストビーフを使った食べやすいサイズのミニサンドイッチをご用意した。

調味料等、前世日本との細かな違いはともかくとして、これらはネルク王国でも普通に食べられている品なのだが――

エルシウルさんは目を丸くして、もきゅもきゅと頬張り始める。

「……レッドワンドの食糧事情は、ネルク王国よりもかなり悪いと聞いています……国土の大半が山岳地帯ですので、生産効率のいい農作物を育てにくく……また、種類も少ないと……」

リルフィ様がそっと俺に耳打ちをしてくれた。こそばゆい。

しかしそんな事情であれば、外へ侵略したくなるのも人の業か……

飲食の間にも、再会したシャムラーグさん達の会話が進む。

「それじゃ、兄さんは……隣国の王様の暗殺を命じられたの!? たった一人で……!?」

さっきまでおどおどしていたエルシウルさんだったが、事情を知るなり声を高くした。

「あ、ああ……それでもちろん、失敗して――こちらのルーク様に、助けてもらった。ただ、俺が死にそびれたもんだから、今度は人質のお前らが危ないってことで――その情報が国に伝わる前に、お前らのことも助けていただける流れになった。俺はこの御恩に報いるために、今後はこちらのルーク様にお仕えする。お前達も――もう里には戻れないだろう。一緒に来ないか？」

「そんな……兄さん、収容所を出られたのはありがたいけれど、急にそんなことを言われても……」

そりゃそーである。俺としても、暗殺未遂犯であるシャムラーグさんには強制労働をお願いするつもりだが、こちらのお二人に何かを強制する気はない。

お二人を助けたのはシャムラーグさんのため、ひいては俺の自己満足のためであり、見返りを求めるのは筋が違う。

とはいえ、元の住処《すみか》に戻ってもなんかいろいろありそーだし、どこに行くかは悩むところであろう。

一応、この後に「純血の魔族の客分を救い出した」という犯行声明がオズワルド氏から出る予定なので、この庇護があれば、国に残れないこともないのだが……それはそれで、何らかのよからぬ企みに巻き込まれそうである。

しかし、ここでキルシュさんがにこやかに口を開いた。

「エル、迷うことはないよ。義兄《にい》さんと一緒に行こう。こちらの猫さん……ルーク様は、おそらく正真正銘の『神様』だ。そんな方が我々に加護をくださるのなら、これを拒絶するなど末代まで響く大損だと思う」

……見破った、だと……？

今まで俺のことを『神獣』と判断した人はそこそこ多いのだが、初対面で「神」とか「亜神」と気づいた（知ってた）のは、『夢見の千里眼』とゆーウラワザを持つアイシャさんくらいである。

しかしこちらのキルシュさんは、そうした変な特殊能力はお持ちでない。

ちょっと警戒して、俺は『じんぶつずかん』を広げた。

そこに記されたキルシュさんの生き様——その一隅に、こんな記述を見つける。

『有翼人の里において、「猫地蔵」をはじめとする土着の猫神信仰について調べていたキルシュは、滞在中の世話役となったエルシウルと恋仲になり結婚した。』

……………猫地蔵？　猫神信仰……？　よもや超越猫さん達の過去のやらかし？　それとも別クチ？　あの子ら、人類にはあんま興味なさげだったけど……

今度、「アカシック接続」する機会があったら聞いてみたいものだが、アレは時間のコストがヤバすぎるので、リルフィ様の猫依存症が寛解《かんかい》せねば難しい。

当面の問題はキルシュさん。魔導師でもありつつ、この人の専門分野はどうやら「考古学」であり、決して農作業向きの人材ではない。

当初は全員まとめてトマト様の菜園に放り込むつもりであったが、この方に関してはむしろ魔導師として、また研究者として遇する道を模索する必要があろう。

しばらくは緊急避難的にリーデルハイン領内でお世話をして、その後はどうするか、御本人とも相談して決めるべきか。

……なんかルーシャン様とも気が合いそうだな……後日、ご紹介してみたい。

リルフィ様に抱っこされてそんな思案を重ねる俺を見つめ、エルシウルさんが呆然と呟いた。

「……神……様……？　先生、こちらの猫さんが、神様だっていうんですか……？」

「いえ、私はリーデルハイン子爵家のペットです！」

むしろリルフィ様のお美しさのほうが女神感あると思うのだが、こやつらもそこには反応せぬ。くやしい。やはり渡る世間は美男美女ばかりなのか……

「私の素性《すじょう》はさておき、今後のことをお話ししますとですね。とりあえず一、二週間くらいは、リーデルハイン子爵家のお屋敷に身を寄せていただこうと思います。その間に領内のどこかに住居を用意して、シャムラーグさんにはその後、トマト様の育成栽培に従事していただく予定です。妹さんご夫婦にも、しばらくはそれを手伝っていただくつもりですが、見たところ……キルシュさんは学者肌というか、研究職にある方ですよね？　今後の進路については、キルシュさん御本人の希望を優先したいので、暇を見て相談させてください。なんならネルク王国の魔導師さんも御紹介できますし」

適材は適所に！　これがルークさんの方針である。

アイシャさんがにこやかにぱたぱたと両手を振った。「ネルク王国の魔導師ならここにいますよー」

アピールである。

……そうか。そういえばこの方、次の『宮廷魔導師』（候補）でもあった……

それまで黙って聞いていたオズワルド氏が、顎を撫でながら唸った。

「ルーク殿は……なんというか、身内の輪を広げる者なのだな。今後、なんらかの『組織』を作るつもりか？」

「組織……？　いえ、トマト様の農園は作る予定ですし、その輸出に関する人手もこれから集めないとですけど……基本的には、それらはライゼー様が取り仕切ってくれるはずです。私の役割は現場でのちょっとした労働と人集め、あとは……クラリス様やリルフィ様にスイーツをご提供しつつ、のんびり日々を過ごすことですね！」

飼い主のお二人に笑顔を向けると、クラリス様とリルフィ様は嬉しげに頷き、俺を適度にモフってくださった。ごろごろごろ。うーむ、極楽。

オズワルド氏はやや戸惑い気味だが、一応納得してくれたらしい。

「精神性は、そこそこ猫らしいのだな……賢者の隠遁生活が理想といったところか。魔族にもそうした感性を持つ者はいるから、わからんでもない。強すぎる力というのは、扱いが難しいものだしな」

「……まぞく？」

エルシウルさんのきょとんとした視線が、今度はオズワルド氏に向く。

「ああ。私は『純血の魔族』だ。バルジオ家の当主で、ネルク王国にて先日、こちらのルーク殿に完敗し、仲間に加えていただいた」

実にあっけらかんと。

しかしシャムラーグさんとエルシウルさんは引きつった顔で、びくりと肩を震わせる。

「じゅ、純血の魔族だと⁉　本物の⁉　や、やべっ……！」

「し、知らぬこととはいえ、大変なご無礼を……！」

平伏するシャムラーグさんと硬直するエルシウルさん。たぶんこれがフツーの反応である。

キルシュさんは微笑のままで、オズワルド氏は軽く肩をすくめたのみだった。

「そう固くならんでもいい。ルーク殿の前では、私も君達も等しくただの弱者だ。それから、念のために言っておくが——先程からエルシウル嬢が背もたれにしているそのでかいウサギは、トラムケルナ大森林の神獣、クラウンラビットのピタゴラス殿という。ご本人がわざわざ背後へ回ったようだから、別に無礼にはあたらんと思うが、ただのウサギでないことは理解しておきなさい」

「にんぷさんは、あたたかくしないとダメなんだよー」

ピタちゃんはまぶたを閉じたまま、お鼻をヒクヒクさせて呟いた。

その声にびっくりしたエルシウルさん、あたふたしつつも体はピタちゃんの毛皮に埋もれており、即座には立ち上がることもできない。そもそも妊婦さんであるからして、そういう咄嗟の動きはなるべく避けていただきたい。

「ピ、ピタゴラスさま!?　えっ!?　神獣!?」

「ルークさまのじゅうしゃだよー。すきなたべものはそふとくりーむです」

……ピタちゃん、順調におねだりが上手くなってきたな……さっき食べたばかりだろうに、やはり餌の回数を増やすべき？　神獣の育て方とかイマイチよくわからんので、たまに判断に困る。

一応、『どうぶつずかん』で健康状態は把握できているので、大丈夫だとは思うが……この子も大きさを変えられたり人間に化けたり、ルークさん以上に謎の多い生命体だ。

そんなピタちゃんはこの猫カフェにおいて、だいたいウサギ形態でお昼寝していることが多いのだが、妊婦のエルシウルさんを気遣って、クッションになってくれていたらしい。基本的にはやさしい子なのである。

「エルシウルさん、ピタちゃんは神獣ですが、とても人懐っこい良い子ですので、かわいがってあげてください。あと私も中身はただの猫ですので、なるべく猫相応の扱いをしていただければと思います！」

リルフィ様の前にお腹をさらし、わしゃわしゃされるルークさん。リルフィ様も手慣れたもので、その細指がいー感じに毛並みをブラッシングしてくださる。まるで床屋さんでの頭皮マッサージ的な心地よさ。

そしてクラリス様が、新参のシャムラーグさん達を見回した。

「ルークの正体は、もうバレバレだけど……でも、とうのルークが堅苦しいのが苦手だし、うちでも猫としてのんびり暮らして欲しいから、みんなもそのつもりでいてね。あと……ルークは、トマト様っていう農作物に異常なほど執着してるから、トマト様を悪く言ったり、粗末には扱わないこと」

異常な執着？　ごく当たり前の自然な忠誠心ですけど？

まぁ、クラリス様はまだお子様であるし、お野菜よりもスイーツに意識が向いてしまうのは仕方がない。

きっと成人される頃には、トマト様の尊みに目覚め、その恵みに感謝し、共にトマト様による市場制圧のために働いてくれる同志となっていることであろう。我が主は将来性抜群の優秀な人材なのである。

「トマト様については、後ほど改めてじっくりたっぷり細部まであますことなくこれでもかとご説明しますが、ぼちぼち慣れていってください。いずれにしても、このままレッドワンドにいるよりは安全な暮らしができるかと思います。生活や収穫が安定してきたら、他の親族や友人を呼ぶのもありですし、その場合には勧誘リストとかも作っておいていただけると助かります！」

他の親族や友人、と聞いて、エルシウルさんが眼を震わせた。

「あ、あの……！　でも、兄が生きていて、私達も収容所から逃亡したら、その親族や友人達が捕縛されて取調べを受けることに……！」

ここで襟《えり》を正して、悠々と立ち上がるオズワルド氏。

「それを防ぐために、今から私が『純血の魔族』の立場で一芝居打つ予定になっている。ルーク殿、とりあえず行ってくる」

「あ、私もご一緒します！　お城の様子とか見ておきたいですし」

ついでに、この国の偉い人を幾人か『じんぶつずかん』に登録してしまおう。今後の動きを読めれば対策も取れる。

シャムラーグさん達一行への諸々の説明や対応をクラリス様達に任せ、俺とオズワルド氏は再びキャットシェルターを後にした。


——オズワルド氏の脅迫は、圧巻であった。

ヤクザとかマフィアとか、そういう系統の人達とはまた違う……どちらかというと、VFXバリバリなアクション映画系のヤバさであった。

オズワルド氏はまず、夕闇迫るお城のバルコニーから、窓をぶち破って普通に侵入した。

そのまま悠々と室内を通り抜けて廊下へ出ると、驚く衛兵二人の顔面をアイアンクローで掴んで軽々と投げ飛ばし（非殺傷）、物音に気づいて駆けつけたものの恐怖で立ちすくむメイドさん数人に対しては、手の甲にキスしながら優雅に通り過ぎ、王様の執務室へ踏み込むと、あいていた椅子に足を組んで傲然《ごうぜん》と座った。

呆気《あっけ》にとられる王様（らしき中年男性）と宰相（っぽい老人）を蔑《さげす》んだ眼で一瞥《いちべつ》し、扉付近に駆けつけた衛兵を顔も向けずに謎の魔法で吹き飛ばすと、彼は肘掛けに頬杖をついて深く溜息を吐いた。

「……城ごと吹き飛ばしてやっても良かったんだがな。この国の王か？　私は『純血の魔族』、バルジオ家の当主、オズワルド・シ・バルジオだ。貴様らが、私の友人に無実の罪を着せて投獄したことに対し、苦情を言いに来た。すぐ傍の第二収容所にいたから、もう引き取らせてもらったが……弁明があれば聞こう」

オズワルド氏の眼前に、何やら意味ありげに光る幾何学模様の魔法陣が広がった。

あまりの急展開に、王様と宰相は頬を引きつらせ、まばたきもできず硬直している。

扉の前には、続々と衛兵達が集まりつつあったが――

彼らは踏み込めない。

扉にも魔法陣を伴う結界が張られ、そのまま壁となって衛兵の侵入を阻んでいるのだ。これがオズワルド氏の研究している「空間魔法」の一種なのだろう。

なるほど、ちょっと地味めに見えるが、使い方次第では便利そう！

宰相のご老人が震える声を絞り出した。

「な、な、何者……何者だ……!?　ここは、王の御前で……」

「私に二度も名乗らせるのか？　『純血の魔族』、オズワルド・シ・バルジオだと言った。ああ……こんな田舎の国では、我らのことなど知らぬのか。この首都を今すぐ廃墟に変えてやれば、私の名前も多少は広まるかね？」

オズワルド氏の眼が――白目だった部分も含めて、すべて真っ黒に変色した。さらに手の爪が鋭く長く伸び、室内の温度が一瞬で氷点下にまで下がる。

怖っ！　寒っ！

ガタガタと震えだした王様の、髪やまつ毛に白く霜が降りる。宰相のご老人は完全に腰を抜かし、その場に尻もちをついてしまった。

「どうした、王よ？　わけがわからぬといった顔だな？　……まぁ、平民の捕縛が原因となれば、配下の将官あたりが勝手にやらかしたことであろうよ。その責を貴様に問うのも、少々気の毒ではあるか――いいか？　一度だけだ。今回だけは見逃してやる。私の友人はもう外に連れ出したが、ついでに収容所にいる無実の連中も解放してやれ。その上で、我が友人の親族や知人どもには一切手を出すな。もし、貴様らがこの約定《やくじょう》を違え、なんらかの不利益があった場合には――私は『魔王軍』を動かして、貴国に報復と粛清を行う。こんな山だらけの田舎に興味はないが、更地にでもすれば多少は気が晴れよう」

オズワルド氏の声は、途中から低音を増し――まるで地の底から響くかのごとき凄みを発していた。

青ざめてガタガタ震える国王陛下。

いかに王とはいえ、肉体的にはただの人間であり、魔族の威圧に耐えられるわけもない。ついでにこの王様、『じんぶつずかん』を覗いた限りでは、精神レベルが「D」と一般人並である。

廊下側に締め出された衛兵達も、声すら出せず震えていた。

オズワルド氏の、この異常な威圧――これはおそらく、単なる話術や迫力のなせるワザではなく、「魔法」の一種である。相手を萎縮《いしゅく》させるとか、恐怖を増幅させるとか、そういった類の「精神魔法」というやつだ。

「さて、こちらの用件は済んだ。私は去るが……何か言いたいことはあるかね？」

国王陛下と宰相が、揃って首を横に振った。言葉は出ないままである。

「結構。では、約束を忘れるな」

オズワルド氏は薄く嗤い――

姿を消したままのルークさんを抱えて、床に吸い込まれて消えた。魔族の「転移魔法」である。

……お城に入る時もコレで良かったはずなのだが、派手な行動で初手から威圧する目的もあったのだろう。突入時のオズワルド氏はぶっちゃけ輝いていた。


首都を見下ろすクレーターの外周付近に転移したところで、オズワルド氏は俺の喉元を撫で、一転してくすりと笑った。ごろごろごろ。

「ルーク殿、今ので良かったかね？」

「はい！　さすがの迫力でした！」

本来は三日くらいかける予定だったのに、一日……どころか、一時間程度でぜんぶが終わってしまった……やはり暴力……！　暴力はすべてを解決――いやいや、かわいい猫さんがこの価値基準に染まるのはよろしくない。自制しよ？

ついでに「ネルク王国への侵略をやめろ」とか脅していただくという案もあったのだが、コレをやるとネルク王国と魔族との関わりが露見する事態になるため、周辺諸国との外交的な意味でこちらもあまりよろしくない。そっちは別途、策を講じるとしよう。

「それにしても、オズワルド様を見直しました！　やはり魔族の方々は、いろんな魔法を効果的に使えるのですね」

「……規格外のルーク殿に褒められても、困惑するところではあるが……まぁ、そう言ってもらえるのは光栄だ。ただ、魔族の中では、やはり私は変わり者なのだよ。大概の魔族は、まず火力、破壊力の大きさを求める。アーデリア嬢などはまさにそれだ。私は――もう少し、利便性や応用力を重視している。最大火力が、他の当主達よりやや劣るという自覚もある。それに……人の世には、火力だけでは解決せぬ事態が意外と多いのでな」

異論はない。ルークさんも『猫の旅団』という切り札は持っているが、普段使いに便利な魔法はコピーキャットやキャットシェルター、ウィンドキャットさんなどだ。

オズワルド氏が遠くのお城を一睨みした。

「……しかし、相対《あいたい》してわかったが……私が威圧したあの王は、ただの傀儡《かいらい》、飾り物だな。今回の件は、おそらく軍部の独断だろう。ついでに軍部も叩いておいたほうがいいかもしれんぞ？」

「必要であれば改めて考えます。でも、『魔族の怒りを買って王が警告を受けた』と知れば、軍部も次の一手には慎重になるでしょう。魔王軍が出てきて首都を滅ぼされるなんて流れは、彼らも避けたいはずです」

オズワルド氏の眼に、さらに物騒な光が宿った。

「……もしもルーク殿が望むなら、謀略をもう一手、進めることもできる。レッドワンドがネルク王国に対して謀略を仕掛けたように、いくつかの暗殺によって奴らを疑心暗鬼にさせ、内乱を誘発させるという手も――」

俺は苦笑いして首を横に振る。これは俺の性格を把握するための、オズワルド氏からの「試問」であろう。

「権力者だけで争いをやってくれるならいざしらず、それで苦しむのは普通の人達です。彼らがネルク王国への侵攻を諦めない限り、このまま放置はできないでしょうが――落とし所が見えないままに混乱を加速させると、不幸を増やすだけの結果になりそうですから、それは避けたいですねぇ」

「ふむ。落とし所か――魔族は壊すだけ壊して、あとのことは現地の連中に任せることが多い。愚民の支配など、面倒でやっていられんよ」

あー……以前、リルフィ様のご講義でも、魔族に関してそんなことをうかがった。

魔族は滅ぼした国の支配をしないから、その後で周辺国が侵攻に動いたり内乱が誘発されたり、だいたいろくなことにならん、というお話――

「私は猫ですから、基本的には憂《うれ》いなく平穏無事にお昼寝ができる環境を維持したいだけなのです。あとはまぁ、飼い主のクラリス様達にも平和に過ごしていただきたいですし、知り合った人達にも幸せになって欲しいですし……」

オズワルド氏がくっくっと笑った。

「なるほど。レッドワンドの謀略もアーデリア嬢の狂乱も私が受けていた暗殺依頼も、すべて猫殿の昼寝願望に一蹴されて負けたわけか……これは傑作だ」

「あ！　いえ、決してそのような意味では……！」

「いや、他意あっての言葉ではないよ。格の違いを思い知っただけだ。まったく——世界は存外に広い……」

俺をモフるオズワルド氏は、なんだか楽しげであった。

ともあれ、国王陛下暗殺未遂事件の後始末はこうして一段落した。

レッドワンド将国の首都、ブラッドストーンは夕焼けに染め上げられ、その名の通り血を浴びた石のよーな色合いに転じている。

やや不気味にも見える光景であるが、この赤さはルークさんにとって完熟したトマト様の赤さであり、むしろ縁起の良い色だ。

いずれはこの「レッドワンド将国」にもトマト様の御威光が波及し、もしかしたら「レッドトマト農国」と名を変える日が来るかもしれない——

そんな栄光と繁栄の日々を夢見て、ルークさんは今日もひっそりと爪を研ぐのであった。

《了》

巻末特典　その1
「じんぶつずかん」

ジェシカ・プロトコル（37）

体力D　武力E
知力B　魔力D
統率C　精神D
猫力 66

適性
事務B
運営B
交渉C

拳闘場、『戦乙女の園』のベテラン広報官。所属する選手達からは、戦闘力とは別方向で「最強格」とみなされている。広報官という立場ではあるが、その実は事務、財務、税処理、貴族への対応、社交レッスンとダンス指導など、選手達の多くが苦手としている分野を一通りこなすという無双ぶりであり、面倒見の良さゆえに人望も厚い。クラリスの母、ウェルテルとは幼馴染にして親友の間柄で、現在も文通が続いているが、病のことは知らされていない。

宮廷魔導師ルーシャンの弟子、ナスカ・プロトコルとは叔母と姪の関係。

シャムラーグ・バルズ（27）有翼人・オス

体力B　武力B
知力C　魔力D
統率D　精神B
猫力 78

適性
諜報B
剣術B
滑空B
栽培B

特殊能力
・植生管理

レッドワンド将国で密偵として使われていた有翼人。理不尽な命令を無視したために捕らえられ、人質法を適用されて死刑の代わりに「ネルク王国の新国王暗殺」を命じられたが、これを亜神ルークに阻まれた。武力はB評価だが、これは『翼』を生かした高所からの襲撃や、人には不可能な回避行動、及び離脱が可能なためで、平地での試合形式に限定すればC程度。また特殊能力の『植生管理』は彼固有の能力ではなく、有翼人ならばそこそこの割合で発現する遺伝的な力である。神の一種と目される異形の存在から翼と共に与えられた加護だが、世代を経るごとにその影響力は薄まりつつある。

エルシウル・ラッカ（24）有翼人・メス

体力E　武力E
知力C　魔力D
統率D　精神C
猫力 75

適性
細工B
家事C
滑空C

有翼人、シャムラーグの妹。研究のため里にやってきた考古学者・キルシュに一目惚れし、率先して助手を務めるうちに恋仲となり結婚した。現在は妊娠中のため体力と武力が一時的に低下しているが、本来はかなりのお転婆。夫の前では清楚ぶって猫をかぶっているものの、とうのキルシュには気づかれている。有翼人には手先の器用な者が多く、彼女もノミと金槌をおもちゃ代わりにして育ったため、細工物の腕は職人並。一説には、翼を駆使して空を飛ぶ彼らは、人よりも三次元的な空間把握に長けており、その感覚が彫刻などの細工にも役立つのではないかと言われている。

キルシュ・ラッカ（27）人間・オス

体力D　武力E
知力B　魔力B
統率D　精神B
猫力83

適性
地属性B
神聖B
薬学B
考古学B

ホルト皇国出身の考古学者。エルシウルの夫。猫にまつわる民間伝承の研究をライフワークとしているが、地属性魔法や治癒魔法、薬学にも造詣が深く、その多才ぶりから有翼人の里でも慕われていた。ラッカ家は貴族ではないが、ホルト皇国では名門の学者・官僚の家系であり、キルシュもそれなりの英才教育を受けている。その家訓は『過去を知り、今を知り、未知に挑め』という進取の気性に溢れたもので、親族にも変わり者が多い。皇国内では「ラッカ家の始祖は異なる世界から来た者である」とも伝えられるが、その真偽は定かでない。実家には年の近い兄と、年の離れた妹がいる。

アルドノール・クラッツ（52）　人間・オス

体力C　武力C
知力B　魔力D
統率B　精神C
猫力61

適性
政治B
用兵B
兵站管理B
馬術C
槍術C

クラッツ侯爵家の現当主。公明正大な人柄と、指揮官として過不足ない能力が評価され、軍閥のまとめ役を担う。諸侯から「国王ですら逆らえない」と噂されるほどの影響力を持つが、当人に野心は薄く、世代の近かった前王ハルフールとの関係も良好だった。ハルフールの自由さと明るい気質に臣下としては苦言を呈しつつ、友人としては評価していた部分もある。いかつい見た目によらず恐妻家で、娘達にも頭が上がらない。適性の「兵站管理」は、本来は「用兵」適性と重なる部分もあるが、あえて単体で評価された理由は、彼自身が「自身の用兵において、兵站を最重視している」ためである。その手法と工夫は教本にまとめられ、王都の士官学校でも採用されている。

トリウ・ラドラ（64）　人間・オス

体力D　武力D
知力B　魔力C
統率B　精神C
猫力83

適性
政治B
火属性C

リーデルハイン子爵家の寄親（庇護者）、ラドラ伯爵家の現当主。伯爵でありながら魔導師としての才を持ち、軍閥の領袖として存在感を発揮。ライゼーの才覚を見抜いて重用し、ルークを一目見て「実に良い猫」と看破したことからも知れる通り、人を見る目と猫を見る目を兼ね備えた傑物である。さらには孫のランドールの女装癖についても「まぁ似合うからしゃーない」と割り切る柔軟性まで備えているが、これについては「良くも悪くも目立つことで、自らの立ち位置をより明確にしている」と評価もしており、孫の将来性には大きな期待を寄せている。

巻末特典　その2
書き下ろし特別掌編『星の眼』!」

　突如、王都ネルティーグを覆い尽くした謎多き猫の大群——彼らが去った翌日、その目撃者となった拳闘士のユナと王者のノエルは、いつもの練習場でいつものトレーニングに勤しんでいた。

　まだ早朝なため、練習場にはこの二人しか来ていない。

「昨日の猫さん達、可愛かったよねー。また出てきてくれないかなー」

　パンチングバッグに豪快な重低音を響かせながら王者ノエルが呟けば、反対側でそれをおさえるユナはため息混じりに応じる。

「確かにかわいかったですけど……あの猫さん達って、王都や私達を守ってくれたんですよね？　何が襲ってきたのかのもよく知らないままですけど、つまり相当、危険な状況だったんじゃ……？」

「ああ、襲ってきたのはアレだよ、アレ……えーと、ほら……まぁいいや」

「気になります。ちゃんと言ってください」

「ええー？　……うーん、他の子達に言っちゃダメだからね？　襲ってきたのは、たぶん魔族。それも純血の魔族っていう、一番ヤバいの。アレに対抗できる人……じゃなくて猫がいるとか思わなかったけど、やー、世間は広いわ……」

　練習漬けで学のないユナには、あまりピンと来ない話だった。

「魔族って西の方に住んでる人達ですよね？　こっちにもいるんですか？」

「たまに出てくるんだよね。あの人達って転移魔法を使えるから、世界中で神出鬼没なの。はい、交代」

　砂時計が落ちきり、今度はユナがサンドバッグを叩く側になる。

　王者に負けじと重い衝撃音を響かせながら、ユナはグローブを叩きつけた。身体を強化しているから爽快感のほうが強いが、未熟な拳闘士だとこれだけで手首や関節を痛めやすい。

「なんでノエル先輩は、そんなこと知ってるんです？」

「子供の頃、魔族の知り合いがいたんだよね。別に親しくはなかったけど、私の目を見て『良い目をしている』って褒めてくれて……当時は単純に『賢そう』とか『気合入ってる』みたいな意味だと思ってたんだけど、『星の眼』っていう、普通の人には見えないものが見えちゃう能力のことだったっぽい」

「星の眼……それ、先輩の強さとも関係ありますか？　反射神経が良くなるとか」

「それはないかなー。変装や正体を見破るとか、幻術に引っかからないとか、そっち系？」

「じゃあどうでもいいです。攻略の糸口にはならないみたいなので」

「ユナのそういう身も蓋もない割り切り方、好きー！」

　ノエルが楽しげに笑う。ユナが話題をぶった切ったのは、この力について話すノエルが、ほんの少し寂しげに見えたせいだった。古傷をえぐるのは趣味ではないし、ユナが傷をつけたいのは「王者の無敗の経歴」だけである。リングを離れれば、二人は少し年の違う親友だった。

「あ、でも……先輩が言ってた『角の生えたウサギ』って、もしかしてその力で？」

「うん。たぶんウサギの神獣が女の子に化けてたんじゃないかなぁ……ユナも気をつけなね。最近の王都には、ちょくちょくヤバい子がいるっぽいから」

　パンチングバッグを押さえながら、ノエルはにやりと意味深に笑う。

「……もっとも一番ヤバいのは、かわいくて賢いだけだと思っていた『猫さん』だったけど……」

　——彼女のその小さな呟きは、派手な打撃音にかき消され、ユナの耳にまで届くことはなかった。

〈了〉

「ユナとノエルのキャラデザ公開 &

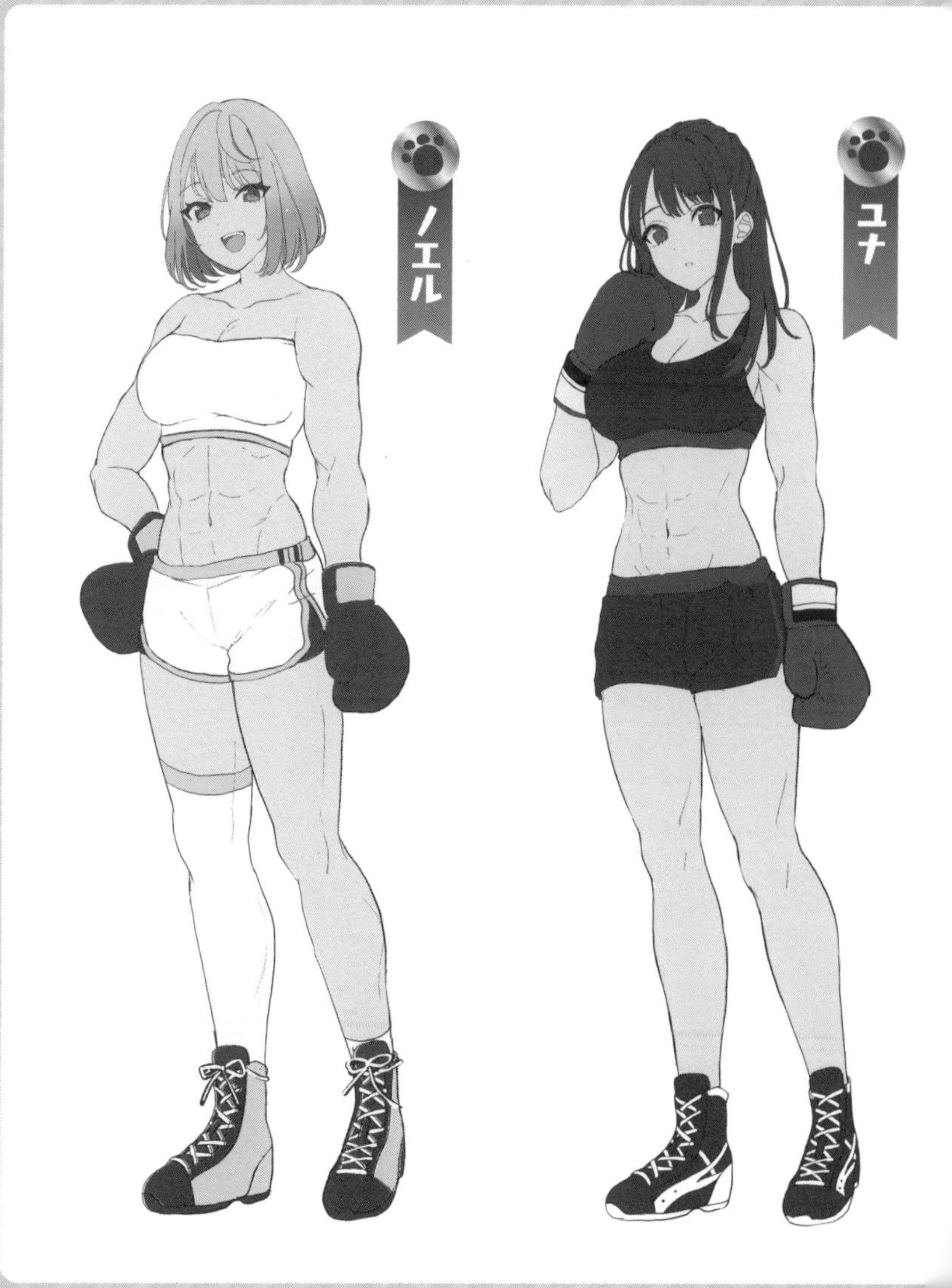

あとがき

お久しぶりです。猫神信仰研究会、庶務の渡瀬です。

会報の三号からなんと丸一年……遅くなりましてすみません！　さすがに五号は少し早めになる予定ですが、ともあれこうして会報の四号をお届けできたことはたいへん喜ばしく、日々のご支援に改めて感謝するばかりです。


そして昨年（2022年）8月には、こちらの「我輩は猫魔導師である」のコミックス版一巻も無事に発売されまして――今年（2023年）4月には、おかげさまでそちらの2巻も発売されました。

三國大和先生の筆によってわちゃわちゃと動き回るルークがたいへん可愛らしく、さらに2巻ではお犬様や超越猫まで加わり、賑やかさを増しています。

あと1巻でもそうだったのですが、コミックスでは表紙のカバーを外した裏表紙にも実にいい感じの一枚絵がありまして――まだ見ていない方はぜひご確認ください。

ついでにこちらのコミックスから素材をとったラインスタンプも好評配信中です。ワンセットで四十種と大盛り仕様でのお届け！　庶務も愛用していますが、土下座の使用率が意外と……いえなんでもないです。お気に入りはダッシュで逃げるやつです。

さて、こちらの書籍……会報四号では、いよいよルークの猫魔法がその真価の一端を見せ、その圧倒的な物量によって王都を蹂躙《じゅうりん》するという大いなる厄災が……厄災……厄災《やくさい》と野菜《やさい》って一字違いですね……猫召喚と同時にトマト様も降らせるべきだったか……（錯乱）

特におさかなくわえた（魔導師風の）ドラ猫が（防衛そっちのけで）疾駆する感動の名場面は、たった一文とはいえ涙なしには書けませんでしたが、会員諸賢の中にも「俺（私）は何を読まされているんだ」としばし戸惑った方がおられたかもしれません。大丈夫、書いた側も割とそんな感じです。

ただ挿絵&キャラデザインのハム先生にはまた結構なご負担をおかけしている可能性が高く、いや、なんか、もう、ほんと……いつもありがとうございます！

このあとがきの時点ではまだハム先生の作業前なもので迂闊なことは書けないのですが、きっと良い感じに仕上げていただけたものと信じて、先に御礼をば――

こちらの会報一号の発売が2021年の夏だったので、ほぼ丸2年が経ちました。「小説家になろう」での週一連載も、皆様のご支援に支えられて継続中でして、気づけば節目の一千万PVが近づいているようです。

口下手（筆下手？）なもので、いただいた感想の返信まで手が回らないのが心苦しいのですが、いつも励みになっています。ありがとうございます！

また、引き続きお世話になっている一二三書房様と担当様、編集部の皆様にも、改めて感謝を。件のラインスタンプも社内のデザイナーさんがスパッとポップに仕上げてくださったそうで、その仕事人ぶりにとりあえず自宅から東京方面を拝んでおきました。

それではまた、次巻にてお目にかかれることを祈りつつ――

2023年　初夏　猫神信仰研究会

我輩は猫魔導師である４
～キジトラ・ルークの快適チート猫生活～

発　行
2023年10月13日　初版発行

著　者
猫神信仰研究会

発行人
山崎　篤

発行・発売
株式会社一二三書房
〒101-0003　東京都千代田区一ツ橋2-4-3 光文恒産ビル
03-3265-1881

印　刷
中央精版印刷株式会社

作品の感想、ファンレターをお待ちしております。
〒101-0003　東京都千代田区一ツ橋2-4-3 光文恒産ビル
株式会社一二三書房
猫神信仰研究会 先生／ハム 先生

Printed in Japan, ISBN 978-4-8242-0028-0 C0093
※本書は小説投稿サイト「小説家になろう」（https://syosetu.com/）に
掲載された作品を加筆修正し書籍化したものです。